DIFENDERE ALLYE

Mercenari di Montagna, Libro 1

SUSAN STOKER

CAPITOLO UNO

"Allora ci troviamo al punto di incontro, giusto?" Chiese Black.

"Assolutamente" rispose Gray al suo amico e partner, preparandosi a scivolare sulla fiancata della barca in vetroresina, per gettarsi nell'Oceano Pacifico. Sarebbe stata una semplice nuotata di un miglio verso l'obiettivo, semplice soprattutto perché era un ex Navy SEAL[1].

Rex, il loro responsabile, aveva saputo che quella sera avrebbe avuto luogo uno scambio. Il loro compito era quello di intercettare una consegna di denaro destinata al pagamento di una schiava del sesso. La parte della missione di Gray consisteva nel nuotare fino alla barca che aspettava di ricevere i soldi e nel neutralizzare chiunque vi fosse a bordo, mentre Black avrebbe dovuto intercettare la barca che doveva consegnare i soldi. Le persone su entrambe le barche sarebbero state interrogate per scoprire maggiori informazioni su come funzionava il principale giro di trafficanti di sesso, chi erano i protagonisti e come trovarli.

Gray non aveva idea di come Rex avesse ottenuto le informazioni di cui disponeva. Tutto ciò che sapeva era che raramente l'uomo si era sbagliato.

Il responsabile stesso era un enigma per gli uomini dei Mercenari di Montagna. Nessuno lo aveva mai incontrato. Rex era il loro capo ed uno degli uomini più intelligenti che avessero mai conosciuto, ma comunicava solo per telefono, usando una specie di dispositivo per camuffare la sua voce. Era un tipo riservato e un po' paranoico, ma nessuno che lavorava per lui poteva negare che ci mettesse il cuore in ciò che faceva. Gray si fidava di Rex semplicemente perché non aveva mai deluso né lui né la squadra. La sua intelligenza era quasi sempre accurata al cento per cento, e nel loro lavoro era letteralmente una questione di vita o di morte. Trasmetteva informazioni al team e loro si assicuravano che un altro stronzo ricevesse quel che si meritava.

Gray non aveva problemi ad uccidere persone che pensavano fosse giusto rapire donne e bambini e costringerli a fare sesso con chiunque fosse disposto a pagare per questo privilegio. Avrebbe passato volentieri il resto della sua vita a lottare per cancellare tutti gli stronzi dalla faccia della terra.

La missione di quel giorno era stata chiamata con un brevissimo preavviso; di conseguenza, solo lui e Black ci stavano lavorando, essendo gli unici due disponibili. Il resto dei ragazzi - Meat, Arrow, Ball e Ro - era impegnato a prepararsi per andare in Messico a svolgere la loro missione.

Rex li aveva informati che una donna, Allye Martin, era stata recentemente denunciata come scomparsa dalla proprietaria del *Dance Theatre di San Francisco*. Era una delle ballerine e non si era presentata alle prove. Dato che in quella zona ultimamente c'erano state numerose sparizioni di giovani donne, Rex stava monitorando l'attività della città. La sua rete di informatori aveva svolto il suo dovere, rivelando che il nome della ballerina scomparsa era stato associato al famigerato Gage Nightingale.

Nightingale era il leader di un gruppo clandestino che comprava e vendeva donne in tutto il mondo. Chiunque avesse le conoscenze giuste doveva solo contattare Nightingale, fargli sapere chi volesse, e voilà! La donna sarebbe stata consegnata alla persona su un piatto d'argento. Non era economico, ma gli stronzi abbastanza potenti da far catturare qualsiasi donna volessero contro la loro volontà raramente si preoccupavano del prezzo.

Forse, interrompendo il flusso di denaro dal compratore al fornitore, avrebbero ottenuto informazioni sufficienti per chiudere l'operazione una volta per tutte...E, naturalmente, scoprire dove era tenuta la donna. Gray era pronto ad ottenere le informazioni dal capitano con ogni mezzo necessario - o ad ucciderlo, se avesse tentato di far arrivare un messaggio a chi aveva comprato la donna o di avvertire Nightingale che l'operazione era in pericolo.

Avevano ottenuto le coordinate GPS del luogo in cui la barca di raccolta avrebbe dovuto essere in attesa di ricevere i soldi per la ballerina. Stando al loro piano, una volta sceso dall'altra barca Black si sarebbe incontrato con Gray in un altro punto di coordinate prestabilite.

Gray fece un cenno con la testa a Black e si tuffò in acqua. Era tardi, poteva vedere le luci di San Francisco in lontananza, ma sapeva che erano lontane miglia.

Mentre nuotava verso le coordinate, Gray rifletté brevemente sui giorni in cui era solito fare questo genere di cose per il suo paese. Aveva sempre amato l'acqua. Sua madre disse che aveva amato i bagni fin dalla nascita, quando aveva solo due giorni. Era stato nella squadra di nuoto del suo liceo e aveva ottenuto una borsa di studio per il nuoto all'Accademia Navale degli Stati Uniti. Era quasi inevitabile che entrasse a far parte dei SEAL. Ma dopo che avevano ottenuto informazioni fraudolente e tutta la sua squadra era stata uccisa, si era stancato. Aveva sfogato la sua rabbia per aver perso la sua squadra contro chiunque gli stesse intorno.

Per fortuna Rex gli aveva offerto il lavoro con i Mercenari di Montagna. Gray non aveva idea di come l'uomo l'avesse trovato e, francamente, non gli importava molto. Gli piaceva quello che faceva e si sentiva come se stesse facendo la differenza nel mondo. Ci sarebbe sempre stato chi si sarebbe approfittato degli altri, ma forse, e solo forse, lui e il resto del gruppo stavano facendo dei passi avanti.

Le onde dell'oceano leggermente increspate non gli davano fastidio, mentre continuava ad accarezzare l'acqua. Si prese il tempo di ripassare il piano in mente, ancora una volta. Pensava a quello che voleva chiedere al corriere e di quali informazioni Rex avesse bisogno su Gage Nightingale, per poter chiudere una volta per tutte la sua massiccia operazione. Era rischioso guidare la barca fino al punto d'incontro, perché probabilmente non era registrata, e l'ultima cosa che Gray voleva era quella di essere catturato dalla Guardia Costiera ed essere interrogato. Ball era un ex guardia costiera, ma dato che al momento non era presente, Gray non poteva contare su di lui per appianare le cose, in caso. Ma avrebbe affrontato qualsiasi problema in seguito, se fosse stato necessario.

Sollevando la testa mentre nuotava, Gray vide la grande forma del peschereccio che galleggiava nell'acqua davanti a lui. Sorrise: aveva fatto un buon record.

Passò dallo stile libero a rana, così i suoi movimenti non sarebbero stati visti dalla gente sulla barca, nel caso in cui stesse guardando le acque scure. Tagliava le onde con la facilità e la furtività tipiche di un'anguilla.

Una volta arrivato alla barca, Gray allungò la mano e si sfilò le pinne, che affondarono rapidamente sotto la superficie.

La barca era più grande di quanto si aspettasse. Era bianca

e nera, con un bel po' di ruggine che ne rovinava i fianchi. Era anche malandata, non curata proprio nel modo in cui qualcuno che pescava per vivere se ne sarebbe occupato. Usando la forza nella parte superiore del corpo, Gray si issò abbastanza da vedere oltre la fiancata per controllare cosa stesse succedendo. La cabina di comando era situata verso la parte anteriore della barca e c'era una porta che conduceva sottocoperta. C'erano reti appese qua e là sul retro della barca, oltre ad almeno una dozzina di pali da pesca. Sul ponte si trovavano numerose casse e vaschette.

Non vedendo nessuno, Gray si issò oltre il retro della barca, atterrando senza far rumore sul ponte posteriore. Nascondendosi dietro una cassa e poi dietro un barile, si diresse verso la porta del ponte inferiore della barca. Non voleva che qualcuno gli si avvicinasse alle spalle mentre interrogava il capitano. Ci sarebbe dovuto essere un solo uomo sulla barca, ma Gray non dava mai niente per scontato.

Indossava una muta stagna nera con diverse tasche strategiche per oggetti come coltelli, l'identificazione per le autorità nel caso in cui fossero state coinvolte e altri elementi essenziali. La muta stagna era indispensabile per nuotare nel Pacifico. L'acqua era troppo fredda per una semplice muta subacquea; le mute subacquee permettevano un facile flusso d'acqua dentro e fuori dal materiale, mentre una muta stagna teneva fuori l'acqua. Gray non aveva intenzione di rimanere in acqua per un lungo periodo di tempo, ma sarebbe stata una pessima scusa per un militare della marina se non si fosse preparato a tutto ciò che poteva andare storto.

Dopo aver estratto il piccolo cuneo di legno che portava con sé proprio per questo scopo, Gray lo spinse sotto lo stretto spazio inferiore della porta. Se qualcuno avesse provato ad aprirla da sotto il ponte, non sarebbe stato in grado di farlo senza provocare un gran rumore, avvertendo così Gray della presenza di qualcun altro sulla nave.

Infine, rivolse la sua attenzione alla cabina di comando. C'era un uomo all'interno della piccola stanza che guardava un GPS palmare, ignaro della presenza di chiunque altro sulla barca. Gray sorrise per come sarebbe stato facile.

Senza un suono scivolò alle spalle dell'uomo e lo catturò in una morsa, prima ancora che il tizio si accorgesse che ci fosse qualcuno dietro di lui.

"Ciao", salutò Gray con disinvoltura, come se fossero vecchi amici.

L'uomo cominciò subito a lottare, ma non servì a nulla, perché Gray lo aveva totalmente sotto controllo.

"Ecco come andranno le cose", disse Gray in tono basso e uniforme. "Risponderai a tutte le mie domande. Se mi mentirai lo saprò e perderai una delle tue dita. E se menti di nuovo? Beh, me ne prenderò un'altra. Continueremo a farlo finché le tue mani non saranno altro che inutili monconi. E se mi menti *ancora*, allora comincerò dalle tue dita dei piedi. Capito?"

"Vaffanculo", sogghignò l'uomo. "Non dico un cazzo."

Veloce come un lampo, Gray tirò fuori dal fodero il suo coltello KA-BAR e afferrò la mano dell'uomo. Senza alcuna misericordia affettò la base del pollice dell'uomo con la sua lama affilata come un rasoio.

Il dito cadde sulle assi di legno ai loro piedi con un leggero tonfo.

L'uomo portò immediatamente la mano sanguinante al petto e cominciò a urlare.

Gray sogghignò e lo lasciò andare, sapendo che non sarebbe stato una minaccia per lui in quel momento, dato che questi era sicuramente più preoccupato per il dolore alla mano.

"Ecco la mia prima domanda: come si ottengono informazioni su dove incontrarsi per gli scambi di denaro?"

"Mi hai tagliato il pollice, stronzo!" esclamò l'uomo, senza alzare lo sguardo su Gray. "*Cazzo*, che male!"

"Vuoi che mi prenda un altro dito? Rispondi alla domanda" disse Gray con durezza, incombendo sul tizio sanguinante con le braccia incrociate.

"Ho ricevuto un messaggio", disse l'uomo velocemente.

"Da chi?"

"Non lo so. È un numero sconosciuto. Mi dà le coordinate. Guido la barca dove mi viene detto, prendo i soldi o la merce, poi vado dove mi viene detto di consegnarla".

Gray praticamente ringhiò alla parola offensiva usata dall'uomo. "Le donne non sono merce", sibilò.

L'uomo scrollò le spalle. "Ho bisogno di soldi. Non faccio domande, e tutto è bene quel che finisce bene".

Oh, quest'uomo stava proprio facendo incazzare Gray. Si chinò e afferrò l'altra mano dell'uomo.

In pochi secondi, due pollici giacevano sul pavimento, vicini.

L'uomo cominciò a urlare di nuovo, ma Gray lo ignorò. Mise la punta del coltello sotto la gola dell'uomo e disse: "Tutto è bene quel che finisce bene? Dillo ai bambini le cui madri scompaiono. Dillo alle donne che vengono violentate giorno dopo giorno. Dillo alle famiglie che non riescono mai ad andare avanti quando i loro cari scompaiono. Le donne non sono una proprietà. Ci sono conseguenze per gli stronzi come te che pensano di poter girare la testa e far finta di non prendere soldi, così che le donne possano essere svilite. Come sei entrato nel business dei corrieri?"

Questa volta l'uomo rispose senza esitazione, come se sapesse che Gray era a un secondo dal tagliargli la gola. "Tramite un amico. Faccio finta di essere un pescatore, nessuno guarda due volte quando prendo la mia barca a notte fonda".

"Come si chiama questo amico?" Chiese Gray, premendo il coltello un po' più forte contro la gola dell'uomo.

"Fottiti!"

Gray aprì la bocca per dire qualcos'altro - quando ci fu un'esplosione sotto i loro piedi. La barca si mosse con violenza, così Gray fu costretto a tirare fuori una mano per mantenere l'equilibrio.

Gray guardò incredulo il capitano, spaventato a morte. "C'è qualcun altro a bordo? Chi?"

"Non so il suo nome! Mi ha detto che era una scorta per la merc- ehm...La donna. Il compratore non voleva che le accadesse nulla durante il trasferimento".

"Cazzo", sbraitò Gray, sapendo che la missione era stata appena fottuta oltre ogni limite. Non doveva esserci nessun altro a bordo della piccola barca. Non solo, ma se la ballerina avesse avuto una scorta, qualcuno avrebbe dovuto essere molto interessato a metterle le mani addosso.

La barca barcollò e cominciò a inclinarsi leggermente verso il basso.

Sapendo di non avere molto tempo, Gray tagliò senza pietà la gola dell'uomo da un orecchio all'altro, assicurandosi di tagliargli la vena giugulare. Gli voltò le spalle e uscì dalla cabina di comando ancor prima che il capitano cadesse sul ponte.

Sentendo già la sottile inclinazione della barca, Gray tornò alla porta che aveva bloccato prima, scendendo negli alloggi. Rimuovendo il cuneo, saltò giù per le scale, oltrepassò una porta che probabilmente conduceva a una camera da letto, e andò dritto alla sala macchine, da dove sembrava provenire l'esplosione. Aprì la porta ed ebbe appena il tempo di schivare un grosso tubo che lo avrebbe colpito in testa, se non si fosse mosso in tempo.

Senza pensarci, Gray alzò una gamba e prese a calci l'uomo che aveva cercato di ucciderlo. Sembrava più vecchio dei suoi trentasei anni, ma era ancora letale. L'altro uomo tentò un nuovo attacco, schivato facilmente da Gray. L'acqua scorreva intorno ai loro piedi, crescendo ogni secondo di più. L'uomo aveva ovviamente sabotato la barca, che stava affondando ad una velocità vertiginosa.

"Se vuoi vivere, dimmi perché la ballerina è così importante", ordinò Gray, mentre attaccava e affettava la coscia dell'uomo quando si avvicinava troppo.

"Vaffanculo", fu la risposta dell'uomo.

"Non abbiamo tempo per questo", ringhiò Gray. "Chi ha comprato la ragazza?"

"Non ti dico un cazzo", disse l'altro uomo, tirando una chiave inglese mirando la testa di Gray.

Questi si abbassò e affrontò l'uomo mentre cercava di scavalcarlo dalla porta della sala macchine.

Lottarono per un attimo, ma Gray prese subito il sopravvento. Stava a cavallo dell'altro uomo, con le mani intorno alla gola. L'acqua sbatteva sul mento dell'uomo, con gli occhi divenuti enormi sul viso, mentre fissava con sfida Gray.

"Chi vuole la ragazza?" Chiese ancora Gray.

"Non importa se mi uccidi. Avrà comunque la ragazza, in un modo o nell'altro. Ottiene sempre quello che vuole".

Frustrato, Gray forzò la testa dell'uomo sotto l'acqua per un po' di tempo, poi lo trascinò sopra la linea di galleggiamento. "Dove l'avresti portata?"

L'uomo ghignò. Un sorriso sinistro che faceva drizzare i capelli sul retro del collo di Gray. "Non importa dove o chi. Lui la vuole. Molto. Anche se la fai scendere da questa barca, lui verrà a prenderla. E tu non puoi fermarlo".

Gray sbatté le palpebre. *Ma che cazzo?*

La barca si inclinò ancora ed entrambi gli uomini scivolarono sul ponte, verso il motore. Sapendo di non avere più né tempo né scelta, Gray si mise faccia a faccia con l'uomo.

"Non solo lo fermerò, ma lo ucciderò", giurò.

L'altro uomo aprì la bocca per rispondere, ma Gray non gliene diede la possibilità. Lo trascinò verso l'alto e lo girò tra le braccia come se fosse un bambino di cinque anni. In pochi secondi gli avrebbe spezzato il collo. Affogarlo avrebbe richiesto troppo tempo. Tempo che non aveva, a giudicare dall'altezza dell'acqua sempre più profonda.

Gettando il cadavere da parte, Gray si avviò verso la porta. Voleva prendersi il suo tempo e torturare l'uomo, usando la minaccia di annegarlo come un vero e proprio movente, ma con otto parole, l'uomo aveva segnato il suo destino.

Anche se la fai scendere da questa barca...

Non doveva esserci nessuno sulla barca, a parte il capitano.

Non doveva esserci una scorta.

E la ballerina non doveva certo essere sulla fottuta barca. Doveva essere una consegna di denaro, non un trasferimento.

Sfrecciando attraverso l'acqua alta, Gray tornò indietro attraverso la porta della sala macchine verso l'unica altra stanza che probabilmente ospitava qualcuno.

Forzò l'altra porta nel corridoio e fissò incredulo ciò che gli si presentò davanti agli occhi.

CAPITOLO DUE

ALLYE MARTIN STRATTONÒ FRENETICAMENTE la manetta al polso. L'esplosione l'aveva spaventata a morte, ma l'acqua che aveva cominciato a penetrare sotto la porta della sua prigione la spaventava ancora di più. Non pensava di poter essere più spaventata di quanto lo fosse già stata nelle ultime quarantotto ore.

Ma niente era più terrificante del sapere che la morte era imminente. Essere strappata dalla strada era stato terribile. Affrontare la realtà che qualcuno l'aveva presa di mira, non era stato il suo momento migliore. Ma vedere l'acqua che diventava sempre più profonda intorno al letto su cui era seduta, sapendo che non c'era modo di liberarsi, di uscire dalla stanza e di avere una possibilità di combattere, era orribile.

L'annegamento non era la sua idea del modo migliore per morire. Un proiettile in testa e veloce. Scontro frontale... si spera immediato. Pugnalata? Non è l'ideale, ma se il coltello l'avesse ferita nel modo giusto, magari non sarebbe stato così grave. Ma trattenere il respiro fino a scoppiare, sapendo che

quando istintivamente avrebbe ansimato in cerca d'aria si
sarebbe riempita i polmoni d'acqua? Assolutamente orribile.

Tirò il polso per l'ennesima volta, sperando l'impossibile,
magari che il polso si fosse magicamente ristretto per poter
passare attraverso la manetta, oppure che il metallo si fosse in
qualche modo staccato dalla testiera a cui era attaccato. Ma
non accadde nessuna delle due cose.

Proprio mentre cercava di decidere se prendere un'e-
norme boccata d'acqua non appena fosse stata abbastanza
alta, per rendere più veloce la sua morte, o se cercare in
qualche modo di prolungare l'inevitabile, la porta della sua
prigione si spalancò. Non aveva dubbi che avrebbe sbattuto
contro il legno dietro di essa, se l'acqua non avesse rallentato i
suoi movimenti.

Allye si aspettava di vedere l'uomo che l'aveva ammanettata al letto o il pescatore trasandato che aveva cercato di far
finta di non sentirla gridare aiuto quando era stata trascinata
sottocoperta.

Ma non era nessuno dei due. Era qualcuno che non aveva
mai visto prima, e sapeva che si sarebbe sicuramente ricordata
di aver visto *quest'*uomo.

Era enorme, sia muscoloso che alto. Infatti, non riusciva a
stare in piedi nella stanza a causa del soffitto basso. Lei non
era bassa, ma Allye sapeva senza dubbio che stando in piedi
accanto a questo bestione di uomo si sarebbe sentita piccina.
La mascella di lui era squadrata, le sue labbra erano premute
insieme in una linea serrata.

Aveva i capelli corti, scuri e gli occhi scuri. Occhi davvero
penetranti, nella loro intensità. Indossava qualcosa che assomigliava a una muta, ma che sembrava avere le tasche spor-
genti in alcuni punti. Il suo viso aveva una specie di vernice
nera o qualcosa di spalmato che le rendeva difficile distinguere i lineamenti dell'uomo nella stanza fioca.

Si fissarono l'un l'altro per quella che parve un'eternità

prima che Allye si ricordasse dove si trovassero e cosa stesse succedendo. Non sapeva se lui fosse un buono o un cattivo, ma al momento non aveva importanza. Non se riusciva a tirarla fuori di lì. Alzò il braccio, con la manetta che faceva un rumore stridente mentre raschiava contro la testiera del letto.

"Sono bloccata".

Le parole le suonavano stupide nella sua testa, ma lui non sembrava pensarla così. Allungò la mano in una piccola tasca sul fianco e tirò fuori quella che le sembrava una chiave di manette.

Si avvicinò al letto e si appoggiò al suo braccio. Allye vide che si trattava, in effetti, di una chiave di manette.

"Hai sempre con te le chiavi delle manette, quando fai razzia nell'oceano?" Chiese lei, facendo una smorfia. Aveva la brutta abitudine di spifferare tutto quello che pensava, incurante del fatto se fosse appropriato o meno.

"Sì".

Lei sbatté le palpebre.

Una parola. L'uomo aveva detto una sola parola, ma le fu sufficiente per innamorarsi della sua voce. Era bassa e rauca, sapeva che se lui avesse recitato l'elenco telefonico l'avrebbe ascoltata volentieri per tutto il dannato giorno.

"Beh...Bene. Allora oggi è il mio giorno fortunato, dato che mi hai trovato quando ne avevo bisogno. Sai...Perché la barca sta affondando e tutto il resto. La barca sta affondando, giusto?"

"Sì."

"Giusto. Ehm... Detesto disturbarti, ma non è che per caso hai visto un tipo davvero spaventoso là fuori? È un po' più alto di me, capelli neri. Indossa jeans e una camicia bianca con i bottoni? Lo so, del tutto inappropriato per il momento e il luogo, ma è quello che indossava".

Quando il suo soccorritore la guardò, continuò. "Lo chiedo solo perché, beh, non credo che voglia davvero che me ne vada, e non voglio incontrarlo. E lo faremo, sai, perché questa barca non è così grande. Quindi volevo solo sapere se l'avevi visto...".

La sua voce si spense, sentendosi stupida mentre il grande uomo continuava a fissarla per un secondo. Alla fine, disse: "Non devi preoccuparti, non lo incontreremo".

La ragazza sospirò con sollievo. Dedusse che quest'uomo si fosse probabilmente preso cura dello stronzo che aveva avuto una grande gioia nel dirle cosa l'aspettava, ma doveva controllare. "Fantastico".

"Forza, andiamocene da qui."

Non sapendo ancora se stesse saltando dalla padella alla brace oppure no, Allye saltò giù dal letto. Fece una smorfia quando i piedi atterrarono nell' acqua. Non indossava scarpe, le erano state tolte, ma aveva ancora i jeans e la maglietta. L'acqua era assolutamente gelida.

L'uomo si voltò e si fece strada verso la porta, ancora leggermente accucciato per non sbattere la testa contro il soffitto basso e Allye lo seguì.

All'ultimo secondo, lei si voltò e si diresse verso la piccola scrivania della stanza.

"Ma che cazzo? Andiamo, signorina! L'hai detto tu stessa, la barca sta affondando. Dobbiamo andarcene da qui", disse impaziente il suo forse-salvatore, forse-schiavista-sessuale.

Senza una parola, Allye tastò ciò che aveva preso e si verso l'uomo. "Lo so. Sto arrivando".

Quando lui si voltò di nuovo, sicuro di sapere che questa volta lei lo stesse davvero seguendo, Allye infilò nella tasca con cerniera della sua maglietta la chiavetta USB che aveva preso dal computer portatile sulla scrivania. Il suo rapitore l'aveva lasciata nella stanza quando era scomparso all'improvviso, poco prima dell'esplosione.

Contenta che anche se la barca *fosse* affondata in fondo all'oceano avrebbe comunque avuto qualcosa da mostrare ai poliziotti per dimostrare che era stata rapita, Allye seguì il gigante fuori dalla stanza verso il ponte superiore.

Sembrò che Gray avesse raggiunto la donna al momento giusto, perché non appena fecero un passo verso l'alto la barca si spostò di nuovo. L'uomo gettò un braccio per spingere Allye fuori dalla traiettoria di varie schifezze che giacevano sul ponte mentre si dirigevano a tutta velocità verso di loro. Allye fu sbattuta contro il muro della cabina di comando con una forza tale da farla grugnire. Ma quasi subito dopo averla colpita, l'uomo era lì, che le teneva il braccio per aiutarla a stabilizzarsi e guidarla intorno alle casse e alle canne da pesca che ora erano sparpagliate ovunque.

"Grazie", mormorò.

Lui non rispose, ma la teneva stretta mentre si facevano strada verso l'alto, assistendola verso il retro della barca. Si fermò per afferrare qualcosa di nero da una cassa che si era rovesciata, aperta con la forza del movimento della barca. Il ponte ora si inclinava in modo piuttosto allarmante, come se fosse il Titanic, la luce della cabina di comando sembrava quasi uno strobo mentre la barca si inclinava.

Allye si guardò intorno, aspettandosi di vedere un'altra imbarcazione, ma quando non vide nulla, sbottò: "Dov'è la tua barca?"

"Non ce l'ho".

Allye lo fissò incredulo. Se non aveva una barca, come avrebbero fatto a tornare in città? Aprì la bocca per chiedere proprio questo quando lui si fermò in fondo al ponte e si accucciò, tirandola giù con lui.

"Togliti i pantaloni", disse bruscamente, senza guardarla. Stava analizzando la superficie dell'acqua. Per quale motivo, Allye non ne aveva idea. Non riusciva a vedere nulla nell'oscurità che li circondava, e lui aveva detto di non avere una barca. Ma di certo non aveva intenzione di togliersi i jeans. Assolutamente no. Al diavolo.

"Ehm...Non dovremmo trovare la zattera d'emergenza? O i giubbotti di salvataggio?"

Allora lui si girò e la fissò, facendo con gli occhi un lungo percorso che le passò per i capelli, il viso e il corpo, prima di tornare su per incontrare il suo sguardo.

"In caso non l'avessi notato, gattina, stiamo affondando. Anche se avessimo tempo, non troveremmo nessuno dei due".

Allye sbatté le palpebre. "Ma...È contro la legge non avere dispositivi di galleggiamento personali".

Lui la fissò per un altro secondo, poi sorrise.

Il respiro di Allye si bloccò in gola. Accidenti, quando lui sorrise, cambiò completamente il suo intero volto. Sembrava quasi amichevole. Quasi.

"Penso che il fatto che il proprietario della barca stesse trasportando illegalmente una donna rapita, pronto a consegnarla a qualcuno per essere una specie di schiava del sesso, significa che non era troppo preoccupato di assicurarsi di avere a bordo l'attrezzatura adeguata".

"Vero", borbottò lei, sentendosi un po' stupida. Poi si guardò intorno. "Dove sono il capitano e quell'altro stronzo, comunque?"

"Devi davvero toglierti quei jeans", disse l'uomo accanto a lei senza rispondere alla sua domanda. "E devi metterti questo. Molto probabilmente resteremo in acqua per un po', e nel momento in cui saremo in acqua, ti sentirai come se avessi delle ancore attaccate ai fianchi se non ti togli i jeans".

"Ma l'acqua è fredda", protestò Allye, che sembrava ridicola anche alle sue orecchie quando afferrò il bottone dei jeans. Si rese conto allora che la cosa nera che lui aveva tirato su dal ponte e che ora teneva in mano era una muta stagna. Il pensiero di andare nell'oceano la spaventava a morte.

Era una buona nuotatrice, anche se non ce l'avrebbe fatta a nuotare a lungo, non con la temperatura dell'acqua. Ma la barca affondava sempre più velocemente. All'improvviso, indossare la muta sembrava una grande idea. Anche se non avrebbe tenuto l'acqua lontana dalla sua pelle, l'avrebbe tenuta più calda rispetto alla maglietta e alle mutandine.

Tutto sommato, togliersi i pantaloni davanti a questo sconosciuto era l'ultima delle sue preoccupazioni. Il suo unico pensiero era quello di indossare la muta prima che la barca sparisse sotto di loro.

"L'acqua *è* fredda", disse l'uomo, e Allye si rese conto che stava rispondendo alla sua stupida affermazione.

Aspettò che lei elaborasse. Ma non lo fece. Aveva un milione di domande in più e non era sicura di potersi fidare di questo sconosciuto. Era apparso dal nulla. Con una chiave delle manette. Non vedeva gli altri due uomini da molto tempo. Li aveva uccisi?

Certo che lo aveva fatto. Altrimenti perché non avrebbero già cercato di fermarli? A meno che quest'uomo non facesse parte di...Qualunque cosa fosse? Forse cercava di farle credere di essere un bravo ragazzo per farle fare quello che diceva lui. Sarebbe stato più facile controllarla in quel modo, di sicuro.

"Forse-"

"Toglitelo dalla testa", ordinò l'uomo, interrompendola prima che potesse finire il suo pensiero. Le strinse il braccio per attirare la sua attenzione. "Non sono uno di loro. Sono dalla tua parte. Ti porto a casa. Fidati di me."

"Come facevi a sapere a cosa stavo pensando?" Chiese Allye mentre si infilò la muta, sentendo sulle braccia il freddo materiale. Era comoda, per fortuna. Se fosse stata troppo grande, non l'avrebbe tenuta al caldo. Gli eventi delle ultime quarantotto ore l'avevano schiacciata come un peso di dieci tonnellate e all'improvviso si sentì esausta.

"Perché è quello che penserei se fossi nei tuoi panni.".

"Sì ma tu hai le scarpe, io no", rispose lei di getto, alzando una delle gambe e indicando il piede nudo.

Lui non rispose, ma lei pensò di avergli visto gli angoli bocca ribaltarsi prima che lui riuscisse a controllare la sua reazione e cancellasse l'emozione dal viso.

Allye sentì l'acqua sciabordare intorno a lei, ma tenne gli occhi fissi in quelli dell'uomo. Deglutì rumorosamente. "Stiamo davvero per saltare da questa barca nell'oceano senza giubbotti di salvataggio? Cosa ne pensi? Possiamo semplicemente nuotare fino a riva?"

"Un gioco da ragazzi", disse l'uomo, sorridendo di nuovo.

"Forse non affonderà", rispose lei, speranzosa.

"Oh, affonderà", disse il suo soccorritore con convinzione.

La barca si spostò proprio in quel momento, come a dimostrare che le sue parole erano corrette, inclinandosi un po' di più verso l'alto, costringendoli a stringersi di lato. L'oceano apparve sempre più vicino. L'uomo aveva ragione. Tutte le speranze di potersi aggrappare alla barca, ondeggiando fino a quando la Guardia Costiera o qualche altro pescatore li avrebbe salvati, scomparve.

Chiudendo gli occhi, Allye fece un respiro profondo. Quando li aprì, l'uomo era ancora lì accanto a lei, guardandola così intensamente da renderla nervosa.

"Sei pronta, gattina?"

"Perché mi chiami così?"

"Perché hai gli occhi di colore diverso. Una volta avevo una gattina così. Me la ricordi. Occhi grandi e innocenti, ma ogni tanto mi diceva che non doveva essere presa in giro, graffiandomi con gli artigli".

Allye alzò gli occhi al cielo. "Grandioso. Immagino sia meglio di te che dici che sono posseduta dal diavolo. Tra i miei occhi e questa striscia bianca tra i capelli, non puoi immaginare quante persone abbiano cercato di 'salvarmi' ".

La barca emise un forte rumore e, senza una parola, l'uomo accanto a lei si spostò e le mise le mani intorno alla vita. Prima che lei sapesse cosa avesse pianificato, stava volando in aria e sfrecciava verso l'oceano agitato.

———

Gray si sentì male per una frazione di secondo, ma quando vide sparire l'intera parte anteriore della barca reagì, semplicemente reagì, volendo togliere dal pericolo la donna che aveva soprannominato "gattina". Non voleva stare seduto sull'estremità della barca, mentre affondava.

Sapeva che anche se fosse stato risucchiato giù con la barca, avrebbe potuto facilmente liberarsi e risalire in superficie scalciando, ma lo stesso probabilmente non si poteva dire di Allye. Preferiva farla allontanare dalla barca una volta per tutte, piuttosto che rischiare di metterla in pericolo.

Spendendo un secondo prezioso per dare un'occhiata al suo orologio, notando che erano le nove passate, Gray si tuffò dal retro della barca senza aspettare di vedere se la testa della donna emergesse tra le onde. Sperava che Black si rendesse conto in anticipo che Gray non sarebbe arrivato al loro punto d'incontro, così avrebbero dovuto passare meno tempo nel freddo Pacifico. Lui poteva sopportarlo, quel freddo, ma non era sicuro di Allye Martin.

Non pensò minimamente ai due uomini che sarebbero scomparsi per sempre insieme alla nave. Il loro luogo di sepoltura sarebbe stato il fondo dell'oceano, ma le loro anime erano state sicuramente già risucchiate all'inferno.

Gray cominciò immediatamente a nuotare verso il luogo dove Allye era caduta in acqua, aspettando che la sua testa spuntasse fuori dall'acqua e che lei lo insultasse per averla lanciata senza preavviso.

Passarono diversi secondi, e con ognuno di essi Gray divenne sempre più teso. Cazzo, si era fatta male quando è caduta in acqua? Non si era nemmeno preoccupato di chiederle se sapesse nuotare. Aveva semplicemente reagito d'istinto.

Proprio quando era pronto a tuffarsi sotto la superficie e a cercare alla cieca, la vide. Era a circa sei metri da dove era atterrata. Nuotò verso di lei, mentre si chiedeva come lei avesse fatto a spostarsi così velocemente.

Quando la raggiunse, non si preoccupò di mantenere le distanze. Nuotò fino a lei e le mise un braccio intorno alla vita, tirandola su un fianco e tenendola facilmente al di sopra delle onde.

"Ti sei fatta male?" chiese bruscamente.

La donna si alzò e si tolse i capelli dal viso, la striscia bianca visibile tra i suoi riccioli marrone scuro. Era davvero insolito...e interessante.

"No, ma un piccolo avvertimento sarebbe stato gradito".

Gray si rilassò un po'. L'ultima cosa che voleva o di cui aveva bisogno era che lei lo trattasse male. Sapeva che Black sarebbe venuto a cercarlo quando non si sarebbe presentato con la barca al punto d'incontro, ma ci sarebbe voluto un po' di tempo.

Sperava che Black fosse riuscito a localizzare e intercettare l'altra barca. Avevano bisogno di più informazioni. Chiunque fosse sull'altra barca poteva essere la persona che aveva lasciato la donna. Sapeva di non aver ottenuto nulla dal proprietario del peschereccio, o dallo stronzo a sorpresa che aveva scortato la signora da chi l'aveva comprata.

Neanche lui si aspettava ciò che aveva trovato quando è entrato in camera da letto sulla piccola barca. Si aspettava una vittima di rapimento, impazzita e spaventata a morte. Invece, aveva trovato una donna calma e un po' buffa che, fino a quel momento, aveva fatto ciò che era necessario per sopravvivere. Inoltre, era molto attraente.

Allye Martin non era una top model, ma era carina. Aveva un bel nasino un po' rialzato, e anche se lui non l'aveva ancora vista sorridere, aveva notato una fossetta in una delle sue guance. Le sue labbra erano carnose, i suoi zigomi marcati le donavano toni interessanti. Ma i suoi occhi...

L'occhio destro era di un colore blu scuro, come un mare in tempesta. Gray sospettò che con una luce diversa, avrebbe cambiato tonalità. L'occhio sinistro era color nocciola. L'effetto era un po' sorprendente, ma non toglieva nulla alla sua bellezza. Questi occhi erano grandi, con ciglia lunghissime. Le sue guance erano attualmente arrossate nonostante l'acqua fredda, e si capiva che era stressata al massimo.

Da asciutti, i suoi capelli erano di un ricco color castagna, tranne che per una ciocca bianca larga circa un centimetro che correva dalla sommità del cuoio capelluto fino al lato destro della testa. Arrivava fino alla fine dei capelli, fino alle spalle. Così come il suo sguardo, era insolito e accattivante. Le stava bene. Gray non sapeva come facesse a saperlo, ma lo sapeva.

Sotto la sua mano, percepì il corpo flessuoso della donna. Era muscolosa e in forma, come ogni ballerina professionista.

Il modo disinvolto con cui gli aveva chiesto se avesse una chiave per le manette lo aveva divertito. Si aspettava che fosse isterica o che avrebbe pianto, ma sembrava che stesse reggendo molto bene. Tutto ciò che aveva visto finora lo aveva attratto... Ma non era lì per un appuntamento. Neanche lontanamente.

Disgustato da sé stesso, Gray immaginò di scuotere la testa. Aveva bisogno di concentrarsi per portarli il più vicino possibile al punto d'incontro. Se necessario, Gray probabilmente sarebbe potuto arrivare fino a riva, visto che aveva la muta stagna ed era abituato alla gelida temperatura dell'oceano, ma dubitava fortemente che la gattina tra le sue braccia potesse farlo.

Doveva tenerle la mente occupata in modo che non si

facesse prendere dal panico: era il suo obiettivo, in questo momento.

"Mi dispiace", si scusò Gray, ricordando la sua precedente dichiarazione della donna di volere un avvertimento prima di essere lanciata in aria come se fosse una bambina piuttosto che un'adulta. "Ho visto la barca affondare con la coda dell'occhio e ho reagito".

Lei sospirò e rispose a denti stretti. "Va bene".

"Come hai fatto ad arrivare fin qui così in fretta?" Sentiva le gambe di lei che gli sfioravano le sue, mentre stavano in acqua. I pensieri delle loro gambe che si aggrovigliavano in modo diverso gli attraversavano il cervello, ma lui spinse l'immagine da parte. Non erano sicuramente né il momento né il luogo adatto.

Lei scrollò le spalle. "Mi sono resa conto ancor prima di atterrare di quello che probabilmente stava accadendo, e le visioni del Titanic mi sono balenate nel cervello. Non volevo essere risucchiata giù con la barca, così ho nuotato sott'acqua per tutto il tempo che ho sono riuscita a trattenere il respiro".

"Intelligente", mormorò Gray.

Le sopracciglia di lei si sollevarono.

"Cosa?" chiese lui.

"Un uomo - un macho, ovviamente un tipo tosto - che ammette che qualcosa che ha fatto una donna è stato intelligente?".

Lui non poté fare a meno di ridacchiare. "Sono più che capace di dirti quando hai fatto qualcosa di giusto", si difese.

Lei lo guardò attentamente. "Ma..." Lasciò cadere la parola.

"Ma sono anche capace di dirti quando hai fatto qualcosa di stupido. E tornare indietro per un gioiello, o qualunque cosa dovessi prendere assolutamente, è stato semplicemente stupido. Se la barca fosse affondata quando eravamo ancora in quella stanza, molto probabilmente saremmo andati verso il fondo, insieme ai due scagnozzi che erano a bordo con te".

Lei lo fissò per un attimo prima di sospirare e di voltare la testa. "Ci sono voluti solo tre secondi, ma hai ragione. Mi dispiace".

Le scuse erano appropriate alla situazione, ma il tono non lo era. Sembrava delusa. Da lui. E questo lo irritava.

Gray sapeva che qualcosa non andava, ma d'altra parte, molte cose non andavano bene in quel momento. Voleva chiederle cosa diavolo fosse così importante da farla quasi morire... Ma non lo fece. Avevano davanti a loro una dura prova, e lui voleva stare dalla sua parte. L'ultima cosa di cui aveva bisogno era che lei si arrabbiasse con lui e diventasse ancora più difficile.

"Come ti chiami?", chiese, anche se lo sapeva già. Farla parlare era fondamentale. Le avrebbe tenuto la mente occupata e gli avrebbe permesso di valutare il suo stato fisico.

"Allye. Come lo spazio tra due edifici, ma la y viene prima della e"[1].

Lui ridacchiò. "Sembra che tu abbia dato spesso questa spiegazione".

Lei scrollò le spalle. "L'ho fatto."

"E il tuo cognome?"

"Martin. Allye Martin. E tu?"

"Grayson Rogers." Non ebbe problemi a dirle il suo vero nome. Non è che lei potesse cercarlo su Google e scoprire che era con i Mercenari di Montagna. Quando non veniva mandato in giro per il mondo da Rex a occuparsi di esseri umani orribili che si meritavano qualsiasi cosa, era un modesto contabile. Uno dannatamente bravo.

"Piacere di conoscerti, Grayson", disse Allye.

Gray non poteva farci niente. Si mise a ridere.

Gli occhi di lei si restrinsero. "Cosa c'è di così divertente?"

"Tu, gattina. Eccoci qui, in mezzo all'oceano, senza barca, senza giubbotti di salvataggio, e tu ti comporti come se fossimo nel bel mezzo di un salotto settecentesco o qualcosa del genere".

Lei lo spinse, e lui la lasciò andare. Aveva comunque bisogno di valutare le sue capacità natatorie, e questo sembrava un momento come un altro per farlo.

"Preferiresti che mi mettessi a urlare e a piangere? È così? Agire come una vittima indifesa? Non sono mai stata una vittima in vita mia, e non ho intenzione di iniziare adesso. E non piango, quindi puoi anche scordartelo".

"Mai?"

"Cosa?"

"Non piangi mai?"

Lei scrollò le spalle, senza togliergli gli occhi di dosso. "No."

"Perché no?"

I suoi occhi si spalancarono. "Possiamo non parlarne?"

"Perché no?" chiese ancora.

"Merda, sembri un moccioso di due anni. Perché, perché, perché?" si lamentò.

Lui rise di nuovo. Era proprio divertente. "Non è che abbiamo altro da fare al momento", disse. "Voglio dire, mentre siamo qui, tanto vale conoscerci meglio. Perché non piangi?"

Lei disse qualcosa sottovoce che lui non intese, ma che suonava molto come "Dio me ne scampi dal macho", poi si girò verso di lui. "Perché non serve a niente. Tutto ciò che fa piangere è mettere gli altri a disagio e *renderti* infelice".

"Piangere non mi mette a disagio", le disse.

Lei alzò gli occhi al cielo. "Certo, figurati.".

"Piangere è un buon modo per liberare le emozioni. Se sono vicino a un bambino che sta piangendo, mi dice che sta soffrendo, fisicamente o mentalmente".

"E se una donna piange?" Chiese Allye.

"Allora devo capire chi devo picchiare o uccidere".

Gray non pensò a quello che stava dicendo, prima che le parole gli uscissero di bocca. Si pentì subito. Non aveva intenzione di ricordarle quello che lei aveva appena scampato. Sapeva cosa lei avrebbe chiesto, ancor prima che aprisse bocca.

"Li hai uccisi, vero?"

Non ebbe bisogno di chiederle a chi si riferisse. Sospirò, e decidendo di proseguire con la verità per continuare a guadagnarsi la sua fiducia, disse semplicemente: "Sì".

"Bene".

La sua risposta fu breve e concisa, sorprendendo Gray. Di certo lui non provava alcun rimorso per quello che aveva fatto, ma era passato molto tempo da quando un civile aveva apprezzato le sue azioni così apertamente, così come sembrava stesse facendo Allye.

Quando lui non disse nulla, lei si mise sulla difensiva. "Voglio dire, non è che fossero pilastri della società di San Francisco o qualcosa del genere. Ho implorato il tizio di aiutarmi a fuggire, ma lui si è comportato come se io non ci fossi. Sapeva che non ero su quella barca di mia spontanea volontà, e non gli importava. E quell'altro tizio...".

Gray la vide visibilmente rabbrividire.

"Poteva anche essere il fratello di Satana. Era così freddo".

Gray flesse le braccia e si avvicinò ad Allye. La luna era luminosa nel cielo scuro, dando luce a sufficienza per poter vedere il suo volto. Non la toccò, ma era proprio di fronte a lei, potendo così distinguere la sua espressione facciale mentre faceva la sua prossima domanda. "Ti ha violentata?"

Allye sbatté le palpebre alle sue sincere parole. "No", rispose senza esitazione. "Ma di sicuro si divertiva a raccontarmi tutto dell'uomo che mi aveva comprata, e di come avrei dovuto chiamarlo Padrone, e di come *lui* si sarebbe goduto

ogni centimetro del mio corpo... Dopo avermi 'addestrata'.
Proprio così. Non sono un fottuto cane da mettere al
tappeto".

"Sai chi ti ha...comprato?" Gray odiava persino dire quelle
parole. Suonava così sbagliato dire "ti ha comprato", come se
fosse davvero una schiava. Ma non erano esattamente in una
situazione in cui dovevano, o potevano, menare il can per
l'aia.

Allye scosse la testa. "No. Il tizio non mi ha mai detto il
suo nome. Ma ha detto che il mio nuovo padrone mi osserva
da un po' di tempo e che è ossessionato da me... Quindi ha
mandato qualcuno a prendermi. Voleva assicurarsi che non
succedesse nulla alla sua proprietà".

Gray era completamente confuso. Se la persona che
l'aveva comprata l'aveva osservata, era probabile che vivesse o
lavorasse a San Francisco o nei dintorni. E se viveva nella
stessa città di Allye... Perché tutti questi sotterfugi? Perché
non farla portare direttamente da lui, dalla sua scorta? Le
barche non avevano senso.

Memorizzando questi pensieri per discuterne con Rex, le
chiese: "Sei una ballerina, sì?"

Lei annuì. "Uh-uh. Con il *Dance Theatre di San Francisco*".

"Classica?"

Allye alzò gli occhi al cielo. "Perché tutti pensano che
ogni ballerina faccia danza classica? No. Voglio dire, posso
fare danza classica, ma non fa per me. Faccio praticamente
ogni altro tipo di danza. Modern, jazz, sala da ballo, persino
tip tap. Una volta ho passato tre mesi in tournée con Janet
Jackson. Lasciamelo dire, è stato molto più difficile degli spettacoli serali che faccio con il teatro. È una perfezionista, e se
avessimo fatto un casino durante uno spettacolo, non avrebbe
esitato a farcelo sapere...Dovevamo esercitarci due ore in più
prima dello spettacolo successivo".

Un'onda sbucò dal nulla e si abbatté sulla testa di

entrambi. Gray si scrollò l'acqua di dosso come se avesse le branchie ai lati del collo, ma Allye tossì e sputacchiò l'acqua salata.

Se Gray avesse potuto prendere a calci il suo stesso culo in quel momento, l'avrebbe fatto. Dovevano andare verso la sicurezza, non galleggiare sull'acqua e fare i cazzoni. Più acqua salata avrebbe consumato la donna, peggio sarebbe stata. Ma quella era l'ultima delle loro preoccupazioni. La ragazza sarebbe morta di ipotermia molto prima che il sale nel suo organismo diventasse un problema.

"Quando è stata l'ultima volta che hai mangiato o bevuto qualcosa?" le chiese, avvicinandosi di nuovo e afferrandole il bicipite con la mano.

"Non ne sono sicura. Ma non molto tempo fa. Lo stronzo mi ha fatto mangiare e bere quando siamo saliti a bordo. Ha detto che se si fosse presentato con me malata o disidratata, il mio *padrone* non ne sarebbe stato contento".

Gray si sentì insolitamente arrabbiato per aver sentito il ricordo di ciò che era quasi accaduto alla donna, ma si scrollò di dosso la sensazione. "Bene. Ecco cosa devi fare. Fai tutto il possibile per non inghiottire l'acqua di mare".

Lei annuì. "Non sono un idiota. Ho visto film e programmi televisivi in cui le persone sono bloccate nell'oceano per giorni e impazziscono dopo aver consumato tutto il sale".

"Non resteremo qui dentro per giorni", la informò Gray. Non aggiunse che se fossero rimasti nell'oceano per ore, figuriamoci per giorni, sarebbero morti a causa della temperatura dell'acqua. Se lei non avesse avuto intenzione di parlarne in quel momento, non lo avrebbe fatto nemmeno lui.

"Uh-huh. Odio dovertelo dire, Grayson, ma quelle luci sono molto più lontane di quanto non appaiano. Per non parlare del fatto che questa non è esattamente la piscina del cortile del quartiere. In questo oceano vivono creature con i denti, molti denti".

"Gray."

"Cosa?"

"Il mio nome. Sono Grayson, ma tutti mi chiamano Gray".

Lei lo fissò per un secondo prima di roteare di nuovo gli occhi. "Bene. Come vuoi. Gray."

"Lo fai spesso", le disse.

"Fare cosa?"

"Alzare gli occhi al cielo."

"Questo perché dici cose così ridicole che non posso farci niente", rispose lei.

Sì, si può dire che questa ragazza gli piacesse. Gli piaceva il suo spirito. Gli piaceva che non stesse dando di matto. Gli piaceva il fatto che riuscisse ancora a fare l'insolente, anche se aveva appena vissuto un'esperienza orribile. "Sono un buon nuotatore", le disse.

"Anch'io", rispose subito lei. "Ma questo non significa che posso nuotare un *milione di miglia* fino a riva prima di morire di freddo, morire di sete o essere mangiata da uno squalo".

Gray si sollevò e le prese la testa tra le mani, sostenendo entrambi i loro pesi nell'acqua con il costante movimento delle sue gambe. "Ti porto a casa, gattina. Segnati le mie parole".

Questa volta lei non alzò gli occhi al cielo. Li tenne fissi in quelli di lui, con i suoi occhi dai colori diversi, e si limitò ad annuire.

CAPITOLO TRE

"Puoi dirmi cos'è successo? Come sei finita su quella barca?"

Chiese Gray, dopo aver nuotato per qualche minuto. Sentiva che Allye stava già tremando, ogni volta che la sfiorava in acqua. Le aveva fatto indossare la muta, ma non sarebbe riuscito a tenerla in vita se Black non si fosse sbrigato a trovarli.

"N-Non posso dirti molto. Stavo tornando a casa ed ero scesa dal tram. C'erano veicoli parcheggiati lungo tutta la s-strada, come al solito, e proprio mentre mi stavo avvicinando a uno di questi, si è aperta la porta posteriore di una delle macchine ed è apparso un tizio. Mi ha afferrato, sono finita sul quel sedile posteriore prima che potessi fare qualcosa, sono riuscita a malapena a squittire dalla sorpresa. Ho iniziato a urlare, appena ho potuto, ma aveva già chiuso la porta, acceso la macchina e mi ha iniettato qualcosa".

"Ti ha iniettato qualcosa?" Chiese Gray, odiando il modo in cui lei balbettava dal freddo. In teoria, Black sarebbe dovuto arrivare di lì a un'ora. Non era sicuro che Allye avesse tutto quel tempo.

Lei annuì. "Sì. Mi ha ficcato un ago, proprio nella coscia. Mi ha fatto malissimo. Quando mi sono svegliata, mi stavano portando sulla barca. Ho urlato al capitano che mi stavano rapendo e gli ho chiesto aiuto, ma sai già che mi ha ignorato".

Gray si sentì deluso per il fatto che lei non sapesse altro, ma se lo aspettava.

"Parlami della tua f-famiglia", chiese Allye, desiderosa di cambiare argomento.

"Ho un fratello, Jackson, che ha tre anni meno di me".

"Fammi indovinare, anche lui passa le sue giornate a salvare le damigelle in p-pericolo."

"È un insegnante di scuola elementare", rispose Gray.

Lei rimase in silenzio per un attimo, poi cominciò a ridacchiare.

Il suono echeggiò nell'acqua intorno a loro, e Gray non poté fare a meno di sorridere. Riusciva a immaginarla mentre alzava gli occhi al cielo.

"Davvero?", chiese lei.

Nuotavano fianco a fianco, modificando un po' lo stile rana per tenere la testa sopra le onde e poter parlare. Avevano usato lo stile libero per qualche tempo, ma dato che era buio, Gray voleva poter valutare come stesse la ragazza, parlandole. Così facendo era anche più facile assicurarsi che non si allontanassero nell'oscurità, nuotando in questo modo.

"Davvero", confermò lui. "Crescendo, voleva fare le solite cose - il pompiere, il poliziotto, il cowboy...Ma all'ultimo anno di liceo gli è stato chiesto di frequentare un corso semestrale chiamato Occupazioni. Hanno provato tanti tipi di lavori diversi, e lui ha detto che il giorno in cui ha fatto volontariato in una classe di terza elementare, gli è scattato qualcosa".

"B-bello."

"Bello, sì. È un insegnante molto bravo. Ha vinto un sacco di premi e i suoi figli lo adorano".

"Scommetto che i tuoi genitori sono orgogliosi", disse Allye.

Gray percepì qualcosa nel tono di lei, ma non riuscì ad interpretarlo. "Sì, mia madre lo ha sempre preferito a me", rispose. "Mio padre è morto da tempo, ma di sicuro sarebbe stato fiero del fatto che suo figlio faccia qualcosa che ami e che faccia la differenza nella vita dei bambini".

Allye non rispose.

"E tu, che mi dici?"

"Io cosa?", chiese lei.

"La tua famiglia?"

"Non ne ho una".

Gray sbatté le palpebre e cercò di vedere il suo volto nell'oscurità. Non ci riuscì. "Tutti hanno una famiglia".

"No, Gray, non tutti ce l'hanno. Alcune persone non sono fatte per avere una m-mamma che le ami".

"Stronzate", replicò Gray.

Lei tossì leggermente, ma non abboccò all'esca.

"Non mi interessa se si tratta di una madre adottiva, a distanza o biologica, ogni bambino merita di essere la luce degli occhi della madre".

"Come sei finito su quella barca per soccorrere una damigella in pericolo?" Gli chiese Allye, dopo un paio di minuti.

Gray voleva saperne di più sulla madre di lei. Voleva sapere chi dovesse prendere a calci in culo, ma le lasciò cambiare l'argomento della conversazione "È una lunga storia", l'avvertì.

Lei sbuffò e, ancora una volta, lui riuscì a immaginarla mentre roteava gli occhi. "Non è che abbiamo altro da fare al momento, sai", disse lei sarcasticamente.

"È vero. Vediamo. . . Non so da dove cominciare".

"Che ne dici di cominciare dall'inizio?"

Gray sorrise. Gli piaceva questa donna. Cominciò a dispiacersi per il fatto che, quando Black li avrebbe raggiunti, avrebbe dovuto lasciarla andare. Da molto tempo nessuna donna era riuscita a catturare il suo interesse così come aveva fatto Allye.

"Giusto, l'inizio. Ho ottenuto una borsa di studio per il nuoto all'Accademia Navale degli Stati Uniti, e una volta laureato, ho fatto subito un colloquio per diventare un Navy SEAL. Pensavo di sapere cosa aspettarmi dalla famigerata Settimana Infernale, ma nessuno mi avrebbe potuto preparare a questo".

"Tu eri un SEAL. Questo spiega molte cose", disse lei, senza alcun sarcasmo questa volta. "Ho visto alcuni d-documentari sul tipo di addestramento che hai affrontato", aggiunse Allye mentre continuavano a nuotare lentamente nell'acqua. "Sembra difficile".

"*È* difficile", confermò Gray. "È la cosa peggiore che abbia mai affrontato in tutta la mia vita. Volevo vomitare e smettere ogni singolo secondo".

"Perché non l'hai fatto? Smettere, voglio dire", chiese lei.

"Perché ero incazzato con gli istruttori. Sapevo che stavano facendo tutto il possibile per farci mollare - soprattutto me, perché ero un ufficiale - e questo mi rendeva ancora più determinato a non lasciarli vincere".

"Hmmm."

Gray sapeva che sarebbe stato un concetto impossibile da afferrare per chiunque non avesse subito la tortura fisica e mentale. Per lui era stata una tortura. Ma era stata anche la cosa migliore che gli fosse mai capitata. Aveva usato più volte quello che aveva imparato da quegli istruttori severi, avendo salva la vita più di una volta.

"Una delle cose che dovevamo fare, durante l'allenamento era una nuotata notturna. Sapevamo tutti che stava arrivando. Non era un segreto che fosse uno dei compiti che dovevamo portare a termine. Avevamo dormito solo un'ora quando ci siamo svegliati e ci siamo ammassati in una piccola stanza. Eravamo esausti per tutto l'inferno che avevamo già passato, gli istruttori continuavano a ripetere che non saremmo riusciti a fare la nuotata. Che là fuori c'erano squali che non vedevano l'ora di sbranarci. Sono riusciti a farci impazzire, poi ci hanno mostrato un documentario sugli attacchi degli squali".

"Cavolo, questo è s-sadico", ha detto Allye.

"Sì, ma hanno raggiunto il loro scopo, due persone hanno mollato subito. Volevano questo".

"Pensavo che *volessero* che le persone diventassero dei SEAL".

"Lo vogliono. Ma vogliono solo gli uomini più duri, sia fisicamente che mentalmente".

"Non sono sicura che parlare di squali sia l'idea migliore, in questo momento", disse lei, improvvisamente stizzita.

Gray ridacchiò. "Comunque, ci hanno detto che se uno squalo si avvicina mentre nuoti, tutto quello che devi fare è dargli un pugno sul naso".

"Oh, buon Dio. Questo era il loro consiglio?"

"Sì. Durante la nuotata ci hanno fatto passare attraverso letti di alghe. Quando quella roba ci sfiorava leggermente le gambe, ci spaventava a morte. Naturalmente non ci hanno detto che gli squali odiano quella roba e non ci nuotano dentro perché si incastrano. Ma altri tre uomini hanno mollato, in mezzo all'oceano".

"Immagino che nessuno sia stato mangiato da uno squalo", disse lei.

"No. E sai una cosa?"

"Ho paura a chiedertelo. Cosa?"

"In realtà è stata una delle esperienze migliori che abbia mai avuto, durante l'intera Settimana Infernale".

"Davvero? Sei pazzo."

Lui ridacchiò di nuovo. "Ci avevano separato, quindi non avevamo i nostri amici che ci aiutassero in quella parte dell'addestramento. Eravamo da soli. Era tutto tranquillo e noioso. Credimi, la noia va bene".

"Quindi ce l'hai fatta e non hai mollato", suppose Allye, dato che lui non disse altro.

"Sì. Sono stato un SEAL per un po'. Poi, dopo un incidente, ho ricevuto una telefonata da un uomo che si faceva chiamare Rex".

"La parola latina per *re*? Sembra un po' p-presuntuoso", osservò Allye.

"Eh. Vero? L'ho pensato anche io. Mi ha detto che stava formando un gruppo che avrebbe svolto missioni in tutto il paese e nel mondo, un lavoro simile a quello che avevo fatto io per la Marina, solo che sarei stato pagato il doppio e non avrei dovuto rispondere allo Zio Sam".

"S-Sembra un po' v-vago."

Gray notò il modo in cui i denti della donna sembravano sbattere sempre di più.

"Lo pensavo anche io. Ma ero disilluso dopo il servizio reso al mio Paese per vari motivi, e lui mi aveva spiegato cosa avrebbe fatto la squadra, in un modo che mi ha incuriosito. Mi disse di andare in una sala da biliardo, a Colorado Springs, per fare il mio colloquio. Il resto è storia".

"Mhmm", rispose lei. "In qualche modo, dubito che sia stato così facile".

Non lo era stato, ma Gray non volle entrare nei dettagli. Stavano solo scoprendo qualcosa sulle loro vite. Non poteva e non voleva mettere in pericolo l'operazione che Rex aveva organizzato, anche se le aveva già detto molto più di quanto avesse mai detto a qualcuno, al di fuori del gruppo.

Quando lei rimase in silenzio per un lungo momento, Gray le chiese: "Come te la stai cavando?"

"Sto bene", rispose lei immediatamente.

"Proviamo di nuovo, questa volta dicendo la verità?"

"Sto a-alzando gli occhi al cielo", lo informò. "Solo per f-fartelo sapere."

"Lo immaginavo."

"Sono s-stanca. Spaventata. Infreddolita. Onestamente, non ho idea di come faremo ad arrivare a riva".

"Non dovremo arrivare fino a riva", le disse Gray, sperando che la fiducia nel suo compagno di squadra le arrivasse forte e chiara. "Il mio amico verrà a prenderci. Dobbiamo solo resistere fino ad allora". Sapeva che non sarebbero stati in grado di nuotare per tutto il tragitto. Ma non era questo il punto. Il punto era quello di continuare a muoversi. Nuotare l'avrebbe mantenuta più calda e la promessa del salvataggio le avrebbe anche dato la spinta necessaria.

Ore 21:29

Gray diede un'occhiata al suo orologio. Il tempo si muoveva molto lentamente, sapeva che ogni minuto che passava era un minuto in più che Allye non aveva. "Che ne dici di un gioco di domande a raffica?", insistette, dato che lei non aveva detto nulla per un breve periodo.

"C-che cos'è?"

"Ti do la possibilità di scegliere tra due cose. Dimmi quali preferisci. Poi mi fai una domanda. Andremo avanti a turni".

"Stai cercando di distrarmi", indovinò lei.

"Sì'", Ammesse Gray liberamente. "Senti, sei stata fantastica. Sono impressionato da come stai andando bene. Sto solo cercando di tenere la tua mente occupata finché non arriva il mio amico".

Lei sospirò abbastanza forte da farsi sentire, al di sopra del suono delle onde.

"V-va bene".

"Fantastico. Spiaggia o montagna?"

"In questo momento dovrei dire m-montagna", disse.

"Non posso dire di biasimarti", disse Gray. Dopo un secondo, aggiunse: "Tocca a te".

"Deve essere una domanda a s-scelta?", chiese.

"No. Qualunque cosa ti venga in mente".

"Quante volte l'hai fatto?"

"Questo gioco?"

"Salvare una donna come m-me".

"Nessuna. Non c'è mai stata una come te", disse subito Gray.

Lei scosse la testa. Gray vide la ciocca bianca dei suoi capelli muoversi avanti e indietro. "No, voglio dire, quante m-m-missioni hai fatto dove hai salvato q-qualcuno?".

"Non lo so" le disse onestamente. "Non ne ho tenuto il conto. Ma posso dirti che, per fortuna, ci sono stati più casi in cui sono riuscito a salvare delle donne, rispetto a quelli in cui ho dovuto recuperare un corpo, o dei corpi". Lasciò che le sue parole si depositassero per un attimo, poi aggiunse: "Questa non doveva essere una missione di salvataggio. Sei stata una sorpresa".

"Davvero?"

"Davvero. I nostri informatori ci hanno detto che ci sarebbe stato un trasferimento di denaro, e che l'effettiva consegna del pacco... er... tu...Non sarebbe stata effettuata così presto. L'obiettivo era quello di scoprire il più possibile sull'uomo che ha orchestrato un enorme giro di schiavitù sessuale sulla West Coast. Un uomo di nome Gage Nightingale".

"E invece mi hai trovato", disse Allye lentamente.

"E invece ho trovato te", confermò lui. Poi aggiunse: "Grazie a Dio".

Poco dopo, lei disse: "Tocca a te".

"Cosa ti ha fatto decidere di fare la ballerina?".

"Ho sempre amato ballare, e quando mi sono trasferita a San Francisco lavoravo come cameriera. Non era esattamente il lavoro dei miei sogni. Ho deciso di seguire un corso di danza nel tempo libero. L'istruttore mi raccomandò alla signora che dirigeva il teatro di danza e, prima che potessi rendermene conto, mi fu offerto un lavoro con un salario molto più soddisfacente rispetto a quello del ristorante. Quanti anni hai?"

"Trentasei. Tu?"

"Ventinove. Quanto sei alto? Hai quasi battuto la testa in quella stanzina sulla barca".

Lui ridacchiò "Un metro e novantacinque."

"Santo cielo. Sei un gigante."

Lui non poté fare a meno di ridacchiare. Gli piaceva molto il fatto che lei fosse così diretta. "Non mi ritengo così enorme. Ma sì, sono alto. Tu?"

"Un metro e settanta. Personalmente, penso che sia un'altezza perfetta. Non sono così alta da svettare sulla gente quando porto i tacchi, ma non sono neanche così bassa che tutti devono guardarmi sempre dall'alto in basso. Esclusi i presenti".

Lui vide il bagliore dei denti di lei mentre girava la testa e gli sorrideva.

Continuarono con il loro gioco, facendosi domande tranquille a vicenda, per conoscersi. Stavano riuscendo a creare una sorta di legame che Gray non avrebbe mai pensato possibile, in così poco tempo. Sapeva che era il risultato della situazione in cui si trovavano, ma era comunque una bella sensazione.

Oltre a sua madre e a suo fratello, non si era sentito così

vicino a un'altra persona, così rapidamente, come gli stava capitando con Allye. Nemmeno gli uomini con cui lavorava, il che lo metteva a disagio... Anche se non abbastanza per smettere di rispondere o di fare domande.

Ma alla fine le loro domande cominciarono a diminuire. Il tempo che intercorreva tra i due si allungava sempre di più.

Ore 21.44

"Stai bene?" Chiese Gray, dopo aver dato un'altra occhiata al suo orologio.

La sentì fare un respiro profondo, poi lei allungò la mano sfiorandogli la schiena, prima di afferrargli il bicipite. Lui smise di nuotare e cominciò a galleggiare, preoccupato.

"Sono stanca", disse lei tranquillamente. "E ho f-freddo. Non credo di riuscire a farcela".

"Stronzate", disse subito Gray. "Ce la farai".

"Mi sento come se fossi stata in uno spettacolo di d-danza per ore. Ho i crampi ai muscoli e sto g-gelando. Sento la bocca come se fosse di cotone e mi sento un po' male".

A Gray non piacque niente di tutto questo, ma si rifiutò di commiserarla. Se l'avesse fatto, lei non ce l'avrebbe fatta. Ma non poteva nemmeno trattarla come se fosse una candidata alla scuola dei Navy SEAL. Preferiva che lei continuasse a nuotare, per farle scorrere il sangue, ma non voleva nemmeno sfiancarla. Era un equilibrio delicato e sentiva che, qualunque cosa facesse, avrebbe preso la decisione sbagliata nei confronti di Allye.

"Aggrappati a me", le disse dopo un attimo, stringendo la mano nella sua e portandola verso il suo corpo, in una delle tasche che aveva all'altezza della vita. Le avvolse le dita intorno ad essa. "Puoi sdraiarti sulla schiena, io ti traino".

"Non è giusto", protestò lei. "Inoltre, anche tu sarai s-
stanco e infreddolito.".

"Non ti deluderò", le disse. "Fidati di me. Mi conosco. Sto
bene. Probabilmente potrei muovermi più velocemente in
questo modo, piuttosto che nuotando vicini".

"Probabilmente è vero", mormorò lei.

"Se ti rilassi abbastanza, potresti anche fare un pisolino
mentre nuoto", disse.

"Ma non sarei in grado di r-resistere".

"Non ti lascerò andare alla deriva, gattina. Lo giuro."

"Ok. Ma... Questo non è proprio da me. Di solito sono
l'ultima a lasciare le prove di danza."

In qualche modo, Gray sapeva che lei non stava
mentendo. Aveva retto molto bene. Era impressionato. "Lo so
che non è da te. Ma non c'è niente di male nel chiedere
aiuto".

"Tutti quelli a cui ho chiesto aiuto mi hanno deluso", gli
rispose lei con un tono piatto, tono che lui ormai sapeva
veniva usato quando lei non stava esagerando.

"Beh, dopo che ci avranno recuperati, non potrai più
dirlo. Sdraiati sulla schiena, gattina", le ordinò. La aiutò soste-
nendola con una mano mentre lei si adagiava. Si avvicinò a lei
e si assicurò che avesse una presa salda sulla sua muta.
"Pronta?"

"C-certo. Mi sdraio qui e faccio un pisolino".

Lui sorrise. "Stai di nuovo alzando gli occhi al cielo, vero?"

"Sì. P-procedi pure. Portaci a casa."

Casa. Gli piacque il suono di quella parola che usciva dalle
labbra di lei, ma non rispose. Si diresse semplicemente verso
le coordinate dell'appuntamento, ancora una volta. Gli ci
volle un attimo per trovare un'andatura che non le disturbasse
la presa, pur consentendogli la massima efficienza.

Acquisì un ritmo regolare e, cosa interessante, non si
sentiva per niente stanco. C'era qualcosa nell'essere al cento

per cento responsabile della donna al suo fianco che gli faceva riprendere fiato. Odiava il fatto che fosse stata delusa da tutti quelli che conosceva. Giurò che non sarebbe stato solo un altro di una lunga serie di quelle persone.

Anche se avrebbe fatto parte nella vita della donna solo per quel breve momento, per lui era importante che lei sapesse che lui era affidabile, degno di fiducia, pronto a proteggerla.

Per un secondo, desiderò di poterle restare accanto per il resto della sua vita, ma respinse il pensiero. Non era possibile, e lei non era sua. Non poteva esserlo.

Ma in quel momento, in mezzo all'oceano, avrebbero anche potuto essere le uniche persone sul pianeta. Lei *era* sua. Avrebbe combattuto contro qualsiasi squalo che avesse osato mostrare il suo brutto muso e avrebbe ucciso qualsiasi altro trafficante di sesso che si fosse presentato. Si sarebbe messo tra lei e i mali del mondo, per tenerla al sicuro.

CAPITOLO QUATTRO

ORE 21:58

Allye si sdraiò sulla schiena e permise a Gray di trascinarla. Non aveva idea di quanto tempo fossero rimasti in acqua, ma sembravano ore. Stare in mezzo all'oceano al buio era terrificante.

Aveva un braccio sopra la testa, le dita aggrappate a una delle tasche della muta di Gray. Nuotava per lo più su un fianco, usando una specie di rana modificata per spingere entrambi.

Non voleva essere debole e farsi trascinare da lui, ma era esausta, assetata e congelata. Sapeva che non avrebbe resistito a lungo cercando di nuotare da sola. Aveva tremato di freddo per un po' di tempo, ma ora il suo brivido si era attenuato, anche lei sapeva che non era un buon segno. Il loro gioco di domande aveva però funzionato per tenerle la mente occupata per un bel po' di tempo. Aveva imparato molto sul suo soccorritore, e tutto quello che aveva sentito le piaceva.

Inoltre, questi non sembrava per niente stanco. Non

respirava nemmeno a fatica. Si trovò a pensare che potesse essere una specie di falso umano, un prototipo di macchina o qualcosa del genere, tranne che per i piccoli grugniti che ogni tanto gli uscivano dalla bocca mentre nuotava con forza per farli muovere in acqua.

Per qualche ragione, quando prima aveva giurato che l'avrebbe portata a casa, lei gli aveva creduto. Era una cosa stupida. Era stata rapita, gettata in una barca, le era stato detto tutto su come la sua nuova vita sarebbe trascorsa rinchiusa in una gabbia dorata con la scusa di essere "protetta e riverita". Era stata informata che sarebbe "arrivata a" continuare a ballare, che il suo nuovo padrone amava il modo in cui ballava e che aveva creato un palco esclusivamente per lei. Solo il pensiero le faceva venire voglia di vomitare. Non avrebbe mai potuto esibirsi per qualcuno che l'aveva rapita. Non sarebbe stata un fenomeno da baraccone. Impossibile.

Poi, quando era convinta di stare per annegare, per qualche miracolo, Gray si era presentato alla porta e l'aveva gettata nel grande e brutto oceano. Ma non l'aveva lasciata. No, le era stato accanto ad ogni passo, ad ogni colpo di scena.

"Dimmi qualcos'altro di te", disse Gray.

Le sue parole erano ovattate, le sue orecchie erano sott'acqua, ma Allye lo sentiva ancora. Girò la testa all'indietro per guardarlo mentre la spingeva in avanti. "Che cosa vuoi sapere? Pensavo che avessimo scoperto di tutto, prima".

"Qualsiasi cosa tu voglia dirmi", fu la risposta di lui.

Allye sospirò. Di solito odiava le domande personali, si sforzava di dare risposte del cavolo o di mentire completamente, o fornire solo alcuni frammenti del suo passato. Ma per qualche ragione, si sentiva come se con Gray dovesse essere onesta. Sentiva un legame con lui. Sapeva che era a causa della loro situazione e perché lui l'aveva salvata, ma era comunque un legame.

Inoltre... Di cos'altro avrebbero parlato? Era buio pesto,

e lei si annoiava. Se lei si fosse annoiata, probabilmente sarebbe stato lo stesso per lui. Le venne in mente che Gray le aveva detto quanto fosse stato noioso il suo bagno notturno, mentre seguiva l'addestramento per diventare un SEAL. Non voleva che si annoiasse. Voleva che lui fosse vigile e pronto a prendere a pugni qualsiasi squalo che potesse apparire dal nulla per cercare di mangiarla. Forse le aveva fatto quella domanda perché si stava stancando e voleva una distrazione.

Dovevano parlare di qualcosa. Tanto valeva che fosse della sua vita di merda.

Tenergliela nascosta sembrava sciocco in quel momento, quando avevano legato così velocemente e facilmente.

"Credi nel k-karma?" gli chiese prima di iniziare a raccontargli la storia della sua vita.

"Assolutamente", disse Gray con convinzione.

"Pensavo lo s-stesso", disse Allye, girando la testa per guardare il cielo scuro. "Voglio dire, pensavo che se fossi stata una brava persona e avessi fatto delle buone azioni, la mia vita sarebbe sicuramente migliorata". Sbuffava, attenta a non inalare acqua di mare. "Sono tutte stronzate".

"Dimmi tutto", ordinò Gray.

Allye chiuse gli occhi. "Sono nata da una donna che non voleva figli. Ma pensava che se avesse avuto un bambino, l'uomo che era con lei l'avrebbe amata e sarebbe voluto restare con lei per sempre. Mi ha detto che lui se n'è andato la settimana che mi ha portato a casa dall'ospedale. Mi diede la colpa, naturalmente. Piangevo in continuazione ed ero troppo esigente".

"Fottuta stronza", disse Gray, interrompendola.

Allye alzò di nuovo la testa e lo guardò di sorpresa. Sembrava estremamente incazzato... E lei non aveva nemmeno iniziato a raccontare la sua storia.

La sorprese a guardarlo e le disse: "Eri una bambina. Piangere e avere bisogno di attenzione è quello che fanno i bambini".

"Vero. Immagino che l-lei non ci abbia riflettuto a fondo", fu tutto quello che Allye riuscì a dire. "In ogni caso, quindi sì, avere un bambino non è finita come sperava. A malapena mi tollerava intorno a lei. Ho iniziato la scuola a quattro anni, semplicemente perché non mi voleva tra i piedi e non voleva più pagare per la custodia dei bambini. E-era troppo presto, ero la più stupida della mia c-classe".

"Non dire così", disse Gray, facendo una pausa nel nuoto e allungandosi per stringerle il braccio.

Allye scrollò le spalle. " È vero. Mi hanno b-bullizzato tutto il tempo perché ero anche la più piccola rispetto agli altri. Questo perché mia m-mamma non si è mai preoccupata di comprare del buon cibo".

"Buon cibo?"

"Sì. Sai, la roba nutriente. Oh, c'era sempre cibo spazzatura come biscotti da supermercato, p-patatine e hot dog, ma mai frutta e verdura fresca. Ho scoperto che dovevo mangiarle quando sono cresciuta".

"Questa storia già non mi piace, ma ho la sensazione che qualsiasi cosa tu dica non mi piacerà, vero?" Chiese Gray mentre ricominciava a nuotare.

Allye ridacchiò, ma non c'era umorismo. "Non ti conosco abbastanza bene per dire se ti piacerà o no, ma posso dirti che a me non piace questa s-storia".

"Maledizione. Continua."

Lei alzò gli occhi al cielo anche se sapeva che lui non poteva vederla. "Mi hai chiesto di parlare", gli ricordò. "Posso stare zitta, e possiamo coesistere di nuovo in s-silenzio, se vuoi".

"No. Parla, gattina."

Gray iniziava davvero a piacerle. Lui era con i piedi per terra e, fino ad allora, non le aveva detto stronzate. Poi c'era tutta quella storia del "salvarla da una nave che affondava e dalla vita da schiava sessuale di qualche pazzoide che voleva essere chiamato 'padrone'". Inoltre, tollerava il soprannome che Gray le aveva dato, anche se si era sempre rifiutata di farsi chiamare con nomignoli affettuosi dai vari fidanzati.

"Bene, così la vita ha seguito questo ritmo per un po'. Alle sei e mezza ero fuori di casa per andare alla fermata dell'autobus, che arrivava solo alle sette e quarantacinque. Poi tornavo a casa verso le quattro. La casa era sempre vuota. Mamma era fuori a fare qualsiasi cosa facesse. Tornava a casa verso le otto e mi mandava nella mia stanza".

"Ti maltrattava?" Chiese Gray.

Allye odiava questa domanda. Siccome era esausta, assetata, infreddolita e spaventata, per una volta, non trasalì. "Se intendi sapere se mi ha picchiato, allora no. Ma se pensi che lasciarmi mangiare patatine fritte a colazione, non essere mai a casa con me e non avermi mai abbracciato o avermi detto che mi vuoi bene, allora sì, mi ha maltrattata. Ogni maledetto giorno della mia vita".

"Cazzo, mi dispiace, gattina. Hai ragione, questo è assolutamente un maltrattamento. La mia domanda era fuori luogo".

Ora doveva scusarsi. Si era costretta a sedersi in acqua, quasi soffocata da un'onda che aveva scelto proprio quel momento per schiantarsi sopra la sua testa. Gray intervenne subito mettendo il suo braccio intorno a lei e tenendola verso l'alto, mentre tossiva.

Quando lei riprese fiato, guardò Gray negli occhi. Erano così vicini che poteva vederli brillare nella luce della luna. "No, mi dispiace. Non avrei dovuto dirti così. Tecnicamente, non sono stata maltrattata. Mia madre mi ha dato cibo e riparo. Mi ha mandato a scuola. Certo non mi ha mai, nemmeno una volta, aiutato a fare i compiti. Dovevo pulire tutta casa prima che lei tornasse o si sarebbe scatenato l'inferno. Per la maggior parte del tempo mi trattava come una serva a domicilio, piuttosto che come la sua bambina. Non mi teneva in braccio quando ero spaventata o arrabbiata, non mi leggeva mai nulla, né faceva nient'altro che un vero genitore fa per il proprio figlio".

"A me sembra proprio un maltrattamento", ripeté secco Gray.

"Sì, beh...Non per lo s-stato. Li ho chiamati, una volta", ammise Allye ad alta voce per la prima volta in assoluto.

"Chi?"

"I servizi sociali. Ho d-denunciato mia madre per maltrattamento. Sono venuti a casa e hanno indagato. Ma è stato inutile. Hanno visto la casa pulita, la bambina sana e senza lividi. Hanno chiamato la mia scuola, anche se ero indietro rispetto agli altri bambini della mia classe, gli insegnanti non hanno denunciato alcun comportamento s-sospetto. Hanno chiamato mia madre e, a quanto pare, lei li ha inchiodati con la stessa facilità con cui ha ingannato tutti gli altri. Il caso è stato chiuso".

La bocca di Gray si ridusse ad una smorfia e mormorò: "Cribbio".

"Sì. Mia madre si incazzò e cercò di capire per mesi chi la denunciò. Non ho mai ammesso di essere stata io. Ma poi mi resi conto di quanto sarebbe stato inutile farlo di nuovo. Alla fine, se ne è dimenticata. Vorrei davvero essere stata messa nel sistema di affidamento, allora, pur di evitare quello che è successo dopo".

"Che cosa è successo?"

"Possiamo continuare? Voglio dire...Se non sei troppo stanco".

Gray la guardò a lungo. "Non sono troppo stanca, gattina. È più facile parlarne se non ti guardo, vero?"

Sorpresa che lui l'avesse capito, Allye annuì semplicemente.

Senza dire una parola, le riportò la mano nella tasca a cui si era aggrappata prima e le fece cenno di sdraiarsi. Lei lo fece, e sentì di nuovo le sue potenti gambe avviare il movimento in acqua.

"Forse, quando avevo sei anni, avrei avuto la possibilità di essere adottata. Ma a nove anni non c'era modo. Ero troppo vecchia. Nessuno voleva una bambina strana che fosse al massimo una studentessa di serie C e che preferisse stare nella sua stanza a leggere, piuttosto che a socializzare".

Allye sospirò e gli raccontò del giorno più doloroso della sua vita. "Era un sabato, e la mamma non voleva che andassi in giro per casa, come al solito, così mi portò al centro commerciale locale. Lo faceva sempre. Mi lasciava la mattina e mi veniva a prendere nel tardo pomeriggio. Non ho idea di cosa facesse quando andavo a scuola o al centro commerciale, ma immagino che si scopasse uomini per soldi. Comunque, quel giorno non è mai venuta a prendermi".

"Dici sul serio?" Chiese Gray.

"Sono andata dove mi aspettava di solito e alla solita ora, ma non si è fatta vedere. Sono rimasta in giro fino alle otto di sera, quando una delle guardie di sicurezza mi ha visto e mi ha fatto entrare con lui. Gli ho dato il numero di mia m-madre, ma non ha risposto. Sono arrivati i poliziotti e mi hanno accompagnato a casa. Ho cercato di ringraziarli e di mandarli via, ma credo che non si sentissero a loro agio nel lasciare da sola una b-bambina di nove anni non recuperata dalla madre, senza prima aver parlato con un adulto. Li ho fatti entrare in casa...Ed è stata la prima volta che ho capito che il karma era una grande m-menzogna".

"Cos'è successo?"

"La casa era vuota. Mia madre l'aveva ripulita. P-Probabilmente ha parcheggiato un furgone in movimento fino alla porta e ha spinto tutto dentro. Anche la roba nella mia stanza era sparita. Tutti i miei vestiti, il mio letto, tutto quanto, sparito".

"Dov'è andata?" Chiese Gray.

"Non ne ho i-idea."

Gray smise di nuotare di nuovo. "Vuoi dire che non le hai più parlato da allora?"

Allye non si sedette, si limitò a fluttuare sulla schiena, accanto a lui. "No. Non la vidi mai più. Non ho mai v-*voluto* rivederla".

"Fottuta puttana", imprecò di nuovo Gray, riprendendo a nuotare.

"Sì. Così, sono andata in affido. Ma non è molto divertente, quando sei preadolescente. O adolescente. Non ho avuto esperienze orribili. Voglio dire, non sono stata picchiata o cose del genere, ma non mi sono mai sentita veramente a mio agio. Le case in cui ho vissuto andavano bene, credo, ma i miei genitori adottivi erano sempre occupati, e non li ho mai sentiti come se fossero veramente i miei genitori... Se questo ha un senso".

"Sì, certo."

"Comunque, quando sono entrata nel sistema di affidamento, ero ottimista. Pensai che se fossi stata super carina e se avessi sempre fatto quello che la gente mi diceva di fare, sarei stata fortunata e sarei stata adottata. Il karma, appunto. Ma non ho avuto fortuna. Sembrava che più cercassi di fare del bene, più ero sfortunata. In una delle case c'era una g-gattina. La amavo. Era molto anziana, ma super affettuosa. Le piaceva dormire sotto le coperte con me. Mi sono addormentata più di una notte con lei che mi si spingeva contro il petto. Un giorno, tornando a casa da scuola, vidi un g-gatto randagio che stava miagolando dentro un tombino. Ho guardato e ho visto che laggiù c'erano bloccati due micini. Ero abbastanza piccola da poterci scivolare dentro. Ho salvato quei gattini e li ho riuniti con la loro madre. Ero così orgogliosa di quella b-buona azione che avevo fatto, ma quando sono tornata a casa, ho scoperto che mio padre adottivo aveva investito per sbaglio la mia adorata gatta".

Sbuffò. "Tanto karma *quel* giorno", disse, non riuscendo a nascondere la sua amarezza. "È stato così per tutta la vita. Faccio qualcosa di buono e quasi subito qualcosa si gira a mordermi le chiappe".

"Fammi un altro esempio", chiese Gray.

"Non ti è b-bastata la storia dei micini e della gatta?"

"No."

Lei sapeva che Gray non era cattivo, semplicemente non le credeva. "Ok, va bene. Allora, una delle altre ballerine a l-lavoro aveva bisogno di un posto dove stare perché il suo ragazzo la picchiava. L'ho lasciata stare con me, pensando che fosse la cosa più giusta da fare. Beh, il suo fidanzato ha scoperto dove stava e ha iniziato a molestarla anche a casa mia. Le cose si sono messe così male che il mio padrone di casa mi ha sfrattato per aver disturbato il resto dei residenti".

"Cosa? Gesù. Che cosa è successo alla tua amica? Il suo ragazzo l'ha raggiunta?"

"No, se n'è andata poco prima che venissi sfrattata ed è tornata a casa nella Carolina del Sud".

"Quindi, il fatto che tu l'abbia fatta trasferire l'ha salvata dal suo fidanzato violento", concluse Gray.

"No."

"Sì, gattina, è così."

"Come vuoi. Ok, che ne dici di questo? Un'altra ballerina voleva uscire una sera in un nuovo locale. Era il suo compleanno, ed era così eccitata all'idea di andarci, ma la sua amica l'ha lasciata da sola. Così mi ha chiesto di andarci. L'ho fatto, ed è venuto fuori che il c-club non era un club di ballo, come pensavo. Pensavo che saremmo andate a bere qualcosa e a ballare tutta la notte, e invece era un club BDSM. Lei voleva provare questo stile di vita e non voleva andarci da sola. Così ho dovuto passare la notte a guardare la mia amica che si spogliava e si faceva legare a una croce mentre un uomo con i pantaloni di pelle le faceva di tutto. Non solo, ho dovuto respingere per tutta la notte gli uomini che continuavano a *volermi* legare. È stato estremamente imbarazzante, era tutto tranne che il mio ambiente."

"Capisco che sia stato uno shock", disse Gray.

Allye giurò di sentire una nota di divertimento nella sua voce. Alzò la testa e lo fissò.

Lui stava sorridendo, con i suoi denti bianchi che sembravano incredibilmente luminosi al chiaro di luna. "Altro?"

"Non sono solo incidenti isolati, Gray", disse Allye, sconfitta. " È sempre stato così. V-voglio dire, guardami ora. Sono stata rapita, per l'amor di Dio. Poi, invece di essere venduta o assassinata, sono stata così sfortunata da essere stata su una barca che quello stronzo inquietante ha fatto saltare in aria! Ora sono in mezzo al maledetto oceano. Il karma mi odia".

"Direi che sei la donna più fortunata che abbia mai incontrato", disse tranquillamente Gray.

Allye si sollevò di nuovo. "Hai appena detto che sono f-*fortunata*?" C'erano nuvole che scorrevano nel cielo, e sedendosi si rese conto che avevano coperto la luna, togliendo ogni parvenza di luce. Aveva anche lasciato andare Gray, e ora non riusciva a vederlo o a sentirlo da nessuna parte vicino a lei.

"Gray? Merda...Gray? D-Dove sei?" Era in preda al panico, Allye sentì il suo battito cardiaco aumentare, nulla rispetto al battito tranquillo che aveva mentre Gray la trainava in acqua.

"Sono qui, gattina", le disse all'orecchio.

Allye si rilassò immediatamente sentendo la voce di lui e il suo braccio possente che le cingeva la vita. Gli conficcò le unghie nella coscia, sentendogli i muscoli flettersi mentre lui muoveva le gambe e la teneva a galla. "Non lasciarmi", sbottò. "Per favore, non lasciarmi da sola".

"Non vado da nessuna parte. Promesso", le disse, senza sembrare per nulla turbato o spaventato dal suo sfogo.

Le mise una delle sue grandi mani sullo sterno e la posizionò dolcemente sulla schiena. "Sono proprio qui. Ti porterò a casa. Giuro."

Allye provò a rilassarsi, ma era quasi impossibile. Le era sempre piaciuto nuotare, ma ora non desiderava altro che tornare sulla terraferma. Alzò l'altra mano e le usò entrambe per aggrapparsi a lui, mentre lui ricominciò a fendere l'acqua, presumibilmente verso la terraferma.

Cominciò a parlare come se lei non avesse avuto un momento di panico. "Per come la vedo io, Allye Martin, sei la donna più fortunata che abbia mai incontrato in vita mia, e il karma funziona benissimo per te".

Si fermò come in attesa di una risposta negativa, ma Allye non disse nulla. Riusciva solo a pensare a tutto ciò che poteva andare storto. Gli squali, o se Gray avesse accidentalmente iniziato a nuotare nella direzione sbagliata, o se l'uomo che voleva comprarla fosse diventato impaziente una volta mancata la consegna e fosse venuto a cercarla lui stesso.

"Prendiamo oggi come esempio, ok?", riprese Gray. "Potrei ricominciare da quando eri piccola, ma preferirei parlare di cose che conosco in prima persona".

"Come vuoi", borbottò Allye.

"Sì, sei stata rapita, il che fa schifo. Ma non sei stata aggredita. Non sei stata stuprata. Ti hanno dato da mangiare e ti hanno dato dell'acqua. Entrambe le cose ti stanno aiutando ora, che tu lo voglia ammettere o no. Invece della transazione di denaro, ti è capitato di essere sulla barca su cui mi sono presentato. Non avresti dovuto essere lì, ma c'eri. Poi, invece di affondare sul fondo con la barca, avevo la chiave delle manette con me e sono riuscito a liberarti. Ora sei anche libera dai tuoi rapitori e sei sulla via del ritorno a casa. Sembra che il karma stia funzionando davvero bene per te, gattina.

Perché ti dirò, la maggior parte delle donne che vengono rapite e scompaiono nel commercio del sesso non sono così fortunate. Non vengono mai trovate, e passano il resto della loro vita ad essere violentate, usate e maltrattate prima di morire di quella che molto probabilmente è una morte indegna e di essere sepolte in una tomba senza nome, da qualche parte".

Allye sapeva che lui aveva ragione, ma era davvero difficile guardare il lato positivo delle cose mentre veniva sbattuta tra le onde in mezzo all'oceano.

"Mettiamola così", continuò Gray. "In media, si stima che negli Stati Uniti ci siano circa novantamila persone scomparse in un anno. Circa quarantamila di queste sono donne. Probabilmente mancava un'ora o meno perché tu diventassi una di loro. Direi che qualsiasi cosa buona tu stia facendo nella tua vita... Beh, continua a farla. Il karma è sicuramente dalla tua parte. Potrebbe metterci un po' di tempo per mostrare il suo volto, ma è lì".

Per la prima volta da quando era piccola, Allye sentì le lacrime pungere il retro dei suoi occhi.

Per tutta la vita si era sentita la persona più sfortunata del mondo. Ma con poche frasi, uno sconosciuto le aveva fatto vedere tutta la sua vita in modo diverso. No, non uno sconosciuto. Gray. Onestamente, aveva ragione. Sì, le erano capitate delle cose brutte, ma a chi non capitano? Il fatto che non fosse incatenata dentro una gabbia a implorare il suo "padrone" di lasciarla mangiare era la prova che forse, e solo forse, il karma non l'aveva abbandonata, dopo tutto.

"Grazie", disse tranquillamente, non sicura dl fatto che Gray potesse sentirla.

Ma la sentì. "Non c'è di che".

Allye sentì la mano di lui scivolare sopra la sua spalla e stringersi, prima di cominciare a nuotare di nuovo verso la loro destinazione.

Non sapeva se sarebbe sopravvissuta alla notte, se sarebbe sopravvissuta per un'altra ora, ma era più grata di quanto potesse mai esprimere di non essere sola. Che Gray fosse con lei. Se in qualche modo fosse riuscita a fuggire dalla barca da sola, non sarebbe mai sopravvissuta per tutta la notte. Lo sapeva, senza dubbio.

Le sue dita si strinsero sulla sua tasca al pensiero, e come se lui potesse leggerle la mente, Gray disse: "Ti ho salvata, gattina. Rilassati. Dormi se ci riesci. Non ti lascerò andare."

L'ultima cosa a cui lei pensò, prima di cadere in uno stato di semi incoscienza, era che avrebbe voluto che le sue parole fossero per sempre, non solo per quell'occasione.

CAPITOLO CINQUE

ORE 22:28

Gray nuotò per quella che gli parve un'eternità. Le sue braccia erano stanche, ma si rifiutava di pensare di essere esausto. Quando si era sottoposto all'addestramento di demolizione subacquea per i SEAL, si era sentito così, e aveva imparato che poteva spingere il suo corpo per ore più a lungo di quanto pensasse.

Guardò la donna accanto a lui. Allye. Un nome unico per una donna unica. Aveva dormito in modo leggero, e anche se lui si divertiva a sentirla parlare - e voleva che rimanesse sveglia per poter valutare le sue condizioni fisiche − voleva anche che lei dormisse il più possibile. Era spaventata, a ragione, ma aveva retto molto bene.

Ripensando all'infanzia di Allye, Gray voleva più di ogni altra cosa che Meat rintracciasse sua madre semplicemente per poterle fare visita e farle sapere senza mezzi termini quanto fosse stata stronza. Non conosceva Allye molto bene, ma gli venne in mente la parola *resiliente*.

Era sopravvissuta a ciò che la maggior parte della gente non sarebbe stata in grado di sopportare. Era quasi ridicolo che non credesse nel karma. Era l'incarnazione del karma che faceva la sua magia. Era sana e apparentemente fiorente, nonostante ciò che sua madre le aveva fatto passare negli anni della sua infanzia.

Guardando le luci scintillanti in lontananza, Gray guardò il suo orologio ancora una volta. Il GPS all'interno del dispositivo gli disse che si stava avvicinando alla zona dove lui e Black avrebbero dovuto incontrarsi. Non c'era un minuto da perdere. Allye aveva smesso di tremare da un po' di tempo, il che era un brutto segno.

Nuotando di nuovo nella direzione in cui avrebbe dovuto incontrare Black, Gray vide finalmente in lontananza ciò che stava cercando, una barca che si muoveva lentamente sull'acqua in un percorso apparentemente schematico.

Non era sicuro che fosse Black; poteva essere un pescatore qualsiasi, o la persona che aveva comprato Allye che veniva a prenderla, ma ne dubitava. Le canaglie che compravano e vendevano le donne non facevano mai il lavoro sporco da soli. Quasi sempre assumevano qualcun altro per farlo. Anche se la barca che gli veniva incontro poteva essere piena di cattivi, lui non la pensava così.

Scosse dolcemente Allye. "Svegliati, gattina. I soccorritori sono qui."

Come se lui avesse acceso all'improvviso una forte luce in una stanza buia, lei si mise seduta, quasi annegando nel processo. Dopo essersi ripresa, chiese: "Che cosa? Davvero?"

Gray soffocò una risata prima che esplodesse. Le teneva una mano sotto il gomito, dandole una spinta nel galleggiamento mentre riacquistava i sensi. "Davvero. Puoi galleggiare in acqua per un secondo?"

"Certo", disse lei, allontanandosi da lui, ma tenendo ancora una mano nella tasca che aveva stretto mentre lui la trascinava tra le onde. Non era così buio come prima, la luna brillava di nuovo in cielo, ma ovviamente non voleva correre il rischio di allontanarsi e di perderlo. Come se lui potesse acconsentire che accadesse una cosa del genere!

Attese un attimo per assicurarsi che lei non affondasse tra le onde; quando sembrò che stesse bene, mise rapidamente mano in una delle tante tasche della sua tuta speciale ed estrasse un piccolo radiofaro, lì nascosto. Anche se non aveva pianificato che qualcosa andasse storto, lui e i suoi compagni di squadra erano sempre pronti ad affrontare la peggiore delle ipotesi. E perdersi in mezzo all'oceano era sicuramente uno di questi scenari.

Black conosceva la zona generale per cercarlo, aveva le coordinate dove si sarebbero dovuti incontrare, ma al buio non avrebbe avuto la minima possibilità di trovarli. Non senza il radiofaro Con un colpetto del pollice, Gray accese il piccolo dispositivo elettronico. Avrebbe inviato un segnale direttamente al dispositivo portatile di Black, probabilmente lo stava tenendo in mano. Gray non l'aveva mai acceso prima d'ora perché, purtroppo, aveva una durata della batteria molto breve.

Tenendo la piccola scatola nera piatta fuori dall'acqua per migliorarne la precisione, Gray guardò Allye.

Lei guardava ora lui, ora il radiofaro, con curiosità. Lui attese una domanda, ma lei non disse nulla. Questa cosa gli piaceva e non piaceva, di lei. Preferiva che lei gliele facesse apertamente, quando aveva delle domande, ma ovviamente lei aveva imparato a tenere la testa bassa e a farsi e domande tra sé e sé.

"È un radiofaro. Sono abbastanza sicuro che sia il mio amico, su quella barca laggiù".

La testa di Allye ruotò così velocemente che lui avrebbe riso, se non fosse stato così stanco. Lei lo guardò. "Davvero?"

"Davvero."

"Vuoi dire che non dobbiamo nuotare fino alla barca?"

"Se quello è davvero Black, allora, no. Se è una persona a caso in giro per il mondo, o qualcuno che cerca te e gli uomini che erano con te, allora dovremo continuare a nuotare in generale, perché passeranno senza vederci".

Allora lei apparve nervosa, le passò l'emozione come se lui le avesse appena portato via il Natale, il Ringraziamento e il suo compleanno in un colpo solo. "Dovresti continuare a tenere quel coso in mano, allora? Nel caso in cui non sia il tuo amico?"

Notando che lei non balbettava più perché il suo corpo aveva smesso di tremare violentemente e desideroso di prendersi a calci per aver spento l'emozione della ragazza, Gray si affrettò a rassicurarla. "È un prototipo, solo io e la mia squadra siamo in grado di captarne il segnale. Non trasmette alcun tipo di luce o altro. Se non è Black, ci passeranno accanto. Non c'è modo che qualcuno ci trovi a meno che non sia stato estremamente fortunato, o se non ha seguito il segnale di questa piccola scatola".

"Non dire così", borbottò lei. "Al karma piace prendermi per il culo".

Lui ridacchiò. "Non abbiamo già avuto questa conversazione? Tu e il karma state bene, gattina".

"Credo che prima, quando ne abbiamo parlato, fossi in uno stato di shock. Non sono ancora sicura di essere pronta a crederti".

Gray si avvicinò alla donna e le avvolse di nuovo un braccio intorno alla vita, usando le gambe per tenerla al di sopra dell'acqua. Il suo corpo sentiva il freddo anche attraverso la muta, e le sue labbra non avevano più il colore blu come prima - ora erano quasi completamente viola bluastre. Aveva bisogno di uscire e di riscaldarsi. Ora. Ma non si lamentava. Faceva solo quello che lui le chiedeva con domande minime. Gli piaceva.

Gli piaceva *Allye*. Molto. Sapeva che non poteva venirne fuori nulla, dalla sua attrazione, dato che lui viveva a Colorado Springs e lei viveva a San Francisco. Ma era passato molto tempo da quando una donna aveva suscitato il suo interesse, così come aveva fatto lei.

Gray guardò la barca e vide il secondo in cui Black aveva captato il suo segnale. La barca prese una svolta ovvia e cambiò rotta per andare dritta verso di loro. Si voltò verso Allye e le fece un sorriso. "Ci sono centosette quintilioni di litri d'acqua nell'Oceano Pacifico. Sono sessantadue virgola quattro milioni di miglia quadrate. Se il karma ce l'avesse con te, come tu sostieni, sarebbe impossibile che quella barca sia diretta dritta verso di noi in questo momento. Nessuno ci troverebbe qui...Soprattutto, non al buio. Alza il mento, gattina. Stiamo per essere salvati".

Si voltò ancora una volta e si mise verso la direzione della barca in arrivo. "Ottimo", disse lei. "Le dita delle mani e dei piedi sono come prugne secche. Non sono sicura che torneranno mai allo stato originale".

Gray questa volta non riuscì a trattenere una risatina. Lei non smetteva mai di sorprenderlo.

Aspettarono senza dire una parola, mentre la luce della barca si avvicinava sempre più.

Infine, Gray sentì Black gridare il suo nome.

"Ehi! Era ora!" urlò Gray di rimando.

Sentì il suo amico ridere mentre spegneva il motore e rallentava la barca. Galleggiò verso di loro, e Gray manovrò sé stesso e Allye in modo da poter afferrare una delle corde sul lato della braca, quando si avvicinò abbastanza.

"Dove hai preso questa bagnarola?", chiese a Black. Non era l'elegante barca in vetroresina su cui erano stati prima.

"Lunga storia. Cavolo, Gray. Solo tu potevi rimorchiare una pollastrella in mezzo all'oceano, amico mio".

"Che ne dici di parlare di meno e di aiutarmi a portarla

su?" Chiese Gray, secco. Non aveva intenzione di presentare Allye al suo amico mentre galleggiavano nell'oceano.

"Merda, sì, scusa."

Gray si rivolse ad Allye. "Sei pronta a tornare a casa?"

"Oh sì", rispose lei, sincera.

"Afferra la mano di Black. Io spingo da qui e lui ti tira su".

Black si abbassò, non aspettandosi che lei si alzasse e la prese sotto le braccia. Cominciò a tirarla a bordo della barca Zodiac. Gray fece come promesso, mettendole una mano sul sedere e spingendola verso l'alto, mentre Black la tirava, e in pochi secondi era scomparsa oltre il fianco.

Sentì il suo "umph" quando toccò il fondo della barca, ma dal momento che la donna non urlò per il dolore o per altre proteste, Gray si rilassò un po'. Aveva ancora bisogno di essere controllata dai paramedici, sperando che la sua piccola nuotata non le avesse causato danni permanenti.

Un secondo dopo, il volto di Black riapparve sulla fiancata della barca e gli allungò una mano. Senza troppe cerimonie, come avevano fatto molte altre volte, Gray usò l'aiuto del suo amico e la sua stessa forza nella parte superiore del corpo per trascinarsi sulla fiancata della barca.

Cercò subito Allye. Ora poteva vederla più chiaramente, con le luci della barca. Era rannicchiata contro il bordo della barca, con le ginocchia tirate su. Il suo viso era leggermente blu per via dell'acqua fredda, ma lei gli fece un pallido sorriso.

Ignorando il proprio corpo freddo, Gray si voltò a chiedere a Black una coperta, ma il suo amico era già lì e gliene porse una pila. Gray strisciò fino a dove Allye era rannicchiata. Cercò di non guardare le sue lunghe gambe, ma era solo un essere umano. Era robusta, cosce spesse e muscolose, adatte a una ballerina, supponeva. Riusciva a vederle chiaramente i muscoli dei polpacci, anche attraverso la muta. Pensò che sarebbe stata fantastica con un paio di tacchi alti.

Tenendo una coperta, le disse: "Per quanto ti darà fastidio, devi toglierti quella muta".

"Ma sto congelando."

"Lo so, gattina, ma quella cosa non farà altro che renderti più fredda. Toglitela e ti avvolgerò in queste belle coperte calde".

Lei alzò gli occhi al cielo per il tono persuasivo di lui, ma fece quello che le era stato chiesto. Lottò con la cerniera, ma proprio mentre Gray si offriva di aiutarla, riuscì a tirarla giù. Si contorceva e si dimenava mentre tentava di togliersi la muta stagna.

Gray restituì le coperte a Black e si inginocchiò accanto a lei. Tirò la manica della muta mentre lei allentava il braccio. La aiutò con l'altro braccio, poi disse: "Sdraiati. Te la tolgo dalle gambe".

Lei fece quello che lui le aveva chiesto, senza fare domande, ma non appena lui iniziò a levarle il materiale dalle gambe, si sentì in vena di fare battute: "Se avessi saputo che avrei avuto un bel ragazzo a sfilarmi i pantaloni nel cuore della notte, mi sarei depilata le gambe."

Black scoppiò a ridere e Gray non poté fare a meno di ridacchiare.

"Fidati, gattina, se uno arriva a questo punto, non gliene frega un cazzo se hai qualche peletto sulle gambe".

Senza perdere tempo gettò la muta di lato e si rivolse di nuovo verso Black. Il suo amico e compagno gli mise le coperte in mano e Gray ne stese una, coprendo le gambe di Allye. Gliene fece oscillare un'altra intorno alle spalle mentre lei si sedeva e la afferrò immediatamente con la mano destra, tenendola chiusa.

Gray si sedette accanto ad Allye. Voleva metterle il braccio intorno e spingerla verso di sé, ma ora che non erano nell'oceano e non c'era più la minaccia immediata di annegare, congelare o essere mangiati da uno squalo, si sentiva a disagio.

"Allye Martin, questo è il mio amico Lowell Lockard. Altrimenti noto come Black".

Lei cambiò la sua presa sulla coperta e gli allungò la mano destra. "È un piacere conoscerti, Lowell", disse.

Black la guardò per un attimo con le sopracciglia che gli arrivavano quasi all'attaccatura dei capelli, ma prese la mano di Allye e la strinse. "Ti prego, chiamami Black. Non so nemmeno più chi sia Lowell. E il piacere è tutto mio", disse dolcemente. Poi portò la mano di lei fino alla sua bocca e ne baciò il dorso.

Gray fu estremamente irritato dal gesto. "Smettila, Black", ringhiò.

Il suo amico si rivolse a lui. "Ehi, è lei che si è comportata come se fossimo a una festa formale. Lungi da me il ricordarle che non c'è bisogno di fare cerimonie, visto che stiamo galleggiando in mezzo all'oceano".

Allye ridacchiò, ma ritirò la mano dalla presa di Black, facendola scomparire sotto le coperte che teneva ben strette intorno al corpo.

Gray stava per dire al suo amico qualcosa di cui si sarebbe probabilmente pentito, quando sentì il peso di Allye contro la sua spalla. Era rimasta dritta quando lui si era seduto per la prima volta, ma ora era appoggiata a lui. Era minuta e lui sapeva che lei non gli aveva appoggiato addosso tutto il suo peso, ma anche quel leggero segno che lei voleva stargli vicino, che faceva ancora affidamento su di lui, gli fece scaricare la sua rabbia verso l'amico. Non era Black quello su cui lei si appoggiava. Era *lui*.

Proprio così, l'uomo delle caverne all'interno di Gray corse in prima linea. Era stato lui a salvarla. Era stato lui a tenerla in vita nell'oceano. Era stato quello a cui lei si era aggrappata mentre la trainava tra le onde. Chi cerca trova, e tutto il resto.

Gray spinse via questi pensieri. Allye non era una cosa.

Era un essere umano. Una donna che aveva una vita propria. Non poteva tenerla. *Dannazione.*

"Hai parlato con Rex?" Chiese Gray a Black, sapendo che la sua voce era un po' più sgarbata e irritata di quanto la situazione giustificasse, ma non era in grado di controllarla.

"Gli ho detto che hai mancato il punto d'incontro e che sarei andato a cercarti", disse sinteticamente Black.

Gray fece un cenno con la testa. Poi si rivolse ad Allye. "Dovremmo avvicinarci ai comandi. Come puoi vedere, non c'è timoniera su questo affare, ma Black tornerà lentamente a riva per ridurre la quantità di vento".

Allye annuì.

Gray si alzò in piedi. Le gambe gli tremavano, ma le ignorò. Tese una mano ad Allye. Sapeva che probabilmente avrebbe dovuto lasciare che Black l'aiutasse ad alzarsi, ma non poteva. Doveva badare a lei, almeno fino a quando non avessero raggiunto la riva e lui l'avrebbe dovuta lasciare andare.

Lei alzò lo sguardo, e anche nella luce fioca lui riuscì a vedere i suoi due occhi di colore diverso. Lei srotolò un braccio dal suo bozzolo di coperte e lo tese verso di lui. Tremava, ma lei non distoglieva lo sguardo da lui, mentre lui le prendeva la mano e la tirava verso l'alto. Lei cadde contro di lui con un gemito, e Gray sarebbe caduto sul pavimento della barca se Black non gli avesse messo una mano sulla schiena per fermarlo.

"Stai bene?" chiese il suo amico.

Gray fece un cenno con la testa. "Niente che un sonnellino e un po' di cibo e acqua non possano risolvere".

"Non posso aiutarti con il pisolino, ma ho dell'acqua e un paio di barrette proteiche per rimetterti in sesto".

"Hai sentito, gattina?" Gray chiese ad Allye. "Black ci ha portato un banchetto".

Lei ridacchiò contro il suo petto, poi alzò lo sguardo. "Voi ragazzi sapete proprio come far divertire una donzella. Anche se, per il futuro, vi consiglio il cioccolato. Con il cioccolato non si può sbagliare".

Black rise di nuovo, ma Gray fu colpito da un'improvvisa tristezza. Non era un appuntamento, e non avrebbe potuto vedere Allye tutta vestita elegante per una serata in città. Ma se la immaginava. Sarebbe stata bellissima, di questo non aveva dubbi. "Andiamo", disse, più burbero di quanto volesse, la delusione lo tormentava ancora. Non si era mai sentito così per qualcuno che aveva salvato in passato. C'era qualcosa in Allye che faceva leva su ogni suo istinto protettivo.

Si chinò e raccolse la coperta che le era caduta mentre lei si alzava in piedi, poi la condusse verso la prua del piccolo vascello. La aiutò ad arrivare sul fondo della barca, poi si sedette al suo fianco, le appoggiò una gamba contro la sua e piegò l'altra per potersi avvicinare il più possibile ad Allye. Gray indossava ancora la muta stagna, ma lei avrebbe comunque beneficiato del suo calore corporeo. Non protestò contro la sua vicinanza, anzi, gli si appoggiò di nuovo con il suo peso mentre si rilassava contro di lui. Black la aiutò ad avvolgere altre coperte intorno a loro due, chiudendole dall'interno.

Un piccolo gemito sfuggì dalla bocca di Allye e Gray sorrise. Sentì il corpo della donna iniziare a tremare e si concesse un piccolo sospiro di sollievo. I brividi erano un buon segno. Significava che il suo corpo lottava contro il freddo e si stava attivando per riscaldarsi.

Gray accettò di buon grado le due bottiglie d'acqua e le due barrette proteiche di Black.

Le diede una delle due bottiglie in mano. "Sorseggia lentamente. So che hai sete, ma se te la bevi tutta in un colpo, tornerà fuori di nuovo, e starai peggio di prima. Per non parlare dell'imbarazzo di vomitare davanti a noi". Le strinse il braccio mentre diceva l'ultima cosa, per farle capire che stava scherzando.

Prevedibilmente, lei alzò gli occhi verso di lui anche mentre teneva la bottiglia. Sorseggiò l'acqua come lui le aveva suggerito. Soddisfatto del fatto che non avrebbe fatto qualcosa di cui si sarebbe pentita, come bere l'intera bottiglia, le passò una delle barrette proteiche. "Queste fanno schifo, ma se riesci a mandarne giù anche un boccone, ti faranno sentire meglio, al cento per cento. Promesso. Il tuo corpo ha bisogno di calorie e proteine per combattere il freddo e la disidratazione. Anche qui, piccoli morsi".

Lei annuì e rosicchiò un angolo della barretta proteica, come se fosse la stessa gattina che aveva ispirato Gray, nel darle il soprannome.

"Riavvio il motore", disse Black. "Manterrò la velocità il più possibile bassa, ma ci sarà un po' di vento".

Annuendo al suo amico, Gray rivolse poi la sua attenzione ad Allye.

Continuava a concentrarsi sulla barretta proteica, tenendola stretta perché tutto il suo corpo tremava, persino le mani. Gray era impressionato. Non si era mai lamentata di quello che le era successo, se non quando spiegava perché pensava che il karma l'avesse abbandonata. Non si era lamentata incessantemente del freddo quando erano in acqua. Non si lamentava di nulla di ciò che lui aveva detto o fatto da quando l'aveva visto per la prima volta. Gray pensò che fosse il risultato della sua educazione, cercava di essere il più discreta possibile. In realtà lui desiderava che lei si lamentasse di qualcosa, semplicemente per poter fare tutto ciò che era in suo potere per farla stare meglio.

Scuotendo la testa, Gray si rimproverò ancora una volta. Non era lui a prendersi cura di lei, e in una ventina di minuti circa sarebbe stata fuori dalla sua vita una volta per tutte.

"Devo dirtelo", osservò Black, una volta che fece girare la barca e iniziavano finalmente a tornare verso terra. Andavano a una velocità molto più lenta rispetto a quella con cui Black era arrivato. "I tuoi occhi sono straordinari, Allye. Immagino che quella striscia bianca nei tuoi capelli non provenga da una tinta".

Allye ridacchiò. Gray adorava quel suono. Era basso e pieno di allegria.

Allegria. Era stata rapita e aveva affrontato un futuro terribile, ma era seduta sul pavimento della barca avvolta in una coperta, ridendo.

"Avresti ragione", disse a Black. "Ho quella che si chiama *eterocromia iridum*, che è una caratteristica rara, praticamente un occhio ha meno pigmento dell'altro. Ha qualcosa a che fare con i miei geni". Lei scrollò le spalle. "Non ci penso molto".

"E la tua ciocca?" Chiese Black. "È correlata?".

"Non ne ho idea", gli disse Allye. "A mia madre non importava molto, in un modo o nell'altro. Certamente non abbastanza da portarmi da un medico per essere sicura che non ci fosse niente che non andasse in me. Per quanto ne so, è un semplice caso che io non abbia melanina, o colore, nei follicoli piliferi di quella parte della testa. Probabilmente è in qualche modo collegato ai miei occhi, ma non ne ho idea".

"È unica" disse Gray, prima che Black potesse rispondere.

"Sì, e l'essere unici fa abbastanza schifo quando si cresce", replicò Allye. "Ho provato a tingere quella ciocca per un po', ma con risultati disastrosi. Non sono mai riuscita a farla dello stesso colore del resto dei miei capelli, quindi avevo questa ciocca marrone scuro nei capelli, sembrava altrettanto strana. Poi, naturalmente, quando i capelli crescevano, avevo una chiazza di radici bianche proprio sulla sommità della testa. Alla fine, mi sono resa conto che era più fastidioso provare a rimediare e mi sono arresa".

La mano di Gray si mosse di sua spontanea volontà. Le accarezzò i capelli umidi dalla fronte e le mise le dita sulla lunga ciocca di capelli bianchi. Seguì la linea bianca dalla radice dei capelli, fino alle punte. "A me piace".

"Grazie", sussurrò lei.

Si fissarono a lungo negli occhi, l'uno dell'altra, la connessione tra di loro sembra diventare più forte di secondo in secondo.

Quando un'onda particolarmente grande si schiantò contro di loro, Black imprecò. Stava armeggiando con un telefono che era appoggiato sulla console, di fronte a lui, ma per via dell'urto gli volò dalle mani.

Atterrò proprio in grembo ad Allye, che saltò spaventata.

"Calma, gattina", mormorò Gray. " È solo un telefono."

Non appena Gray finì la frase, il telefono in grembo alla ragazza iniziò a vibrare, c'era una chiamata in arrivo.

"Cavolo", disse lei, saltando di nuovo. "È stato così strano".

Gray ridacchiò e allungò la mano. Avrebbe voluto prendere il telefono ma essendo situato tra le cosce della donna, non procedette oltre. "Me lo passi?"

Allye prese il piccolo telefono nero e sbirciò il numero sul display per un breve secondo, prima di darglielo. "Forse è il ragazzo della pizza che ci chiama per farci sapere che l'enorme pizza che Black ha ordinato ci aspetterà quando arriveremo a riva".

Gray sorrise e scosse la testa ad Allye. Sapeva che si trattava di Rex. Avrebbe voluto chiamarlo non appena avesse sistemato Allye con la sua acqua e la sua barretta proteica, ma si era fatto distrarre dalla conversazione avviata da Black sulla genetica di Allye.

"Gray", disse dopo aver cliccato sull'icona verde per rispondere al telefono.

"Stai bene?" Chiese Rex.

Gray non fu sorpreso della mancanza di saluto da parte del suo capo. Raccontò immediatamente tutto quello che era successo a bordo dell'altra barca, di quello che avevano detto sia il capitano che l'altro tizio, tralasciando momentaneamente i dettagli sulla loro morte. Poi lo informò su Allye. "La donna era già sulla barca".

"Davvero?" Chiese Rex, Gray sentì il rumore di fogli che si mischiavano all'altro capo della linea. "Non doveva essere lì".

Guardando Allye, che lo stava fissando come se potesse sentire quello che Rex stava dicendo semplicemente guardando Gray, lui rispose: "Si, lo so. Ma lei è al sicuro. È seduta proprio qui accanto a me".

"Che cosa sa?"

"Niente. Almeno, niente che possa far risalire a chi l'ha comprata". Gray odiava metterla in quel modo, ancor più quando vide il naso di Allye arricciarsi, ma era proprio così. "L'hanno rapita per strada mentre tornava a casa. È stata drogata e non si è svegliata fino a quando non è stata portata sulla barca. Poi è stata sorvegliata da una scorta".

"Cazzo", disse Rex. "Vendere donne è già troppo. Ma mandare delle scorte che cercano di uccidere quando qualcosa va storto nel trasferimento...È fottutamente sadico. Devo tagliare la testa al serpente per fermare questa merda".

"Nightingale", disse Gray.

"Esattamente. Se uccidiamo quello stronzo, almeno fermeremo le spedizioni di donne per un po'. Naturalmente, poi, qualcun altro riprenderà da dove lo abbiamo fermato. Dannazione. Com'è il pacco?"

La frase di Rex irritò non poco Gray, ma questi riuscì a controllarsi e rispose semplicemente: "Infreddolita, affamata e assetata, ma per il resto sta bene, tutto sommato". Incrociò lo sguardo di Allye e lei gli fece un piccolo sorriso.

"È stata violentata?"

"No." Gray voleva dire di più. Voleva dire a Rex che la scorta era lì proprio per evitare che qualcuno degli uomini che la trasportavano dal suo nuovo padrone abusasse di lei, ma non voleva spegnere la luce che vedeva negli occhi di Allye in quel momento.

"Ne parleremo più tardi", disse Rex, ovviamente comprensivo. Era uno dei motivi per cui il loro capo era così bravo in quello che faceva. Aveva un'intuizione che andava oltre l'essere in grado di fiutare i trafficanti di sesso e gli stupratori.

"Sì, certo", confermò Gray. Poi aggiunse: "Probabilmente è ancora in pericolo". Dopo aver sentito cosa avesse detto l'uomo sulla barca riguardo al compratore che veniva a prenderla e quanto la volesse disperatamente, Gray sapeva che Allye non sarebbe stata in grado di tornare alla sua vita normale, come se nulla fosse successo.

"Assicurati che lo sappia, e dille di andare alla polizia e di raccontare la sua storia. Ha bisogno di un programma di sicurezza, e se ha una famiglia fuori dallo stato, dovrebbe andare da loro per qualche tempo", disse Rex.

Lei non aveva una famiglia. Fuori dallo stato o meno. Gray lo sapeva. E non aveva idea di cosa i poliziotti avrebbero fatto per una presunta vittima di un rapimento che si sentiva ancora in pericolo, ma non sapendo da chi. Era una situazione impossibile.

"Gray? Sei ancora lì?" Chiese Rex.

"Sono qui".

"Lasciala, e riporta qui il culo. Gli altri sono tornati dalla loro missione - che ha avuto successo, tra l'altro - e io mi metterò al lavoro per scoprire quello che posso su Nightingale. Userò tutte le mie conoscenze e vedrò se riesco a rintracciarlo. È possibile che tu e gli altri dobbiate andare ad abbattere quel bastardo, una volta per tutte".

"Sissignore", disse Gray a Rex, la sua mente che andava a un milione di chilometri all'ora, cercando di trovare una soluzione per cosa fare con Allye.

Come al solito, Rex non lo salutò, si limitò a chiudere la

chiamata. Gray riconsegnò il telefono a Black.

"Che cosa ha detto?"

Gray sapeva di non poter rimanere seduto accanto ad Allye nel momento in cui l'informava che l'avrebbero accompagnata, e che poi sarebbe stata da sola.

Che brutta situazione. Forse era stato per il fatto che avevano trascorso un'ora e mezza molto intensa nell'oceano. Forse era semplicemente lei. Ma qualunque cosa fosse, Gray non voleva lasciare Allye. Voleva riportarla a Colorado Springs e assicurarsi personalmente che fosse al sicuro. Ma non poteva.

Si alzò lentamente. Riusciva a sentire gli occhi di lei su di lui, ma si rifiutava di guardarla dall'alto in basso. Controllò il piccolo cruscotto e guardò oltre la parte anteriore della barca.

"Gray?" chiese Allye, da dietro di lui.

Gray si girò, appoggiandosi sulla parte anteriore della barca e guardando Allye. I suoi capelli si stavano asciugando e si agitavano nel vento. Vide che erano ricci, come ricordava quando l'aveva vista per la prima volta sulla bagnarola. La striscia bianca era quasi nascosta nei riccioli, ma spuntava ancora qua e là nella brezza. I suoi occhi marrone e blu lo guardavano, pieni di preoccupazione.

Gray cercò di trovare parole che trasmettessero la necessità di essere prudenti, ma che non la spaventassero a morte. "Sai che l'uomo che ti ha comprato non era sulla barca".

"Sì."

"Quindi è ancora là fuori."

Allye annuì. "Se ha pagato qualcuno per venirmi a prendere una volta, può farlo di nuovo", dedusse correttamente. Per una persona che pensava di non essere intelligente, di sicuro stava dimostrando il contrario.

"Esattamente."

"Lo immaginavo. Avevo già pianificato di assicurarmi che uno dei ballerini maschi mi accompagnasse da e per il lavoro, e di chiamare la polizia una volta tornata a casa. Cos'altro dovrei fare?"

Gray sospirò, con sollievo. Non sapeva cosa si aspettasse che facesse la donna, una volta detto che l'uomo che la voleva per sé era ancora là fuori. Ma questa tranquilla accettazione fu molto apprezzata.

Una parte di lui quasi desiderava che lei lo pregasse di portarla con sé, di tenerla al sicuro, ma lui sapeva che non sarebbe mai successo. Allye era indipendente e non sembrava il tipo da supplicare nessuno per niente.

Parlarono per un breve periodo di ciò a cui lei sarebbe dovuta stare attenta e di ciò che avrebbe dovuto dire ai poliziotti.

"Quindi, voi non volete che parli di voi, presumo. Giusto?"

"Perché dici questo?" Chiese Black, inserendosi nella conversazione per la prima volta.

"Beh, sei venuto in mio soccorso con il favore delle tenebre, Gray ha ucciso due persone, e non mi hai detto esattamente cosa fai. Non è difficile capire che non vuoi che io spifferi tutto alla polizia".

"Possiedo un poligono di tiro a Colorado Springs", le disse Black. "E Gray, lui è un contabile".

Allye li fissò per un secondo, poi cominciò a ridacchiare. "Uh-uh. Questa è una bugia".

Black alzò la mano. "Parola di scout".

"Non sei mai stato un boy scout", protestò Allye, ancora ridendo.

"Vero, ma non sto mentendo. Diglielo." Black diede una gomitata a Gray,

Questi scrollò le spalle. "Dice la verità. Quando non salvo damigelle in pericolo, sono un contabile e ho un'attività in proprio a Colorado Springs".

Allye smise di ridere e lo fissò. "Ma...I contabili sono degli sfigati con gli occhiali, sicuramente non sono alti e muscolosi come *te*".

Gray iniziò a ridacchiare. "Penso che tu abbia una visione piuttosto limitata dei contabili, gattina. Non sono sicuro di cosa abbiano a che fare l'altezza o la massa muscolare con la capacità di mettere insieme dei numeri".

"È solo che...Avrai nuotato almeno un milione di miglia fino a riva...*Trascinandomi*. Non riesco a immaginarti come un contabile. Non ci credo."

"Sai anche che ero nella Marina", le disse Gray, non sapendo perché le stesse spiegando troppo, ma voleva che lei lo sapesse. "E che ero un SEAL. Anche Black lo era, anche se non abbiamo mai lavorato insieme quando eravamo in servizio. Me ne sono andato e ora aiuto a tenere la contabilità di alcune aziende in Colorado. Niente di così importante".

"Niente di così importante?" Chiese Allye con incredulità. "Certo che lo è! Devo dirlo...Se ci fossero stati più ragazzi amanti della matematica come te, nella mia scuola superiore, avrei apprezzato maggiormente l'algebra. Avrei frequentato più lezioni!"

Sia Gray che Black ridacchiarono.

"Mi tranquillizza il fatto che voi siate una specie di super soldati, tutto sommato".

"Marinai", corresse Black.

"Cosa?"

"Marinai, non soldati", rispose lui. "Un SEAL non viene mai chiamato soldato".

"Oh, mi dispiace *tanto*", canzonò lei "Super-SEAL...Va meglio?"

"Molto meglio", disse Black con un sorriso.

"Devi fare molta attenzione, quando arrivi a casa", disse Gray, ritornando alla conversazione principale.

"Lo farò", gli disse.

"Non voglio sentire che sei sparita di nuovo. Sarei terribilmente deluso se dovessi venire a salvarti una seconda volta".

Lei alzò gli occhi al cielo e le labbra di Gray si mossero in un sorriso. Era adorabile quando lo faceva, anche se lui non lo avrebbe mai ammesso.

"Non dovrai farlo", rispose lei. "Immagino che se mai il tizio inquietante dovesse mettermi di nuovo le mani addosso, avrà imparato la lezione, e non sarà così scarso la prossima volta. Sarò una di quelle novantamila persone scomparse di cui mi hai parlato prima".

Scherzava, Gray l'aveva capito, ma quelle parole non gli piacquero. Per niente.

Si accovacciò davanti a lei, con le ginocchia che protestavano per il movimento, ma ignorò ogni dolore mentre appoggiava i gomiti sulle ginocchia e si chinava su di lei. "Se senti anche la minima sensazione che qualcosa non va, agisci di conseguenza. Vai in una stazione di polizia, prendi un amico - preferibilmente un grande amico maschio - da tenere al tuo fianco. Potrebbe anche essere una buona idea prendere un cane. Uno grosso, con una voce forte. Non è uno scherzo, Allye. L'uomo che ha deciso di volerti ha probabilmente dei soldi, molti soldi, il fatto che abbia assunto una scorta per te è un indizio. Se dovesse accadere il peggio, chiamami".

Gli occhi di lei si allargarono, sull'ultima frase.

Gray si sarebbe preso a calci da solo. Non voleva dirlo, ma ora che l'aveva fatto, non era proprio dispiaciuto. Non sapeva cosa sarebbe stato in grado di fare da centinaia di chilometri di distanza, ma si sarebbe sentito meglio se fosse stato in grado di avere qualche contatto con lei.

"Non sono sicura che ci sia qualcosa che tu possa fare dal Colorado per aiutarmi, se sono nei guai", disse lei, facendo esattamente eco ai suoi pensieri.

"Posso darti un consiglio. Sii una cassa di risonanza", le disse, senza arrivare a dire che avrebbe mollato tutto per arrivare a lei, anche se sapeva di volerlo.

Allora lei gli rivolse un sorriso triste. "Sono sicura che starò bene", gli disse, spazzando via la sua preoccupazione. "Voglio dire, sono da sola da molto tempo, praticamente dal momento in cui sono nata. Posso gestire la situazione. Inoltre, scommetto che il tizio lascerà perdere ora che il suo piccolo piano non ha funzionato".

Gray lo sperava, ma non era così sicuro, come lo era lei.

"Aspetta", disse Black da sopra la sua testa.

Gray si alzò in piedi e guardò oltre la facciata della Zodiac. La spiaggia buia, ormai sempre più vicina, sembrava deserta, tranne che per un uomo solo.

"Mi chiedevo dove avessi preso questa barca", disse Gray.

"Sì, è una lunga storia. Niente è andato secondo i piani. Ho trovato l'altra barca, ma il capitano non aveva alcuna intenzione di farsi avvicinare. Ho usato una semiautomatica per scatenare l'inferno dalla barca in vetroresina. Per mia fortuna, ha finito i proiettili, cazzo. Idiota. Sono salito a bordo della sua barca, con l'intenzione di usarla per incontrarti, ma lo stronzo ha danneggiato il motore prima che potessi arrivare. Non mi ha detto nulla dei suoi piani o per chi lavorasse, non importa che tipo di incentivo cercassi di dargli. Quando è andato a cercare la radio come rinforzo, gli ho sparato alla mano, ma in realtà è saltato verso il mio proiettile invece di allontanarsi". Black scrollò le spalle. "Te l'avevo detto che era un idiota. Sono riuscito a riportare a riva la sua barca di merda, ma non era abbastanza navigabile per tornare indietro e incontrarti all'appuntamento. Ho contattato Rex, lui mi ha mandato qui, e questo tizio"-Black agitò una mano all'uomo in piedi sulla riva-" aveva questa barca, la Zodiac, completamente rifornita di gas e pronta a partire. Abbiamo fatto uno scambio. Ha preso la barca in vetroresina e l'ha nascosta da qualche parte, e io ho preso questa per trovarti".

"Rex mi spaventa, a volte", osservò Gray.

"Sì."

"Rex non è il suo vero nome, non è così?" Chiese Allye, vicino a Gray.

Gray fu sorpreso e quasi si mise a ridere. Era passato molto tempo da quando qualcuno era riuscito ad avvicinarsi a lui, come faceva Allye, ovvero senza che se ne accorgesse. Lei era rimasta al suo fianco...E lui non se ne era reso conto finché lei non aveva parlato.

"È quello che sappiamo", le disse Black. "E siccome è il nostro capo, lo chiamiamo come vuole".

"Sono confusa. Gray ha detto che Rex lo ha assunto, e tu dici che è il tuo capo, ma hai anche detto che Gray è un contabile e che possiedi un poligono di tiro...".

Gray notò che Allye non aveva capito molto. "Ricordi quando ti ho detto di aver ricevuto una telefonata e di essere andato in quella sala da biliardo per un colloquio?" Quando lei annuì, lui disse: "Quindi sì, Rex è il nostro capo per questo genere di cose". Lui fece un cenno con la testa, indicando la barca e la loro situazione attuale.

"Ahhhh", disse lei, avendo capito.

Gray era allo stesso tempo soddisfatto e irritato del fatto che lei non chiedesse altro. Per la prima volta...In assoluto...Voleva raccontare a qualcuno tutto quello che aveva fatto. Tutto quello che sapeva sui Mercenari di Montagna e su alcune delle cose che aveva visto e fatto. Ma Black stava guidando la barca sulla spiaggia sabbiosa, e l'uomo misterioso che li stava aspettando afferrò il lato di gomma, tenendo ferma la barca.

Gray chiese ad Allye di andare per prima, lui fece del suo meglio per tenere gli occhi lontani dal suo sedere mentre lei si spostava sul lato della barca. Aveva ancora una coperta ben stretta intorno alla vita, ma questo non gli impedì di ammirare il suo bel posteriore. L'aveva visto da vicino quando la stava aiutando a salire sulla barca.

Black saltò fuori velocemente e alzò una mano per aiutarla

a scavalcare la fiancata. Gray le tolse a malincuore la mano dalla vita, anche se non voleva fare altro che tirarla verso di sé e non lasciarla andare mai più.

Quel pensiero, da solo, fu sufficiente a fargli cadere le mani dal corpo di lei come se fosse istata improvvisamente caricata elettricamente. A che cazzo stava pensando? Era solo un'altra missione. Tutto qui. Non era così?

Senza analizzare i suoi pensieri, Gray saltò fuori dalla barca e rimase al fianco di Allye. Prima che potesse dire qualcosa di stupido, come invitarla a venire in Colorado, l'uomo che li aveva aspettati sulla spiaggia proferì parola.

"Ho delle coperte asciutte che puoi usare in casa. Ha chiamato Rex. Ho saputo che sei della città, giusto?"

Allye annuì.

"Ti porterò a casa quando sarai pronta". Il suo tono chiarì che non avrebbe accettato alcuna discussione con i suoi piani, e Allye ovviamente lo aveva capito, perché si era limitata semplicemente ad annuire.

Quando Black si mise in disparte con l'uomo, parlando a bassa voce, Allye si girò verso Gray.

"Credo che questo sia il momento di dire grazie e arrivederci".

Lui la fissò. Il loro dislivello era più evidente in quel momento, rispetto a quando erano nell'oceano. Lui torreggiava su di lei, ma per qualche motivo non gli dava fastidio, come accadeva di solito. A Gray, in genere, piacevano le donne alte. Gli sembravano meno...Infantili. Ma quando guardava Allye dall'alto dei suoi quasi due metri, tutto quello a cui riusciva a pensare era avvolgerla tra le braccia e tenerla al sicuro. L'altezza di Allye non aveva importanza. La sua tenacia e la sua testardaggine compensavano la mancanza di statura.

"Immagino di sì", le disse. "Ricordati quello che ti ho detto. Non abbassare la guardia".

"Non lo farò", giurò lei.

Gray aprì la bocca per dire di più, non era sicuro di cosa dire, quando ecco che Black apparve improvvisamente al suo fianco. "Dobbiamo andare".

Gray si girò a guardare il suo compagno di squadra. "Perché? Che succede?"

"I vicini del nostro amico si stanno interessando a noi, e lui non ne è molto contento. Non sono sicuro di quale aiutante abbia chiamato Rex, ma immagino che il suo uomo non sarà d'aiuto in futuro".

Gli occhi di Gray passarono da quelli di Black a quelli dell'altro uomo. Questi li stava guardando in modo torvo, con le braccia incrociate sul petto. L'impazienza trasudava praticamente da ogni poro.

"Non posso lasciare Allye in questo modo", disse Gray.

Prima che Black potesse rispondere, Gray sentì la mano di lei sul suo braccio. "Starò bene. Vai. Qualunque cosa tu abbia in ballo con quel Rex è più importante che avere a che fare con me".

"Ora, *questa* che hai detto è una stupidata", la rimproverò Gray.

Come lui si aspettava, lei alzò gli occhi al cielo. "Come vuoi. Quest'uomo non mi farà del male. Sento che questo vostro Rex ha un sacco di potere e di connessioni. Se non mi presento al lavoro, sono sicuro che in qualche modo Rex lo saprà, e incenerirà questo tizio".

"Mi dai un secondo, Black?" Chiese Gray.

"Un minuto", avvertì il suo amico. "Questo è tutto il tempo che riuscirò a tenerlo a bada".

Senza ringraziare l'amico, Gray si voltò verso Allye. Non sapeva cosa dirle. Improvvisamente, niente gli sembrava adeguato. Non si era mai sentito così frustrato alla fine di una missione, come in quel momento.

L'avevano già fatto in precedenza, avevano portato una donna, o un gruppo di donne, in un rifugio e le avevano lasciate lì in modo che i Mercenari di Montagna potessero tenere nascosto il loro coinvolgimento...Ma questa volta sembrava sbagliato.

Allye mise una mano sul petto di Gray e si alzò in punta di piedi mentre sollevava la testa.

Istintivamente, Gray mise la mano sui lombari di lei per tenerla ferma e abbassò la testa, in modo che lei potesse raggiungerlo.

Lei gli sfiorò la guancia con le labbra, poi lo avvolse con le braccia come meglio poteva, tenendosi ancora le coperte. "Grazie per esserti preso cura di me", disse lei, con voce bassa e intensa. "So che non eri lì apposta per salvarmi, ma grazie per non avermi lasciato su quella barca".

"Abbi cura di te", disse Gray in tono burbero.

"Lo farò. Lo faccio sempre", fu la sua risposta.

Gray aprì la bocca per dire che l'avrebbe tenuta d'occhio. Che avrebbe continuato a prendersi cura di lei, ma Black interruppe di nuovo.

"Tempo scaduto. Dobbiamo scappare".

Allye gli diede una piccola spinta e fece un passo indietro. "È stato un piacere conoscerti, Black. Stai attento là fuori. Il mondo è un brutto posto".

"Sarà fatto. Anche tu, stai attenta", rispose Black mentre si allontanava da lei.

Gray seguì il suo amico, camminando all'indietro di qualche passo prima di girarsi. Non aveva idea di dove lui e Black stessero andando, ma si trascinava comunque dietro di lui. Quando non ce la fece più, si voltò e guardò dove aveva lasciato Allye.

Lei e l'uomo se n'erano andati. L'unica prova che erano stati lì era la Zodiac nera ancora sulla sabbia e le impronte che conducevano verso una casa sulla scogliera.

CAPITOLO SEI

Allye entrò nel suo appartamento usando la chiave segreta che aveva nascosto nell'angolo del palazzo. Durante tutto il suo tempo in affidamento, aveva imparato ad assicurarsi di avere sempre un modo per entrare, ovunque vivesse. Troppe volte altri bambini in affidamento l'avevano chiusa fuori, pensando che fosse divertente.

Si girò e si appoggiò alla porta dopo aver chiuso il chiavistello, la maniglia della porta e aver messo la catena. Poi si lasciò andare ad un lungo sospiro. Sembrava una vita fa, l'ultima notte passata, ma in realtà erano passate solo quarantotto ore. Si sentiva come se avesse un milione di cose da fare, ma tutto quello che voleva era fare un lungo bagno e poi dormire per otto ore di fila.

L'uomo sulla spiaggia non le aveva detto molto, dopo che si erano lasciati con Gray e Black. Lei era entrata in casa con lui e aveva accettato le coperte asciutte con gratitudine. Non era esattamente vestita in modo appropriato, ma siccome era praticamente ancora notte fonda, aveva sperato di poter entrare di nascosto nel suo appartamento senza che nessuno la vedesse. L'uomo le aveva dato un paio di vecchi infradito, aveva detto di averli trovati sulla spiaggia una sera. Erano grandi, ma andavano bene.

L'uomo le aveva chiesto il suo indirizzo e l'aveva accompagnata a casa. Si era fermato fuori dal suo appartamento e lei era scesa. Poi, senza dire una parola, l'uomo si era allontanato in macchina. Era stato un po' strano ma, considerando che lui la stava aiutando, lei non si preoccupò di cercare di fare conversazione.

Allye aveva memorizzato la targa della Toyota bianca a due porte da cui era uscita, per sicurezza, ma sembrava che il tizio fosse tanto ansioso di sbarazzarsi di lei così quanto lei desiderava tornare a casa e alla sua vita normale.

Doveva chiamare la polizia e denunciare il suo tentato rapimento, ma doveva anche aspettare di pensare più chiaramente. L'ultima cosa che avrebbe voluto fare era quella di lasciarsi sfuggire qualcosa su Gray e sul suo amico Black. Si sarebbe dovuta inventare una storia sullo sgattaiolare via dal suo rapitore, non avendo idea di dove fosse andato dopo che lei era scappata. Avrebbe detto di aver nuotato fino a riva, non le dieci miglia che aveva fatto davvero... Forse un miglio.

I pensieri sulla polizia e il suo calvario le ricordarono, per la prima volta, la chiavetta USB che aveva in tasca.

Gli avvenimenti erano stati così intensi da quando era fuggita da quella piccola camera da letto sulla barca che affondava, che se ne era dimenticata. Si tolse la camicia umida e recuperò il piccolo dispositivo elettronico che aveva preso dalla barca, un tempo che sembrava una vita fa.

Le venne in mente il tizio della scorta sulla barca che cliccava su un foglio di calcolo sul portatile, mentre borbottava di tutte le schiave che doveva addestrare, scortare o spostare. Era rimasta sorpresa del fatto che lui parlasse di quel genere di cose davanti a lei, ma poi ancora una volta aveva pensato che stesse per essere presa da chi l'aveva comprata – tutto questo fino a quando qualcosa non sarebbe andato storto, e poi l'uomo sarebbe stato pronto ad ucciderla.

Secondo lei, il foglio di calcolo era stato salvato sulla chiavetta. Il suo piano era di darla a Gray, se lui si fosse dimostrato degno di fiducia, ma lei l'aveva semplicemente dimenticata.

In realtà, non si erano nemmeno scambiati i numeri di telefono. Gray aveva detto che avrebbe potuto chiamarlo se fosse successo qualcosa, ma a causa del modo in cui aveva dovuto andarsene così bruscamente, entrambi si erano dimenticati di ottenere le informazioni di contatto l'uno dell'altra. Probabilmente lei poteva trovarlo su Google o qualcosa del genere, ma il loro tempo insieme sembrava già una specie di sogno. Si sarebbe sentita strana a chiamarlo all'improvviso, anche se lui le aveva detto che poteva farlo.

Entrando nel suo soggiorno, Allye andò direttamente al computer e avviò il motore di ricerca. Chissà se la chiavetta avrebbe funzionato anche dopo essere stata immersa nell'acqua dell'oceano, per tutto quel tempo.

Quello che aveva appena letto le diede coraggio. Entrò in bagno e tirò fuori la bottiglia di alcool isopropilico dal suo armadietto. Le persone, sui forum online, sostenevano che ciò avrebbe aiutato ad asciugare i componenti della chiavetta. Una volta fatta l'operazione, andò in cucina e aprì una scatola di riso. Pensando che non potesse far male, ne versò una piccola quantità in una ciotola, mise la chiavetta al centro e poi la coprì con altro riso.

Sapendo di aver fatto tutto ciò che poteva in quel momento, Allye rilassò le spalle, la sua mente tornò a Gray.

Tipico di lei l'essere attratta da un uomo che non avrebbe mai potuto avere. Non solo viveva in un altro stato, ma lei lo aveva incontrato solo perché era in missione supersegreta per far fuori un trafficante di sesso, e lui era ovviamente molto al di fuori della sua portata. Lei aveva a malapena finito il liceo, lui era un ex SEAL, un contabile e una specie di tipo tosto della vita reale.

Sì, anche se avessero vissuto nello stesso posto, lei non sarebbe stata alla sua altezza.

Sospirò e si strofinò gli occhi stancamente. Era ora di fare la doccia e di dormire un po'. Poi sarebbe andata avanti con la sua vita.

––––––

La mattina dopo, Allye era pronta a far tornare le cose alla normalità. Le sembrava assurdo pensare che la sera prima era in mezzo all'oceano, chiedendosi se sarebbe sopravvissuta per vedere un altro giorno.

Aveva chiamato la padrona della compagnia di ballo la sera precedente, prima di crollare, per farle sapere che era viva e vegeta e che sarebbe tornata. Robin McNeely era sulla cinquantina, ed era ancora una delle migliori ballerine che Allye avesse mai visto. Non ballava più molto, ma veniva ad ogni prova. Quando qualcuno aveva difficoltà con alcune delle coreografie, lei saliva sul palco e la eseguiva.

Era stata Robin a chiamare la polizia quando Allye era scomparsa. La polizia non ci aveva fatto molto con le informazioni, dato che era un'adulta. A quanto pare, gli adulti se ne andavano in giro senza dire niente a nessuno di continuo e alla fine si presentavano dopo un paio di giorni o settimane.

Allye non aveva idea di come Gray o Rex fossero rimasti coinvolti nella sua scomparsa, ma ringraziò la sua buona stella. Altrimenti, sapeva che in questo momento avrebbe desiderato di essere morta.

Prima di avviarsi verso il teatro, Allye ripescò la chiavetta dalla ciotola di riso in cui l'aveva messa. Sembrava asciutta, ma non ne sapeva molto di elettronica. Trattenendo il respiro, mise il suo portatile sul bancone della cucina e inserì il dispositivo nell'apposita entrata.

Sorprendentemente, apparve l'icona sul desktop, facendole sapere che era stato rilevato un nuovo disco. Non sapendo cosa avrebbe trovato, Allye la aprì con un clic.

Si aprì un foglio di calcolo Excel, ma invece di mostrare i suoi dati, come aveva sperato, era spuntata una finestrella che richiedeva una password.

"Cazzo", mormorò, fissandola. Non sapeva nulla di come si fa a violare i fogli di calcolo. Riusciva a malapena a far funzionare il suo portatile!

Per un attimo si vide mentre consegnava la chiavetta USB alla polizia ed eccola al telegiornale, dicevano che erano riusciti a trovare centinaia di ragazze scomparse grazie al suo coraggio dato che lei aveva corso un rischio e aveva preso la chiavetta, prima che la barca affondasse.

"Stupida", borbottò tra sé e sé, tirando fuori la chiavetta dal suo computer. La tenne in mano a lungo, lottando con sé stessa e cercando di decidere cosa fare. Avrebbe dovuto darla a Gray prima che lui se ne andasse, ma se n'era dimenticata. Proprio come si era dimenticata di prendere il suo numero di telefono. Scuoteva la testa, aprì il cassetto delle cianfrusaglie e ci buttò dentro la chiavetta, con tutto il resto del ciarpame che aveva accumulato negli anni.

Ci avrebbe pensato più tardi. Aveva le sue faccende da sbrigare, la nuova ragazza della compagnia di ballo aveva probabilmente fatto tutto il possibile per soffiare il ruolo centrale ad Allye, durante la sua breve assenza. Jessie era stata una spina nel fianco fin da quando era stata assunta, e Allye si rifiutava di lasciarle prendere tutte le parti migliori della coreografia. Aveva lavorato troppo duramente per arrivare dov'era.

Decidendo che avrebbe preso un taxi per andare al lavoro piuttosto che il tram, come faceva di solito, Allye chiamò uno dei ballerini che viveva nelle vicinanze. Dato che lei si era offerta di pagare, lui era più che felice di prendere un taxi e di andare a prenderla. Allye prese la sua borsa con gli abiti di danza e uscì, assicurandosi che la porta fosse chiusa a chiave prima di uscire.

———

"Cazzo!" esclamò Gray la mattina dopo.

Era crollato sull'aereo privato che lui e Black avevano preso per tornare a Colorado Springs, alla fine la lunga nuotata aveva avuto la meglio su di lui. Poi aveva passato un paio d'ore con il resto della squadra, ripercorrendo la missione e quanto era successo. Aveva ascoltato mentre gli altri facevano il resoconto della loro missione, e alla fine era riuscito a tornare a casa sua sul tardi.

Si era addormentato subito e si era svegliato fresco come una rosa. Felice di essere ancora in forma come quando era in Marina, Gray fece rapporto a Rex.

La sua improvvisa imprecazione, seguita da un'epifania, apparve durante la loro conversazione.

"Cosa?" Chiese Rex.

"Non ho dato il mio numero ad Allye", disse Gray al suo capo. "Le ho detto che se pensava di essere in pericolo, poteva chiamarmi".

"Perché? Non potresti fare nulla", disse Rex.

Gray si irritò con il suo sfuggente amico e capo. "Lo capisco, ma almeno avrebbe potuto parlarne con qualcuno. Qualcuno che potrebbe essere in grado di fare qualcosa, se sparisse di nuovo".

Sentì Rex sospirare e sapeva che non gli sarebbe piaciuto quello che il suo capo stava per dire.

"Il punto è che da qui in poi non abbiamo alcun controllo su ciò che le succede. Non ho scoperto molto su Nightingale.

È come se avesse chiuso bottega. Nessuno dei miei canali d'informazione abituali sta rilevando alcuna attività su di lui, né sta facendo qualche collegamento tra lui e le donne scomparse di recente. Qualunque cosa sia successa in quest'ultima operazione, sembra averlo scosso".

"Che cosa stai dicendo? Che pensi che Allye sia al sicuro? Che non è più in pericolo?". Chiese Gray.

"Non ho detto questo. Quello che sto dicendo è che quello stronzo è a piede libero. È un fantasma. Senza ulteriori informazioni, non posso continuare a rintracciarlo. Pensavo che ci fosse lui dietro ad un altro recente rapimento, ma senza testimoni oculari e senza informazioni, non posso esserne sicuro al cento per cento".

"Quindi, stai dicendo che se Allye viene rapito di nuovo, possiamo usare qualsiasi testimone oculare per cercare di trovare informazioni su Nightingale? Che speri *che* venga rapita?"

Rex rimase in silenzio a lungo. Gray non era sicuro che avrebbe risposto. Quando lo fece, la voce di Rex era bassa e modulata, e ovviamente estremamente incazzata.

"Farò finta di non aver sentito", disse Rex in modo uniforme. "Sai che non è quello che intendevo. Non vorrei mai che qualcuno - uomo, donna o bambino - venisse preso da quello stronzo. Non ha un grammo di compassione in tutto il corpo. Farà quello che vuole a chi vuole, e non permetterà a nessuno di ostacolarlo. Dico solo che se decide di finire quello che ha iniziato per qualsiasi cliente ricco che la voglia, non c'è molto che possiamo fare. Sta ad Allye tenersi al sicuro finché Nightingale fa qualche casino e noi riusciamo ad uccidere quel merdoso".

Questo non andava bene per niente bene a Gray. "E se *la rapiscono di nuovo?*"

"Allora facciamo del nostro meglio per trovarla e riportarla a casa", rispose Rex.

Non era esattamente quello che Gray voleva sentire, ma era il meglio che si potesse aspettare. Senza che lui potesse rivendicarla in altro modo, alla fine Allye era solo un'altra donna. Non aveva motivo di pensare che lei volesse avere qualcosa a che fare con lui, a livello personale. Oh, aveva la sensazione che lei fosse attratta da lui, e non si sarebbe lamentato di passare una notte o due nel suo letto, ma l'unico modo in cui Rex avrebbe esteso la sua protezione a lei era se lei appartenesse ufficialmente ad uno dei suoi mercenari.

Il capo aveva detto loro molto chiaramente, quando avevano iniziato a lavorare per lui, che erano liberi di trovare una donna e di iniziare una relazione, ma l'unico modo in cui potevano dirle cosa facevano davvero per vivere era se la relazione era permanente. Gray aveva già detto ad Allye più di quanto avrebbe dovuto, ma passare tutto quel tempo insieme in mezzo all'oceano gli aveva insolitamente allentato la lingua.

Rex aveva detto più di una volta che quando uno dei suoi mercenari *era* in una relazione permanente, avrebbe fatto tutto il necessario per tenere al sicuro le loro donne e i loro figli.

Avevano perso uno dei loro agenti a causa di una relazione, proprio di recente. Questi aveva lasciato il gruppo perché non solo aveva trovato l'amore della sua vita, ma aveva guadagnato un'intera famiglia di cui non sapeva nulla fino alla morte della madre.

Ryder Sinclair viveva a Castle Rock, in Colorado, e aveva una donna, tre fratellastri, due nipotini e innumerevoli altri amici e familiari. Ora lavorava per la Ace Security, e Gray parlava sempre con lui, ma non era la stessa cosa. Non era più un membro ufficiale dei Mercenari di Montagna. Gray sapeva che Ryder era felice, ma ne sentiva la mancanza.

Sul momento aveva pensato che Ryder fosse pazzo per aver rinunciato alle emozionanti missioni dei Mercenari di

Montagna per una donna, ma ora stava avendo dei ripensamenti.

Fu *quella*, la sua epifania. C'era qualcosa in Allye che si era intrufolato sotto gli scudi che aveva alzato, e che non riusciva a scrollarsi di dosso. Se c'era una donna, là fuori, per la quale avrebbe rinunciato ai Mercenari di Montagna, Gray aveva la sensazione che fosse Allye.

Il pensiero avrebbe dovuto spaventarlo, ma invece sembrava semplicemente giusto. Il tempo che avevano passato insieme nell'oceano gli aveva tolto la facciata che lui di solito indossava per le altre persone, e sospettava che lo stesso fosse successo per lei. Aveva conosciuto la vera Allye... E gli piaceva molto.

Gray voleva chiedere a Rex se potesse procurargli il suo numero di telefono, ma si trattenne. Sapeva che probabilmente anche Meat avrebbe potuto trovarlo facilmente, ma alla fine decise che era meglio non parlare con Allye. Gray sentì che forse avrebbe scoperto che parlare con lei, ma non stare con lei, sarebbe stato più doloroso rispetto al non sentirla più.

Si ricordò del modo in cui lei si era rivolta a lui quando erano ancora sul peschereccio e aveva detto, in tono assolutamente serio, che era illegale non avere dispositivi di galleggiamento sulla barca. Il modo in cui alzava gli occhi al cielo in continuazione. Non si era lamentata né era diventata isterica, come avrebbero potuto fare molte donne nella stessa situazione. Ma questo non significava che non avesse avuto paura. Aveva afferrato la sua tasca così saldamente, comunicando tutti i suoi dubbi e le sue paure in modo forte e chiaro. Aveva resistito, come se la sua vita dipendesse dal non lasciarsi andare. Era così.

Gray aveva salvato centinaia di vite nel corso degli anni, ma nessuna persona lo aveva colpito come Allye.

Il silenzio al telefono era durato troppo a lungo, ma Gray

sapeva che a Rex non importava. Sarebbe rimasto per sempre all'altro capo della linea se lo avesse ritenuto necessario.

"Se troverai qualche informazione su di lei, me lo farai sapere?" Chiese Gray, alla fine. "Ad esempio, se fosse di nuovo presa di mira?".

"Sì, posso farlo", gli disse Rex.

Era quanto Gray avrebbe ottenuto in questo momento, e lui lo sapeva. "Grazie. Lo apprezzo. Devo andare. Ho un foglio di P&L che devo fare per uno dei miei clienti. Doveva essere consegnato ieri, ma mi inventerò qualcosa sul ritardo".

"Sei un brav'uomo", disse Rex a bassa voce. "Hai fatto un ottimo lavoro là fuori. Hai ottenuto quante più informazioni possibili e hai salvato una vita nel frattempo. Sono orgoglioso di averti nella mia squadra". E con questo, Rex riattaccò.

Gray scosse la testa. Rex era eccentrico, questo era sicuro. Per quanto ne sapeva, nessuno della squadra aveva mai incontrato quest'uomo sfuggente. Sembrava sapere sempre cosa stessero facendo e quando, ma non avrebbe mai rilevato come aveva avuto le sue informazioni.

Lui e gli altri erano stati reclutati diversi anni fa. Gray se lo ricordava come se fosse stato il giorno prima. Stava lasciando la Marina e aveva ricevuto la chiamata di Rex per un lavoro. Non gli aveva detto molto, solo che il colloquio si sarebbe svolto in una sala da biliardo malandata a Colorado Springs, chiamata *The Pit*.

Quando era arrivato, anche Meat, Arrow, Ball, Black, Ryder e Ro erano lì per i loro presunti colloqui. Si erano messi a parlare mentre aspettavano che Rex facesse la sua apparizione, e tre ore dopo - dopo aver deciso di mandare a fanculo Rex e il suo lavoro, per poi sbronzarsi alla grande - ognuno di loro aveva ricevuto una telefonata: avevano ottenuto il lavoro.

A quanto pare, era un test. Un test per vedere se i sette potevano andare d'accordo. Ci erano riusciti. Estremamente bene. Gray sapeva che gli altri uomini avevano i loro motivi per unirsi ai Mercenari di Montagna, ma non ne avevano mai parlato se non per dire che erano contenti che le loro abilità uniche venissero usate per liberare il mondo da esseri umani indegni di vivere, e per salvare donne e bambini di tutti i ceti sociali.

Mentre Gray tirava fuori il database necessario per lavorare sulla dichiarazione dei profitti e delle perdite del suo cliente, cercò di togliere dalla sua mente la donna coraggiosa ma vulnerabile che aveva appena salvato. Semplicemente, non era destino.

———

Una settimana e mezzo dopo, Allye chiuse la porta del suo appartamento dietro di sé.

La settimana era iniziata piuttosto bene. Tutti a lavoro erano stati felicissimi di vederla, soprattutto dopo aver sentito quello che aveva passato, i fatti principali. Allye aveva tralasciato la maggior parte dei dettagli. Aveva chiamato la polizia e denunciato il suo rapimento, anche se, ancora una volta, quel rapporto mancava di molti dettagli. Aveva detto ai poliziotti che era preoccupata che chiunque l'avesse rapita ci avrebbe riprovato, ma senza alcuna descrizione o informazione su di lui, non avevano molto su cui lavorare. Le avevano semplicemente dato lo stesso consiglio che aveva dato Gray. Il che non era esattamente confortante.

Era rientrata nella sua normale routine abbastanza velocemente, per il resto della settimana. Si svegliava presto e faceva colazione. Guardava il telegiornale per qualsiasi accenno alla storia del suo rapimento o al fatto che un giro di schiavisti del sesso fosse stato distrutto, ma nulla. Poi andava a teatro per le prove.

Quel giorno, la fotografa avrebbe realizzato delle foto ritratto per il prossimo show. Robin aveva insistito affinché ogni ballerino avesse nuove foto per ogni spettacolo. Non voleva che il pubblico si annoiasse con i dépliant, soprattutto perché i ballerini erano spesso gli stessi, pur con ruoli rimescolati.

Un mese potevano avere una routine di danza moderna, quello dopo magari jazz. Robin si vantava della qualità dei suoi spettacoli e dei suoi ballerini. Non badava a spese per i dépliant, producendoli su pagine lucide e di alta qualità, sperava che gli avventori li tenessero come ricordo.

La prima volta che l'attuale fotografa era venuta a fotografare il cast, era rimasta colpita dagli occhi di Allye, di colore diverso, e aveva fatto del suo meglio per metterli in risalto nelle varie inquadrature. Allye non ci faceva neanche più caso, ma aveva imparato a non lamentarsi. Tra gli occhi e la ciocca bianca dei suoi capelli, sapeva di essere un soggetto bizzarro, e i fotografi amavano metterle in evidenza entrambi i tratti.

Dopo le foto di quel giorno, durante le quali aveva di nuovo attirato l'attenzione della fotografa, il pomeriggio fu rilassato. Jessie, l'adolescente che voleva essere la protagonista dello spettacolo senza riuscirci dato che Allye era ricomparsa, era stata cupa e poco collaborativa, arrivando a tenere il broncio, costringendo Robin a intervenire e a dirle di andare a casa per il resto della giornata.

Dopo le prove, Allye si era fermata a prendere un nuovo cellulare, dato che il suo era scomparso quando era stata rapita per strada. Il telefono costava molto più di quanto si aspettasse, ma sapendo di non avere altra scelta, Allye lo pagò.

Poi, mentre tornava a casa, iniziò a sentirsi...Paranoica. Come se qualcuno la stesse seguendo. Ma ogni volta che si guardava alle spalle, non c'era nessuno.

La sensazione, tuttavia, continuò per tutto il tragitto verso casa. Allye deviò persino dal suo solito percorso, mettendoci ben venti minuti in più per arrivare al suo complesso residenziale.

Con la pelle d'oca, Allye sbatté con gratitudine la porta e chiuse tutte le serrature, al sicuro tra le mura di casa. Lasciò cadere la borsa proprio davanti alla porta d'ingresso e si diresse verso il divano, dove si lasciò crollare.

Erano state due settimane estremamente strane. Non ci teneva minimamente a provarle di nuovo. Era passata dalla normalità, al terrore estremo e all'essere fuori dalla sua portata, di nuovo alla normalità. Ora la paranoia. Era quasi irreale.

Per quanto tempo fosse rimasta seduta lì, Allye non ne aveva idea. Sapeva solo che, anche se era chiusa a chiave nel suo appartamento, non si sentiva ancora al sicuro. Non doveva essere così difficile, per qualcuno, sfondare la sua porta. Se l'avesse fatto, avrebbe potuto sopraffarla, proprio come aveva fatto il teppista che l'aveva rapita per strada. Nessuno si era fatto avanti per aiutarla, e lei sapeva che sarebbe stato lo stesso qui nel suo condominio. Non conosceva i suoi vicini e, come la maggior parte delle persone che vivevano in città, tendeva a ignorare le varie grida e gli strani suoni che provenivano dagli appartamenti intorno a lei.

Tremando, Allye si abbracciò. Cosa avrebbe dovuto fare? Aveva un lavoro che doveva svolgere ogni giorno. Una vita. Ma Gray aveva ragione: l'uomo che aveva pagato per lei, all'inizio, era ancora là fuori, che aspettava il momento giusto per poter pagare qualcuno che la prendesse di nuovo. Era forse là fuori a guardarla, in quel momento?

Deglutendo rumorosamente, Allye scosse la testa. Avrebbe preferito morire, piuttosto che rivivere quell'incubo. Era spaventata a morte e aveva perso ogni speranza sul fatto che qualcuno sarebbe andato a salvarla.

Ripensò al momento sulla barca, dopo che Black li aveva

recuperati, quando il capo di Gray, quel Rex, lo aveva chiamato.

Chiudendo gli occhi, Allye si concentrò. Si chinò, con gli occhi ancora chiusi, e afferrò il blocco di carta che sapeva essere seduto sul tavolino davanti a lei. Cercò a tentoni una penna e scrisse velocemente i numeri che vedeva nella sua testa.

Sbattendo le palpebre, aprì gli occhi e fissò il foglio di carta. Annuì. Sì, era il numero da cui Rex aveva chiamato.

In piedi, Allye cominciò a camminare. Non avrebbe dovuto prendere in considerazione l'idea di fare quello che pensava di fare. Ma doveva farlo. Sapeva che lo stronzo che la voleva era ancora là fuori. Anche se aveva le allucinazioni e nessuno la seguiva in quel momento. O la stava guardando.

C'erano ancora donne che non erano state salvate.

Ogni giorno che passava, la chiavetta con cui era fuggita la derideva sempre di più. E se avesse avuto le informazioni necessarie per salvare qualcun altro? Per far chiudere l'intera orribile operazione? E se avesse avuto il potere di impedire agli stronzi di abusare di donne e bambini...E non avesse fatto nulla? Questo cosa l'avrebbe resa? Una sorta di complice?

Allye si abbracciava sempre più forte, mentre camminava agitata. Aveva bisogno di dare la chiavetta a qualcuno che potesse capire quale fosse la password e aiutare a distruggere l'intera operazione. Uccidere il capitano della barca e l'uomo mandato per scortarla dal suo nuovo proprietario era una cosa, ma l'uomo che l'aveva effettivamente rapita era ancora là fuori. Ci doveva essere molti più coinvolti, un sacco di persone che hanno aiutato quel tizio Nightingale a rapire e trasferire le donne. Ma nessuno di loro *l'aveva aiutata*, e tutti avevano un'opportunità. Il rapitore, il capitano della barca, la scorta...Chi sapeva quanti altri erano a conoscenza di quello che stava succedendo? Dovevano essere tutti eliminati, ed era possibile che lei avesse in mano l'unica prova che lo avrebbe reso possibile.

Camminando lentamente in cucina, aprì il cassetto, fissando l'innocua chiavetta nera con l'odio nel cuore. Chiudendo il cassetto, fece un respiro profondo e tornò nell'altra stanza.

Prendendo il suo cellulare nuovo di zecca, Allye compose il numero che aveva visto solo una volta, ma che era riuscita a memorizzare.

"Chi è? Come hai avuto questo numero?"

La voce sembrava che venisse in qualche modo alterata, ma al momento Allye non ci fece troppo caso. L'uomo non sembrava per niente contento, Allye voleva riagganciare immediatamente, ma si costrinse a dire: "Mi chiamo Allye Martin. Sto cercando Rex".

"Come hai avuto questo numero?"

"Sei tu, Rex?", insistette. L'ultima cosa che Allye voleva fare era dire a qualcuno che non fosse Rex cosa aveva in suo possesso.

"Sì, sono io. Ora, *come* hai avuto questo numero?"

"L'ho visto sullo schermo quando hai chiamato Gray la settimana scorsa. Ero la donna che ha salvato dalla barca dello schiavista sessuale". Ci fu un lungo silenzio all'altro capo della linea, e Allye alla fine chiese: "Sei ancora lì?".

"Sì. Hai visto il mio numero una volta, più di una settimana fa, e te lo sei ricordato?"

"Sì, non riesco a ricordare i nomi o le facce così bene, ma i numeri sono facili per me".

"Mhmm. Interessante. Cosa c'è che non va?"

"Beh, non c'è niente che non va, di per sé, ma ho qualcosa che penso tu debba avere".

"Cosa?"

"Ehm, beh...Quando ero sulla barca, l'uomo che mi stava portando a chi mi ha comprata era seduto in camera con me, dopo avermi ammanettato al letto..." Allye si fermò, ricordando le cose terribili che aveva detto.

"E?" Chiese Rex con impazienza.

Allye alzò gli occhi al cielo, ma continuò. "Stava smanettando su un portatile. Ogni tanto si fermava a mormorare il nome di una donna e poi mi diceva cosa le era successo. Era come se cercasse qualcosa sullo schermo, trovando i casi più orribili solo per torturarmi".

"Quindi, cosa...Mi stai dicendo che hai preso il portatile che stava usando?"

"Certo che no. Non potevo trascinarmi un portatile nell'oceano. Ma *ho* preso la chiavetta USB che ha infilato nel computer, quando è entrato nella stanza".

Rex rimase in silenzio un altro secondo prima di chiederle: "Mi prendi per il culo?".

"No. Ce l'ho. Stavo per darla a Gray, ma mi sono dimenticata. Ho pensato che probabilmente non avrebbe funzionato comunque, ma quando sono tornata a casa, ho cercato su internet come asciugarla e ho fatto tutto il necessario. Quando l'ho collegata, funzionava."

"Santa pazienza. Cosa c'era sopra?" Chiese Rex, sembrando ancora più impaziente ora.

"Questo è il fatto: non lo so. Il file è protetto da una password, e non ho idea di come entrare nel foglio di calcolo".

"Qualcun altro sa che ce l'hai?"

Allye scrollò le spalle, dimenticando per un attimo che Rex non poteva vederla. "Non ne ho idea. Voglio dire, non credo proprio. Non so come farebbero. Non l'ho detto a nessuno. Ma..." La sua voce si incrinò.

"Ma cosa?"

"È una stupidata."

"Ma *cosa?*" chiese Rex di nuovo, più brusco.

"Ultimamente mi sento come se mi seguissero. È una follia. Voglio dire, probabilmente è solo perché sono paranoica dopo quello che è successo. Ma Gray mi ha detto di stare attenta e di stare in guardia. Comunque...Ho solo pensato che forse ci fosse qualcosa su questa chiavetta che poteva portare a chi mi ha rapita, e forse poteva portare ad alcune delle altre donne che sono scomparse. Se non la do a qualcuno e vengo rapita di nuovo, quelle altre donne non avranno mai la possibilità di essere salvate".

Allye sentì picchiettare dei tasti in sottofondo, aspettando che Rex dicesse qualcosa. Ci volle un po' di tempo, ma alla fine l'uomo disse: "Ti ho appena comprato un biglietto per Colorado Springs. Partirai tra circa due ore e mezza".

"Cosa? Perché?"

"In che altro modo mi farai avere quella chiavetta?" Chiese Rex.

"Beh, pensavo di poterla spedire per posta."

"Sei *pazza*?", chiese, sembrando inorridito. "E se si perdesse? Sei disposta a rischiare?"

Allye sospirò. Dannazione, aveva ragione. "Perché non puoi venire qui?" chiese. "Ho un lavoro. Cose da fare".

"È venerdì. Se decidi di farlo, puoi tornare entro domenica sera".

Cosa intendeva dire, *se* avrebbe deciso di tornare a casa?

Ma non le diede la possibilità di chiedere.

"Vai a fare i bagagli. Solo bagaglio a mano. Chiamerò qualcuno per farti venire a prendere. Non lasciare il tuo appartamento finché non ti richiamo e ti dico che l'autista è lì. Non parlare con nessuno. Non fare altro che andare direttamente all'aeroporto e al gate. Manderei l'aereo privato, ma al momento è fuori servizio a causa di una fottuta gomma a terra. Devi prendere un volo per Denver e poi prenderete l'ultimo volo per Colorado Springs. Non perderlo".

Allye alzò gli occhi al cielo. Non era una bambina. Sapeva prendere un aereo. "C'è altro?", chiese, spingendo la lingua contro la guancia.

"Sì, sto organizzando un passaggio all'aeroporto di Colorado Springs. L'autista ti porterà al Broadmoor. Rimarrai lì per la notte, poi lo stesso autista tornerà sabato pomeriggio dopo che avrete fatto il check-out e ti porterà ad incontrarmi. Capito?"

"Il Broadmoor? Non è, tipo, un hotel molto costoso? Perché non un Motel 6?"

"Perché non lasci che sia io a preoccuparmi del prezzo, Allye? Non lasciare che accada nulla a quella chiavetta e porta il tuo culo all'aeroporto. Se qualcosa ti sembra strano, chiamami appena puoi. Ti porterò qui in un modo o nell'altro".

Allye sospirò. Supponeva di dover essere grata che Rex fosse preoccupato per lei, ma sapeva che lui non era esattamente preoccupato per *lei*. Voleva la chiavetta USB.

"Capito?", abbaiò l'uomo.

"Sissignore", disse Allye istintivamente. "Ho capito."

"Fai attenzione ", le ordinò Rex. "So che lo stai pensando, quindi devo dire che *sei* più importante di qualsiasi cosa ci sia in quella chiavetta che hai in mano. Non mi piace che tu sia vulnerabile là fuori senza qualcuno che ti protegga, soprattutto ora che ti senti osservata. Tieni gli occhi aperti. Ci sentiamo presto".

E con questo, riattaccò.

Una sensazione di calore avvampò nel petto di Allye mentre chiudeva il telefono. Non conosceva questo Rex, ma se Gray si fidava di lui, si fidava anche lei.

Rex non aveva detto nulla di Gray, ma il pensiero di andare nella stessa città in cui viveva lui non la lasciava in pace. Forse poteva chiedere a Rex se avrebbe potuto chiamare Gray, per farglielo almeno salutare.

Balzò in piedi in mezzo al salotto, cercando di immaginare come sarebbe andato un incontro con Gray, prima di scuotersi e guardare l'orologio. Doveva sbrigarsi. Aveva un aereo da prendere.

———

Gage Nightingale riagganciò il telefono, soddisfatto che il suo futuro animale domestico speciale fosse a casa sano e salvo per la notte. Si grattò in modo assente i capelli neri e trasandati, mentre allontanava la sedia dalla scrivania e si lasciava dondolare all'indietro. Appoggiando le mani sulla pancia sporgente, pensò a cosa fosse successo con il trasferimento della sua proprietà, la settimana prima. Ovviamente, qualcosa era andato terribilmente storto. Non riusciva a contattare l'uomo che aveva pagato profumatamente per scortare il suo nuovo acquisto, doveva scoprire come aveva fatto a sbagliare.

In qualche modo era riuscita a scappare.

Ma non importava. Alla fine, sarebbe stata sua.

Allyson la Mistica. Ricordava ancora la prima volta che l'aveva vista. Una sera era andato in un nuovo teatro, uno in cui non era mai stato prima. Appena visto il dépliant, ne era rimasto intrigato. La fotografia di lei aveva attirato la sua attenzione e voleva vederla. Non si era mai innamorato così tanto di una semplice foto.

I suoi occhi lo chiamavano. Uno blu e uno marrone. Questo, insieme alla ciocca bianca dei suoi capelli, gli aveva fatto venire voglia di tornare. Di vederla di più.

Poi l'aveva vista *fuori dal* teatro. L'aveva riconosciuta immediatamente. Era con un'altra ballerina, ma l'altra donna non lo aveva minimamente interessato. Solo Allyson. L'aveva vista quella sera. Aveva visto come avesse respinto tutti gli altri uomini, come se si stesse conservando solo per lui. Era intrigato e affascinato.

Alla fine della notte, aveva già cominciato a pianificare come farla sua.

Era un collezionista dell'insolito. Nel complesso appositamente progettato nella sua proprietà di cento acri fuori San

Francisco, aveva collezionato animali, fossili di dinosauri, reliquie del Medio Oriente...E alcuni acquisti molto speciali.

Aveva una donna che, quando l'aveva presa, aveva tatuaggi che coprivano il settantacinque per cento del suo corpo. Stava lavorando per ottenere il cento per cento.

Aveva anche una donna minuscola, una coppia di gemelle identiche e, proprio il mese scorso, aveva trovato e preso una donna albina. Ogni pelo del suo corpo era di un bianco brillante.

Nightingale teneva i suoi tesori in stanze speciali dietro una porta segreta, in modo che non venissero scoperti per caso da uno qualsiasi dei tanti membri del personale e visitatori che accoglieva nella sua proprietà. Li visitava quando voleva divertirsi. Oh, aveva fatto in modo che sapessero chi fosse il loro padrone in ogni modo e forma, ma il sesso non era tutto ciò che voleva da loro. Trovava grande divertimento nel modo in cui imploravano per avere cibo e acqua ogni volta che lui si avvicinava, sbattendo contro il vetro insonorizzato.

Naturalmente li teneva nudi, così come dovrebbero essere gli animali selvatici.

Ma la Mistica sarebbe stata solo per uso personale. Era il suo portafortuna. Dalla sera in cui l'aveva vista ballare, non aveva avuto altro che fortuna. Le sue azioni gli avevano fatto guadagnare più soldi da quella sera che in tutto l'anno precedente. Aveva potuto acquistare la coppia di uccelli rari e in via di estinzione su cui aveva messo gli occhi.

E, cosa più importante, la sua libido era tornata.

Per un po' di tempo aveva avuto paura di non riuscire a farselo tirare, ma con un solo sguardo agli occhi della sua Mistica nel dépliant, aveva sentito una stretta. Proprio lì, nella sua poltrona in teatro. Il suo uccello si era allungato ed era rimasto duro per tutta la durata dello spettacolo.

Sì, la Mistica sarebbe stata il suo animale domestico. Il suo animale domestico, molto speciale. Le avrebbe donato il suo sperma, lei avrebbe tramandato i suoi occhi e i suoi capelli alla sua prole. Avrebbe obbedito ad ogni suo comando e avrebbe imparato, col tempo, tutto ciò che gli piaceva o non gli piaceva. Non solo, ma avrebbe danzato per lui. *Solo* per lui. Stava costruendo un palcoscenico speciale, dove avrebbe punito la sua Mistica per aver osato fuggire dalla sua presa la prima volta, e dove avrebbe potuto vederla esibirsi in qualsiasi momento.

Sì, avrebbe avuto fortuna per il resto della sua vita con lei in una gabbia fino alla fine dei suoi giorni.

Ma prima doveva prenderla. Lei era astuta come qualsiasi animale selvatico, valeva la pena dedicare il suo tempo e la sua fatica a catturarla.

L'uomo che aveva assunto per tenerla d'occhio aveva riferito che la sua agenda era ripresa da quando era tornata a casa. Il suo animale domestico avrebbe davvero dovuto imparare a modificare un po' di più i suoi percorsi, da e per il lavoro. Ma se lo avesse fatto, non avrebbe avuto così tante possibilità di intrappolarla.

"Presto, mio prezioso animale domestico", mormorò Nightingale, strofinando la mano sull' inguine. "Presto."

CAPITOLO SETTE

ALLYE SI TROVÒ di fronte all'edificio malandato e lo guardò con incredulità. Proprio *lì* avrebbe dovuto incontrare l'inafferrabile Rex? Si girò per chiedere all'autista se fosse sicuro di aver trovato l'indirizzo giusto, ma tutto quello che vide furono i fanali posteriori che giravano sulla strada prima che sparisse del tutto.

Sospirò e si voltò verso l'edificio.

Era arrivata all'aeroporto senza aver tempo da perdere. Il volo per Denver era stato tranquillo e, per fortuna, puntuale, poiché aveva solo venti minuti per correre e prendere l'aereo per Colorado Springs. Era arrivata sul tardi, il piccolo aeroporto era quasi deserto quando era atterrata.

Un uomo la stava aspettando con il suo nome su un cartello, e l'aveva portata all'hotel Broadmoor. Era bellissimo, proprio come aveva sentito dire, ma siccome era esausta, non aveva avuto molto tempo per apprezzarlo. Aveva dormito fino a tardi ed era stata svegliata dal telefono che squillava sul comodino accanto a lei.

Era la reception, chiamava per farle sapere che il pranzo

sarebbe stato portato a momenti e che il suo autista l'avrebbe aspettata verso le tre.

Ed ora, eccola lì. In piedi davanti a un bar fatiscente chiamato *The Pit*.

Sospirando, Allye tirò lo zaino più in alto sulla spalla e raggiunse la maniglia della porta. Una volta dentro, sbatté le palpebre un paio di volte, cercando di dare agli occhi il tempo di adattarsi. L'interno era sorprendentemente...Bello. Soprattutto rispetto all'esterno. Alla sua destra c'era una grande barra di legno che occupava quasi tutta la parete. C'erano tavoli e sedie sparsi per il resto della stanza, con una piccola pista da ballo in legno e un jukebox sul lato sinistro.

Un'ampia porta in cima a un paio di gradini si trovava sul retro della stanza e Allye poteva vedere i tavoli da biliardo in una stanza oltre l'ingresso aperto. Era presto e quindi non c'erano in giro molte persone, anzi, erano pochissime.

Si avvicinò al bar, non sapendo se qualcuno di loro fosse Rex o no, ma pensò che lui l'avrebbe raggiunta. Mise lo zaino sul pavimento, ai suoi piedi, e si sedette su un alto sgabello da bar.

Appoggiò i gomiti sul bancone di legno davanti a sé e iniziò l'attesa.

Nel giro di pochi istanti, un uomo enorme, dall'aspetto piuttosto spaventoso, cominciò ad emergere da una stanza sul retro del bar. Si puliva le mani su uno strofinaccio, e il suo sguardo la trafisse, non appena entrato dalla porta.

Era molto più alto di Allye, aveva capelli scuri molto corti. Una barba piuttosto irsuta gli copriva la maggior parte del viso, capelli grigi sparpagliati liberamente tra le ciocche. Aveva una cicatrice che gli scendeva lungo il collo e scompariva nella scollatura della maglietta blu che indossava. La sua carnagione era scura, aveva tatuaggi neri che coprivano entrambe le braccia. Allye sapeva che se avesse incontrato quest'uomo per le strade di San Francisco, avrebbe fatto di tutto per evitarlo.

"Ehi", le disse con voce profonda, il suo accento del sud facile da sentire anche in quella sola parola.

"Ciao", rispose Allye.

"Posso portarti qualcosa?"

"Solo un'acqua, per favore."

Il barista la fissò a lungo, poi posò lo straccio che aveva usato e allungò una mano enorme. "Dave. Sono io il barista, da queste parti".

Allye esitò a tendere la mano e a metterla in quella dell'omone. "Allye. Come lo spazio tra gli edifici, ma la *y* viene prima della *e*".

Lui ridacchiò, le strinse la mano facendo attenzione a non fare troppo forte e la lasciò cadere dopo il giusto periodo. "Non ti ho mai visto da queste parti. Sei nuova o sei solo di passaggio?"

"Dovrei incontrare una persona, qui", disse al barista, rilassandosi nella sua conversazione educata. Lui non emetteva alcuna vibrazione negativa, e il leggero sorriso sul suo viso le fece abbassare ancora di più la guardia.

Dave si chinò dietro al bancone e tirò fuori una bottiglia d'acqua. La mise davanti alla donna e le chiese: "Vuoi che te la apra?".

Le sopracciglia di Allye si abbassarono. "Imbottigliata?", chiese. "L'acqua del rubinetto va più che bene. Non ho molti soldi con me".

"Nel mio bar, una signora non prende mai un bicchiere d'acqua, a meno che non lo richieda espressamente. È più difficile maneggiare una bottiglia tappata rispetto a un bicchiere. Inoltre, l'acqua nel mio bar è sempre gratis".

"Oh, ha senso", disse Allye. "Grazie".

"Allora...Vuoi che te la apra io, o vuoi fare tu gli onori di casa?"

"Prego".

Dave ruppe il sigillo della bottiglia, lo mise sopra un tovagliolo e poi appoggiò la bottiglia davanti a lei. "Se vuoi qualcos'altro, fai un fischio. Ci sarò".

"Grazie".

"Non c'è di che".

Allye bevve un sorso d'acqua e guardò Dave che ormai non le prestava più attenzione, intento a pulire il ripiano del bancone. La donna si voltò e osservò il resto del locale. C'erano un uomo e una donna seduti a un tavolo nell'angolo sul retro, e i suoni delle palle da biliardo che si scontravano l'una contro l'altra provenivano dalla stanza sul retro.

Dopo circa venti minuti, cominciò ad innervosirsi. Nessuno si era avvicinato a lei, chiedendole se fosse Allye, e la chiavetta USB nella sua tasca sembrava diventare sempre più pesante, più aspettava. E se qualcuno avesse capito che aveva le informazioni da dare a Rex? E se lo avessero picchiato mentre andava al bar?

Sapendo di non potersi più sedere lì, Allye si voltò verso il barista. "Ehi, Dave?"

"Sì, cara?", chiese questi, mentre vagava davanti a lei.

"Posso lasciare qui il mio zaino, mentre faccio un giro?"

"Certo. La persona che aspetti non si è ancora presentata?"

Lei scosse la testa.

"Hai chiamato questo uomo o questa donna?"

"Uomo, e sì, ho provato dieci minuti fa e non ha risposto".

"Che peccato."

"Sì."

Dave allungò una mano. "Dammi lo zaino. La metterò dietro il bancone, così nessuno lo prenderà. Anche se nessuno oserebbe venire qui, dietro il *mio* bancone".

Lei ridacchiò e alzò gli occhi al cielo. A quello ci credeva. "Non ci rovescerai sopra qualcosa, vero?", lo prese in giro.

Gli occhi di Dave si ridussero a due fessure. "Mi rendo conto che non mi conosci, donna, ma sono il miglior barista della città. Non rovescio mai nulla. Mai."

Allye rise. Sembrava talmente sconvolto che non poteva farne a meno. Alzò le mani in segno di resa. "Scusa! Non lo sapevo".

Dave le sorrise. "Ora lo sai. Dammelo", ordinò, agitando le dita.

Allye prese lo zaino e lo diede a Dave, che lo prese e lo pose da qualche parte dietro il bancone. "Ora vai, esplora. Sappi che sei al sicuro qui, al *The Pit*. So che sembra strano, ma garantisco per qualsiasi uomo o donna qui dentro. Sono brave persone".

"Grazie", gli disse Allye, sentendosi sollevata anche se non si era resa conto di essere stata tesa. Saltò giù dallo sgabello del bar e si voltò verso la stanza sul retro.

"Allye?" La chiamò Dave.

Lei si voltò. "Sì?"

"Begli occhi".

Lei sorrise. La gente di solito si scatenava circa i suoi occhi, fino a farla sentire imbarazzata. Le chiedevano sempre della ciocca bianca e volevano sapere se portasse le lenti a contatto. A volte andavano avanti all'infinito, e la cosa diventava estremamente imbarazzante. Il semplice complimento di Dave era amichevole e per nulla invadente.

"Grazie".

Dave le diede un buffetto sul mento, e lei sorrise di nuovo, poi si girò per vagare nella stanza. Forse aveva passato troppo tempo a San Francisco, ma quel gesto sul mento l'aveva colpita. Non se n'era mai accorta prima, ma nel momento in cui aveva visto Gray fare lo stesso gesto al suo amico Black, aveva deciso che le piaceva. Molto.

Allye si avvicinò al jukebox ed esaminò la selezione delle canzoni. Era un mix eclettico di pop, country e rock. La coppia nell'angolo non aveva nemmeno alzato gli occhi, quando lei gli era passata davanti. Si diresse verso la stanza sul retro, curiosa di sapere che aspetto potesse avere una sala da biliardo. Si fermò sulla porta e si guardò intorno.

Era una stanza enorme, con circa una dozzina di tavoli da biliardo strategicamente allestiti in modo che nessuno dei giocatori dovesse preoccuparsi di colpire qualcuno, mentre giocava. Due dei tavoli erano in uso e, a giudicare dagli sguardi dei giocatori, le partite erano molto intense.

C'erano alcuni tavolini circolari sparsi a caso nella stanza. Alcuni bassi, così la gente poteva sedersi a bere e chiacchierare, altri erano ad altezza bar, così i giocatori di biliardo potevano appoggiare i loro drink su di loro mentre giocavano. C'erano luci appese sopra ogni tavolo da biliardo, che davano alla stanza una luce fioca, ma non c'erano luci sopraelevate accese.

Allye si girò verso destra e guardò il gruppo di uomini seduti all'unico tavolo quadrato della stanza e si bloccò.

Il suo respiro iniziò ad aumentare, il suo istinto di lotta o di fuga prese il sopravvento. Gli uomini non le prestavano attenzione, non l'avevano ancora vista.

Allye fece un passo indietro verso la porta che aveva appena attraversato. Ma era troppo tardi.

"Ma che cazzo?"

L'esclamazione era venuta da Black. L'uomo che aveva incontrato poco più di una settimana fa in una missione che sapeva non essere esattamente di dominio pubblico.

Altre cinque teste si girarono per guardare nella sua direzione, e Allye non poté fare altro che fissare. Era come se potesse effettivamente sentire l'aumento della quantità di testosterone nella stanza.

Tutti e sei gli uomini al tavolo erano grandi. Belli. E la fissavano come se non avessero mai visto una donna.

Ma erano gli occhi di Grayson Rogers, quelli da cui non riusciva a distogliere lo sguardo.

Senza una parola, lui si alzò in piedi, con un movimento fluido, grazioso come quello di una qualsiasi ballerina della sua compagnia, e camminò verso di lei.

"Gattina, che diavolo ci fai qui? Come mi hai trovato?"

Le piaceva il suono del suo soprannome, tra le labbra di lui, ma la sua seconda domanda suonava più come un'accusa, non come un "wow, sono felice di rivederti".

""Io...Non sapevo che tu fossi qui", balbettò. "Non ti stavo cercando".

Gray sembrava confuso.

"Ho chiamato Rex, e lui ha organizzato un incontro qui. Ma non si è ancora presentato. Ero seduta là fuori" -indicò l'ingresso- "a parlare con il barista, Dave, e mi sono annoiata ad aspettare. Non sapevo che tu fossi qui", ripeté.

"Fottuto Rex", disse Gray sottovoce, poi allungò la mano. "Qualunque sia il motivo, sono felice di rivederti. Stai bene?"

Ad Allye piacque questo Gray, ben più dolce. Annuì e gli diede la mano. Appena gli sfiorò il palmo, le dite dell'uomo si chiusero intorno alla sua mano. Il calore del suo corpo sembrava penetrare in lei. Non si era resa conto di avere la mano fredda, finché non sentì quanto fosse calda la pelle dell'uomo. "Sto bene", disse dolcemente.

"Nessuno ti ha seguito?" Chiese Gray.

Allye scrollò le spalle. "Non credo proprio. Ultimamente mi sono sentita a disagio, ma probabilmente è solo il risultato di quello che mi è successo prima".

Gray si accigliò e strinse le dita nella presa. "Forse sì, forse no. Vieni, voglio presentarti i miei amici".

Lui si girò, per portarla dall'altra parte della stanza verso il tavolo pieno di uomini forzuti, ma lei lo fermò.

"Non sono sicura che sia una buona idea".

Le sopracciglia di Gray si alzarono. "Perché no?"

"Perché...Beh...Dopo quello che è successo, non avresti dovuto essere lì...Io sono una specie di vero e proprio promemoria che quello che 'non è successo'...Eh, è successo.

La fissò per un attimo, poi sorrise e scosse la testa. "Vieni, gattina. Vieni a conoscere i miei amici e compagni".

Lei gli permise di condurla al tavolo. Se lui non era preoccupato che lei incontrasse i suoi amici, allora lei pensò di non doversi preoccupare.

Si fermò al tavolo e le avvolse un braccio intorno alla vita. I loro fianchi erano incollati, lei sentì ogni dito di lui mentre le afferrava l'osso del fianco opposto.

"Ragazzi, vi presento Allye Martin. Allye, questi sono i ragazzi. Meat, Arrow, Ball, Ro, e conosci già Black".

"Ciao", disse lei, imbarazzata. "È un piacere conoscervi tutti".

Il suo saluto venne ricambiato da tutti gli uomini, e non poté fare a meno di sentire il peso dei loro sguardi. L'uomo che Gray aveva chiamato Meat si alzò, prese una sedia da un tavolo vicino e la mise accanto a quella vuota. Si sedette, quando Gray le fece un gesto. Non si appoggiò completamente alla sedia, ma rimase seduta con la schiena dritta, chiedendosi cosa stesse succedendo.

"Quindi...Tu sei la donna che Gray ha salvato la settimana scorsa, eh?" Chiese Arrow.

Allye deglutì, poi annuì leggermente.

"Quello che sto per dirti, gattina, non è di dominio pubblico. Ma dopo quello che hai passato, e dato che dovresti incontrare Rex qui, quindi ovviamente lui si fida di te, mi sento a mio agio a dirtelo. Questi uomini ed io facciamo tutti parte di un gruppo chiamato 'Mercenari di Montagna'", le disse Gray in tutta tranquillità. "Rex è il nostro leader, per così dire. Ci contatta quando ha dei lavori di salvataggio da farci fare, che coinvolgono per lo più donne e bambini che vengono maltrattati o che sono stati rapiti. Prima che tu ce lo chieda, siamo altamente qualificati. Siamo tutti ex militari, con specialità diverse, abbiamo fatto un lungo addestramento".

Allye lo fissò per un secondo, poi i suoi occhi andarono agli altri uomini intorno al tavolo. Era sorpresa che lui le avesse spiegato tutto ciò, ma non aveva problemi a credere che questi uomini avessero le capacità e la forza per effettuare missioni di salvataggio.

Poi ripeté la parola che le era rimasta impressa.

"Mercenari?"

Lui annuì.

Allye era confusa. "Avete un nome? Posso cercarvi online? Assumervi?"

"No."

"Allora perché avere un nome?"

Allye pensò che fosse stato Ball a rispondere. "Perché Rex ha deciso, giustamente, che saremmo diventati più conosciuti se fossimo stati associati a un nome. Voleva che i cattivi tremassero al sentire che i Mercenari di Montagna sarebbero andati a prenderli. Ha funzionato. Non molto tempo fa c'è stata una situazione in cui un cattivo a Chicago voleva disperatamente tenere Rex e i suoi Mercenari di Montagna fuori dai suoi affari. Disperato abbastanza da uccidere il proprio figlio, quando non riusciva più a controllarlo".

Allye non era sicura di voler conoscere i dettagli. Ma era ancora un po' confusa. "Ma i mercenari sono al servizio di qualcuno. Vanno dove ci sono i soldi e non si preoccupano di ciò che è giusto o sbagliato, buono o cattivo. Si preoccupano *solo dei* soldi. Non siete più dei guardiani, o qualcosa del genere? Aggirate la legge per fare ciò che è giusto e buono?"

Gray la fissò, ma gli altri uomini intorno al tavolo si misero a ridere.

Infine, Gray sorrise. "Sapevo che eri troppo intelligente",

disse. "Hai ragione, ma quando Rex ha formato il nostro piccolo gruppo, ha pensato che i Mercenari di Montagna suonasse più minaccioso dei guardiani".

Allye alzò gli occhi al cielo. "Già, immagino che *I Veterani Vendicativi* non abbiano esattamente lo stesso impatto, vero?"

Detto ciò, gli altri uomini scoppiarono a ridere.

Allye non riusciva a decidere se stessero ridendo *di* lei o *con* lei, finché Gray non si controllò abbastanza da dire: "Non vedo l'ora di dirlo a Rex. Veterani Vendicativi. Un classico". Poi tornò normale. "Quello che facciamo è tecnicamente contro la legge. La maggior parte dei dipartimenti di polizia ci disapproverebbe, se ci mettessimo in qualsiasi tipo di situazione contro la legge, come facciamo noi. Ma nella maggior parte dei casi, il tempo è essenziale. Non possiamo esattamente aspettare che la polizia ottenga i fatti, decida se ritiene che la minaccia sia concreta, e poi faccia una mossa".

Allye annuì. "Se l'avesse fatto nel mio caso, sarei bella che andata".

"Esattamente", le disse Gray, coprendole la mano con la sua.

"Non è che siamo in giro a salvare il mondo ogni minuto di ogni giorno", disse Ro. "Abbiamo tutti un lavoro regolare. Beh...Più o meno regolare. Ci facciamo gli orari da soli, così possiamo andarcene con un preavviso, in caso di necessità".

"Cosa fate, tutti voi?" chiese Allye, guardando gli uomini in modo critico. "Oltre a salvare persone come me. Cioè, se mi è permesso chiedere? Gray mi ha detto che è un contabile, faccio ancora fatica a crederci".

"Io faccio mobili", disse Meat.

"Da zero?" Chiese Allye.

"Sì."

"Ha una lista d'attesa lunga un miglio di gente che vuole fargli fare tavoli da pranzo e mobili da esterno", aggiunse

Arrow. "Io sono un elettricista. Di solito vengo assunto da persone che stanno ristrutturando case, per rifare l'impianto elettrico delle loro proprietà".

"Io sono un web page designer", aggiunse Ball.

"Io sono un meccanico", disse Ro, il suo accento inglese suonò sexy anche con solo quattro parole pronunciate.

"Sai già che io possiedo un mio poligono di tiro", disse Black. "Hai mai sparato con una pistola, Allye?"

Lei scosse la testa. "No. E prima che tu me lo chieda, va bene così."

Black la guardò a lungo, prima di scrollare le spalle. "Se cambi idea, non devi far altro che chiedere".

Lei annuì, poi si morse il labbro e volse lo sguardo verso Gray. "Ehm...Allora...Rex si unirà a voi, ragazzi? È per questo che mi ha mandato qui?"

"Non abbiamo mai incontrato Rex", le disse Gray.

"Cosa? Com'è possibile?

Questi scrollò le spalle. "È proprio così. Gestisce le missioni dalle retrovie. Prende le informazioni e ci manda dove dobbiamo andare".

"Ma...Mi ha detto che mi avrebbe incontrato qui. Ho la..." La sua voce si incrinò.

"Hai cosa?" le chiese Gray. I suoi occhi si restrinsero mentre la guardava.

Allye pensò a cosa dirgli, per un lungo momento. Non che non si fidasse di lui. Gli avrebbe comunque dato la chiavetta prima che lasciasse la California, ma Rex sembrava davvero interessato, e non voleva farlo arrabbiare. Non dopo tutti i soldi che aveva speso per portarla a Colorado Springs.

"Gattina, cosa? Non hai mai detto perché sei qui, se non per vedere Rex. Come hai trovato *The Pit*? E già che ci siamo...Come ti sei messa in contatto con Rex?" Chiese Gray.

"Possiamo parlare in privato?", chiese, ben consapevole

del fatto che gli altri uomini stavano ascoltando con attenzione la loro conversazione.

"No", disse lui, secco. "Metterei la mia vita nelle mani di
questi ragazzi. E, cosa ancora più importante, metterei la *tua*
vita nelle loro mani. Se non fossi qui, mi aspetterei che faces-
sero tutto il necessario per assicurarsi che tu sia al sicuro,
proprio come farei io per loro nella stessa situazione. Ora
sputa il rospo".

Allye voleva respingere le sue parole. Voleva dirgli che non
si fidava abbastanza di lui per dirgli tutti i suoi segreti, ma
questa sarebbe stata una bugia. Gli aveva parlato della sua
infanzia. Di quanto sua madre fosse stata orribile. Lui le aveva
letteralmente salvato la vita molte volte. Non aveva motivo di
non fidarsi di lui. E se lui si fosse fidato degli altri uomini,
allora avrebbe dovuto farlo anche lei.

"Ricordi, dopo che mi hai liberato dalle manette e
stavamo lasciando la camera da letto su quella barca, che sono
tornata indietro di corsa?"

"Certo. Avevo ritenuto stupida quella mossa, e lo penso
anche adesso".

"Non mi hai mai chiesto *perché* sono tornata".

Lo sguardo di Gray rimase fisso su di lei. "Cosa c'era di
così importante da rischiare la vita per tornare indietro a
prenderlo?" chiese tranquillamente.

Allye raggiunse la tasca dei jeans e tirò fuori la chiavetta
USB. La mise sul tavolo davanti a lei. "Questa".

Gli occhi di Gray scesero sul piccolo dispositivo, poi
tornarono sul viso della donna. "Cosa c'è sopra?"

Lei scrollò spalle. "Non lo so. Stavo per dartela prima che
te ne andassi, ma mi sono dimenticata. Poi non ero sicura che
i dati su di essa fossero sopravvissuti, dopo essere stati in
acqua tutto quel tempo. Ma ho fatto quello che ho potuto, e
quando l'ho collegato al mio portatile, funzionava. Ma c'è solo
un file. Ed è protetto da una password".

"Lasciala, Meat", ordinò Gray, senza distogliere lo sguardo.

Allye sbatté le palpebre e si girò per vedere la mano di Meat, a pochi centimetri dalla chiavetta. Sembrava un ragazzino sorpreso con la mano in un barattolo di biscotti.

"Andiamo, Gray. Lo sai che sono l'uomo giusto per questo lavoro", piagnucolò Meat. "Rex probabilmente l'ha mandata qui per poter mettere le mani sulla chiavetta."

Gray alzò gli occhi al cielo e Allye trattenne una risata. "Prendiamo tutte le informazioni prima che tu vada nella tua caverna da nerd per hackerarla", gli disse Gray. Poi si voltò verso Allye. "Potrà anche fare mobili per vivere, ma Meat è il nostro genio informatico. Può hackerare praticamente qualsiasi cosa. Ha un talento per tutto ciò che è elettronico. Ora torniamo a Rex. Come *ha* fatto a farsi coinvolgere in tutto questo? Ti ha chiamato?"

Allye scosse la testa. "No. L'ho chiamato."

"Come hai avuto il suo numero?"

Lei abbassò lo sguardo, sulle sue dita in grembo. "Mi sono ricordata del suo numero, quando eravamo sulla barca dopo che Black ci è venuto a prendere. Ti ho passato il telefono, e il suo numero era sullo schermo".

"E te ne sei ricordata dopo averlo visto una volta?" Chiese Black.

"Sì, ho una buona memoria per i numeri."

"Quindi hai chiamato e hai parlato con Rex", mormorò Gray. "Sono sicuro che era sorpreso."

"All'inizio non era esattamente entusiasta", gli disse Allye. "Ma quando gli ho detto perché lo stavo contattando, si è interessato subito".

"Scommetto che l'ha fatto", disse Ro dall'altro lato del tavolo.

"Potrebbe non essere niente", disse Allye. "Ma sulla barca, quel tipo stava cliccando su qualcosa sul portatile e parlava di altre donne, mi raccontava dettagli su quello che era successo loro, come se stesse leggendo di loro sullo schermo. Voleva spaventarmi, e ci è riuscito, ma quando stavamo andando via, ho pensato che forse qualsiasi cosa ci fosse sulla chiavetta avrebbe potuto aiutarmi a trovarle. A salvarle".

"Se non la vuoi tu, la voglio io", disse Arrow.

"Vaffanculo", disse Gray al suo amico, fulminandolo con lo sguardo, prima di tornare da Allye. "Allora, hai detto a Rex che ce l'avevi tu, e lui ti ha portato a Colorado Springs perché tu gliela dessi?".

Lei annuì.

"E ti ha detto di venire qui?"

"Non esattamente. Ha mandato un tizio al mio hotel, e qui è dove sono stata lasciata".

"Non sapevi nulla del *The Pit*, prima di arrivare qui?" Chiese Gray.

"No. È strano che voi ragazzi siate arrivati qui per caso nello stesso momento in cui ci sono io, vero?" Chiese Allye.

"No", disse Ro, con voce acuta "Ci incontriamo qui ogni settimana. Stessa ora, stesso posto. Rex lo sa bene, quanto la gente del posto".

"Non avrei incontrato Rex, vero?" Chiese Allye.

"No, gattina. Ti ha mandato da noi", le disse dolcemente Gray. "Ricordi quando ti ho detto che ha portato me e i miei amici qui per il colloquio e non si è mai presentato?".

Le apparvero ricordi della conversazione che aveva avuto con lui nell'oceano. "Oh. Ok. Beh...Immagino di dover capire come tornare in California adesso. Pensavo di dare le informazioni a Rex, e poi lui mi avrebbe dato le informazioni sul mio volo di ritorno a casa".

"Rimani. Per un po'", disse Gray.

"Non posso."

"Almeno finché Meat non entra nella chiavetta e vede con cosa abbiamo a che fare".

Allye si morse il labbro e distolse lo sguardo da Gray. Voleva rimanere. Lo voleva davvero. "Ma la prossima settimana devo lavorare. Stiamo iniziando un nuovo spettacolo e devo essere lì per le prove".

"Prove?" chiese Ball.

"Sono una ballerina", gli disse.

"Scommetto che sei molto flessibile, vero?" Chiese Arrow.

Lei lo guardò in modo ironico. "Sì, lo sono."

"Ti becchi sempre il meglio", disse Arrow a Gray, appoggiandosi alla sua sedia e incrociando le braccia sul petto in una buona imitazione di un broncio.

Gray fulminò di nuovo il suo amico, prima di volgere lo sguardo verso Allye. "Resta", disse di nuovo. "Almeno per stanotte. Vedremo cosa ha scoperto Meat e, se necessario, organizzerò il tuo ritorno domenica sera".

Allye ci pensò. Non aveva nulla da fare nel fine settimana. Purché fosse tornata prima delle prove di lunedì, nessuno avrebbe saputo che se n'era andata. "Dove potrei stare?"

"Da me", disse subito Gray.

Allye non era stupida. Era ben consapevole dei sentimenti che provava per Gray, ma non era sicura di cosa lui pensasse di *lei*. Le avrebbe chiesto di restare a casa sua se non gli fosse piaciuta almeno un po'? E se si sentisse solo responsabile per lei? Tipo, dato che le aveva salvato la vita una volta, voleva assicurarsi che ora fosse al sicuro? Ma in fondo, Allye non aveva molte opzioni. Poteva stare in albergo, ma non aveva tanti soldi. Vivere a San Francisco era costoso. La maggior parte del suo stipendio era destinato all'affitto e al cibo.

Gray non le fece pressioni. Non insistette, attese semplicemente che lei prendesse la sua decisione. Il che, in realtà, le rese le cose più difficili. Se lui avesse fatto pressioni, lei avrebbe potuto rifiutare con grazia.

Gettando al vento la prudenza, Allye prese la sua decisione. "Ok. Ma solo fino a domani. Devo davvero tornare a casa".

Appena finita la frase, la mano di Meat guizzò per prendere la chiavetta dal tavolo, come un borseggiatore esperto. Ancora prima che Allye potesse pensare di protestare o addirittura di muoversi, Meat era già sulla porta.

"Mi terrò in contatto", gridò questi, mentre spariva dalla porta dell'altra parte del bar.

Allye guardò Gray con un pizzico di preoccupazione.

"Se ne prenderà cura", disse, calmo. "Porterà le informazioni a Rex, e anche Rex farà il suo dovere. Hai preso la decisione giusta nel portarci la chiavetta".

"Non l'ho portata a te", brontolò Allye. "*Pensavo di averla* portata a Rex".

"Rex siamo noi, e noi siamo Rex", disse Ball filosoficamente.

Allye alzò gli occhi al cielo. Gray la guardò e sorrise.

"Cosa c'è?"

"Non posso credere a quello che sto dicendo, ma mi mancavano le tue alzate di occhi", le disse, poi si alzò in piedi, senza darle la possibilità di rispondere.

"Ci farai sapere cosa succede, vero?" Chiese Black, anche lui in piedi.

"Certo", disse Gray.

"Dovremmo pianificare di incontrarci di nuovo qui domani?" Chiese Ro.

"Vediamo cosa succede. Rex potrebbe contattarci con piani diversi dopo aver ottenuto qualsiasi informazione su quella chiavetta", gli disse Gray.

"Ci vediamo presto", disse Ro. "Salderò il conto con Dave, mentre esco".

"Ti ringrazio", disse Gray.

Gli altri se ne andarono, Allye e Gray erano gli unici due al tavolo.

"Hai fame?" chiese Gray.

"Un po'", ammise Allye.

"Andiamo. Mi fermo al negozio e prendo qualche bistecca mentre torniamo a casa".

"Non mangio carne", gli disse mentre si dirigevano verso l'ingresso.

Gray si fermò, sorpreso. "No?"

"No. Ma non mi opporrei a delle verdure alla griglia o a qualcosa del genere".

Fu Gray ad alzare gli occhi al cielo, ma le prese la mano e continuò verso la porta. "Come vuoi."

Allye ridacchiò. Si fermarono al bar per salutare Dave e per prendere lo zaino di lei, poi uscirono dal *The Pit*, verso l'auto nera a due porte di Gray.

"Che tipo di auto è questa?" chiese Allye mentre Gray le teneva aperta la portiera del lato passeggero.

"Audi S5", le disse.

Lui camminò intorno al veicolo ed entrò dal lato del conducente. Gray sembrava ancora più grande, seduto accanto a lei in quell'ambiente angusto. "Non ne ho mai sentito parlare, ma è bella".

Le sorrise. "Sì. E, cosa ancora più importante, ha un bel motore".

Allye alzò gli occhi verso di lui mentre accendeva il motore e usciva dal parcheggio, presumibilmente diretto verso il negozio.

———

"Come sarebbe a dire, lei non c'è?" sbuffò Nightingale al telefono. "Era compito tuo seguirla e sapere dove fosse, in ogni momento".

"Mi dispiace, signore. Dopo che abbiamo parlato ieri sera, pensavo che fosse in casa per la notte, sono andato a prendere qualcosa da mangiare. Quando sono tornato, le luci erano ancora accese nel suo appartamento, così ho pensato che fosse ancora lì. Quando non è uscita dal suo appartamento per andare al negozio, come fa ogni sabato mattina, ho fatto finta di essere qualcuno che cercava un'amica per poterla controllare. Lei non c'era".

Nightingale digrignò i denti. "Trovala, idiota! Voglio sapere dov'è e con chi è. Capito?"

"Sì, signore. Mi terrò in contatto."

Nightingale riattaccò il telefono e si mise in moto. Allyson la Mistica era *sua*. Non aveva il diritto di andare da *nessuna parte a* sua insaputa. Prima l'avrebbe ingabbiata, meglio sarebbe stato.

Provò a calmarsi, pensando alle cose che le avrebbe fatto, e a come sarebbe stata sotto il suo controllo, ma non servì a molto.

"Come *osa*", borbottò.

Mentre le ore passavano e il suo uomo non aveva aggiornamenti sulla sua posizione, Nightingale si infuriava sempre più. Finché, alla fine, si rese conto di avere una sola opzione.

"Mi hai spinto tu a questo, Mistica. È colpa *tua*!", sbraitò. "Se tu ti fossi comportata bene, non avrei dovuto ricorrere a questo".

Nightingale prese di nuovo il telefono e chiamò uno dei suoi uomini migliori. "Ho un lavoro per te. Ho bisogno di una ragazza".

"Una ragazza qualsiasi?", chiese l'uomo.

"No, non questa volta. Una specifica. Si chiama Jessie Callahan. È una ballerina del *Dance Theatre di San Francisco*. Portatemela. Viva."

"Sissignore", disse l'uomo, poi chiuse la chiamata.

Nightingale annuì, da solo. Sì, la Mistica sarebbe tornata di corsa a casa quando lo avrebbe scoperto. Doveva farlo. Ci contava. E quando lo avrebbe fatto, Nightingale l'avrebbe fatta portare da lui.

Ignorando il fatto che stava gettando al vento la prudenza, e che le collezioni che teneva vicine e care al suo cuore potevano essere a rischio, Nightingale sorrise. Aveva bisogno della Mistica e dei suoi bellissimi occhi disomogenei. Lei sarebbe stata sua, a qualunque costo.

CAPITOLO OTTO

ALLYE SI SEDETTE nel salotto di Gray. Ovviamente era rimasta sorpresa da casa sua, come dicevano i suoi occhi spalancati e i suoi continui "porca miseria". Era enorme. Quattro camere da letto e due ampi spazi aperti, uno al primo piano e uno nel seminterrato. Aveva anche una cucina da gourmet con tutti i campanelli e i bollitori. Gray aveva la sensazione che lei si aspettasse un tugurio o un appartamento da scapolo. Non quell'enorme casa in stile familiare.

La sua casa si trovava su una collina, e c'erano due enormi finestre al piano principale che si affacciavano su Pikes Peak. La vista era mozzafiato, Allye non riusciva a distogliere lo sguardo.

"È per questo che ho comprato questa casa", disse Gray, contento di quanto lei apprezzasse casa sua. "So che è troppo grande per me, ma appena ho visto quel panorama, beh...Ho capito che dovevo averla".

"È straordinaria", disse lei, ancora in soggezione. "Capisco perché la volevi".

"Dopo aver lasciato la Marina ed essere entrato nella squadra di Rex, ero inquieto. Senza pace. Non mi piaceva stare in mezzo alla gente e volevo il mio spazio. Questa casa soddisfaceva proprio quel bisogno. Mi calma guardare la montagna e pensare a tutte le persone che sono venute prima di me e che hanno fissato quello stesso mucchio di rocce".

"Non l'avevo mai pensata così, prima d'ora", disse Allye con dolcezza. "Voglio dire, ho guardato il Golden Gate Bridge e Alcatraz, ma non ho mai pensato troppo alle persone che li hanno costruiti o che erano in giro quando la prigione era effettivamente in uso".

Rimasero tranquilli per un po', persi nei loro pensieri.

"Come stai, davvero?" Chiese Gray dopo un po' di tempo, tenendo gli occhi su Allye. Lei era seduta proprio di fronte a lui, con le gambe tirate su. Le sue braccia erano raccolte intorno alle ginocchia, e sembrava un po' smarrita.

"Sto bene".

Gray sbuffò. "Non rispondermi per cortesia, gattina. Dimmi come stai *veramente*. Hai paura? Hai visto qualcuno di sospetto in giro? Dormi la notte? Com'è il tuo appetito? Parlami".

Lei sospirò e si portò le ginocchia al mento, guardandolo dall'altra parte del tavolino. "Sto bene. Per quanto sembri folle, credo che il mio passato mi abbia aiutato a mettere in prospettiva quello che è successo".

"In che modo?"

"Beh, non è la prima volta che mi succede una cosa del genere. Certo, non sono finita in mezzo all'oceano o altro in passato, ma essere lasciata al centro commerciale non è stato esattamente uno spasso. Poi scoprire che mia madre mi aveva letteralmente abbandonata, mi ha disgustato. Ho fatto così tanta pratica con le cose brutte che mi capitano, che credo di esserci quasi abituata".

"*Non* ti devi abituare a questo", disse Gray con più calore di quanto la conversazione probabilmente giustificasse. "Solo perché qualche stronzo ha deciso che ti vuole per sé, non significa che continueranno a capitarti brutte cose".

Allye alzò gli occhi al cielo per le sue parole, il che fece venire voglia a Gray di sorridere, ma in quel momento era troppo irritato per farlo.

"È solo che...Sto bene. Il che mi fa quasi sentire ancora peggio. Voglio dire, *dovrei* avere degli incubi. *Dovrei* avere problemi a dormire e a mangiare. Ma non è così. È come se quei due giorni non fossero realmente accaduti".

"Posso essere schietto?" Chiese Gray.

Allye sorrise. "Perché, non lo sei stato finora?"

Non le sorrise di rimando. "Ti colpirà. Quando meno te lo aspetti. Andrai avanti con la tua giornata, e boom, vedrai qualcosa che te lo ricorda e avrai una reazione. Oppure ti sveglierai nel cuore della notte e ricorderai. E va tutto bene. Se c'è una cosa che ho imparato nella vita è che va bene dare di matto o avere una brutta reazione a qualcosa che ti è successo".

"Cosa *ti* è successo?" Chiese Allye, in un modo così perspicace che fu quasi spaventoso.

Gray sospirò. Aveva una decisione da prendere. Poteva aprirsi e lasciare che Allye entrasse fino in fondo, o continuare a restare chiuso in sé stesso.

C'era solo un problema: se si fosse aperto e le avesse parlato degli scheletri nel suo armadio, avrebbe voluto tenerla con sé per sempre.

Lui lo sapeva, la voleva già. Se lei avesse ascoltato la sua storia, e l'avesse accettata, sarebbe stato quasi impossibile lasciarla andare di nuovo. Ma se si fosse inventato qualche stronzata, avrebbe ammesso a sé stesso che non pensava che lei fosse la donna per lui.

Aveva ovviamente impiegato troppo tempo per prendere la sua decisione, perché Allye si girò e posò la guancia sulle ginocchia, interrompendo il contatto visivo. "Scusami, è stato scortese. Dimentica che te l'abbia chiesto".

Il suo corpo si mosse, prendendo la decisione al posto suo. Gray si alzò e si avvicinò all'altro divano. Si sedette accanto ad Allye e la prese audacemente tra le sue braccia. Lei si lasciò avvicinare senza protestare, mettendosi contro il suo fianco e spostandosi fino a sentirsi a suo agio. Lui le teneva il braccio intorno alle spalle e le sue ginocchia erano ora appoggiate alla sua coscia. Lei appoggiò la testa sul petto di lui e iniziò a giocherellare con i bottoni della sua camicia.

Era un abbraccio intimo per due persone che non si erano mai toccate prima di allora. Ma era giusto così.

"Ero un SEAL dannatamente bravo, una volta. Andavo dove mi mandavano e non mettevo mai in discussione gli ordini. Pensavo di fare la differenza nel mondo". Si fermò, rendendosi conto che raccontarle questa storia sarebbe stato più difficile di quanto pensasse.

La mano di Allye gli diede un colpetto sulla pancia, come se lo stesse rassicurando. Si decise a continuare. Se lei non l'avesse presa bene, sarebbe stato meglio saperlo in quel momento piuttosto che dopo essersi innamorato di lei.

Fermando i pensieri d'amore prima che potessero attecchire nel suo cervello, Gray continuò a parlare. "Eravamo a Kandahar, in Afghanistan. Alla mia squadra era stato detto che c'erano dei ribelli che si riunivano in un edificio specifico in un lato della città noto per essere un focolaio di attività per i terroristi. Siamo entrati e si è scatenato l'inferno. Era una trappola, e due dei miei amici sono stati immediatamente uccisi, con un colpo di pistola alla testa. Altri due sono stati feriti a morte, e quando abbiamo cercato di salvarli, sono morti tra le nostre braccia.

"Gli altri tre compagni di squadra ed io ci siamo accovacciati e abbiamo cercato di uscire dalla situazione, ma non è servito a niente. Ci hanno catturati tutti. Jones e Blue ci li hanno fatti fuori subito, perché erano afroamericani. Gli stronzi che ci hanno fatto prigionieri erano dei razzisti di merda. Poi hanno torturato me e Hick. Quando questi non gli ha dato alcuna informazione, anche se quello che chiedevano non era esattamente una stronzata top-secret, loro...".

La voce di Gray si incrinò. Non gli piaceva *ricordare* cosa fosse successo dopo, figurarsi il parlarne.

"Va tutto bene", sussurrò Allye. "Non c'è bisogno che tu me lo dica".

E questo era il motivo per cui invece voleva continuare. Lei non pretendeva risposte. Non insisteva che lui le dicesse tutto quello che gli passava per la testa. Ricordava di aver pensato, mentre galleggiavano nell'oceano, che lei era in pace con sé stessa. Gli piaceva il suono della sua voce. Era rilassante. Anche se quello che diceva non era pacifico, il suo tono lo era.

"Hanno deciso di smettere di torturarci...E di cominciare a torturare civili innocenti. Per prima cosa hanno portato una donna abbastanza anziana da essere mia nonna. Mentre la picchiavano, lei ci sputava addosso come se fossimo *noi a* spezzarle le dita ad una ad una, e non i suoi connazionali. Quando ancora ci rifiutavamo di dire loro il numero di bombe e munizioni che gli Stati Uniti avevano immagazzinato nel loro paese - numeri che per loro non avevano importanza, dato che cambiavano ogni giorno - hanno portato donne sempre più giovani per cercare di convincerci a parlare.

"Alla fine, ho ceduto quando hanno trascinato la decima donna e hanno iniziato a picchiarla e ad aggredirla. E a ridere. Ho detto loro quello che volevano sapere. Ma hanno abusato di quella donna comunque. E ridevano, mentre lei ed io urlavamo".

Allye si spostò. Gli gettò una gamba sulle sue e si issò, standogli a cavalcioni.

Sorpreso, Gray rimase immobile e lasciò che lei si

abituasse a stare sopra di lui. Lei gli mise la testa nello spazio tra il collo e le spalle, e lo avvolse con le braccia. Non disse una parola, il momento non aveva alcuna implicazione sessuale.

Gray si sentì subito sentito confortato. Meno solo. Lentamente la cinse con le braccia e lei si spostò fino a quando non gli fu più vicina. Finirono petto a petto, le gambe di lei che gli abbracciavano le cosce. Lui poteva sentire il suo caldo respiro contro il suo collo, ma lei non lo esortava a continuare a parlare. Semplicemente era lì, offrendogli sostegno nell'unico modo possibile.

"Il mio amico Hick riuscì a liberarsi dalle corde che lo tenevano ad un palo in mezzo alla stanza. Si gettò sull'uomo, mentre stava sopra la donna. Gli spararono alla nuca. Ho visto tutto. Ero stato incapace di aiutare il mio amico o quelle donne. Quando è finita, gli uomini mi hanno semplicemente sorriso e se ne sono andati, trascinando con loro la donna sanguinante, ma lasciando Hick morto sul pavimento. Ho passato lì i tre giorni successivi. Con Hick che mi fissava, senza vedermi. Avrei voluto essere *io* a liberarmi, così non avrei dovuto essere lì in quel momento".

"Come ti sei liberato?" Chiese Allye, senza sollevare la testa.

"Una seconda squadra di SEAL mi ha trovato dopo il terzo giorno. Gli insorti avevano sgomberato la zona e mi avevano lasciato lì a morire. Si è scoperto che i capi che hanno mandato la mia squadra sapevano che la zona era instabile, e sapevano che c'era una minaccia crescente per il personale americano. Mi dissero che avrebbero mandato una squadra per liberarci prima, ma l'Aeronautica Militare stava conducendo un'operazione dall'altra parte della città, e non potevano rischiare di mettere a repentaglio quella missione, così non avevano mandato gli altri SEAL a venirci a prendere fino a quando non fu completata".

Allye alzò la testa. "Mi dispiace, Gray. È tutto uno schifo."

"Sì. Davvero.", Gray era d'accordo. "Sono andato un po' fuori di testa dopo. Ho ucciso un sacco di persone. Non posso nemmeno dire che fossero tutti terroristi. Ma non mi importava. Per quanto mi riguardava, erano tutti nemici".

"È stato allora che te ne sei andato?"

"Sì. La Marina mi ha rispedito negli Stati Uniti per ricevere assistenza psicologica. Ma non volevo che i loro fottuti strizzacervelli mi incasinassero la testa. A quel punto il governo mi aveva già incasinato abbastanza. Così ho presentato i documenti per essere congedato, e li hanno firmati volentieri".

"Poi Rex si è messo in contatto con te", disse Allye.

"Sì, anch'io non mi sono fidato di lui per molto tempo", le disse Gray, guardando dalla finestra la bella cima della montagna in lontananza. "Ma mi sono fidato del resto dei ragazzi. Hanno tutti passato l'inferno, proprio come me. Il legame che abbiamo è profondo. Sono miei fratelli in tutti i sensi, tranne che per il sangue".

"Sono contento che ci siano loro", disse Allye con dolcezza.

"Anch'io". Volse lo sguardo alla donna che aveva in grembo. "Il mio punto è...Pensavo di aver affrontato quello che era successo. Ero stato in decine di missioni per Rex. Ho ucciso delle persone. Feccia che non meritava di vivere. Ma un giorno stavo aiutando un autobus carico di ragazzi a fuggire da un signore della droga messicano che li aveva rapiti, quando uno dei suoi stronzi ha preso una bambina. Aveva i capelli castano scuro ed enormi occhi marroni, e mi fissava proprio come l'ultima donna in Afghanistan. Implorandomi, senza parole, di aiutarla. E proprio così "- schioccò le dita - "Ero di nuovo lì".

"Che cosa è successo?" sussurrò lei.

"Ro. Si è avvicinato dietro il bastardo e gli ha sparato in

testa prima che potesse fare la stessa cosa. Probabilmente ha segnato quella ragazzina per tutta la vita, ma almeno era ancora viva e non era stata ferita. Mi ci sono voluti tre giorni per uscire completamente dallo shock causato dal flashback. Dico solo che le cose che ti succedono possono tornare a perseguitarti all'improvviso".

"Ok, Gray. Starò all'erta".

"Non vergognarti se succede".

"Ti vergogni?", chiese.

Gray pensò un attimo alla sua domanda, poi disse: "*Vergognarsi* non è proprio la parola giusta. Mi sono sentito triste. Frustrato, forse. Impotente".

Allye annuì.

"Se hai bisogno di aiuto per elaborare, fammi sapere. Io ci sarò per te".

"Ok", sussurrò lei.

Lui la fissò a lungo negli occhi insoliti, prima di dire: "Sapere che ho ucciso, e ucciderò ancora, ti dà fastidio?

"No."

La sua risposta fu immediata e sentita, Gray dovette ingoiare con forza i sentimenti che una sola parola evocava in lui. Non era però sicuro di crederle. La sua accettazione non poteva essere così facile. "Sono un contabile, ma se Rex chiama con una missione, io me ne vado".

"Bene".

Voleva scuoterla. Assicurarsi che lei capisse. "Potrei essere mandato in India per aiutare a combattere le persone che costringono le bambine a sposare uomini quattro volte la loro età, o dall'altra parte del mondo per aiutare a salvare una barca di rifugiati".

"O forse anche sulla costa di San Francisco per aiutare una donna sola, che è stata rapita e sta per diventare una schiava del sesso, a fuggire e a tornare alla sua vita".

"Esattamente."

Allye si raddrizzò, da seduta, e mise le mani su entrambi i lati del viso dell'uomo. Le mani di lei erano calde contro le sue guance. "Il mondo ha bisogno di più uomini come te e i tuoi amici. Vorrei che ci fossero più persone disposte a lottare per ciò che è giusto e buono, piuttosto che stronzi come quei due che hai ucciso su quella barca. Non mi dispiace per loro, perché hanno fatto le loro scelte e sono morti per questo".

Gli occhi di lei sfrecciarono sulle sue labbra, prima di tornare nei suoi occhi - e questo era tutto l'incoraggiamento di cui Gray aveva bisogno. Le afferrò saldamente i fianchi, abbastanza forte probabilmente da lasciarle dei lividi sulla sua pelle delicata, ma non allentò la presa. Muovendosi lentamente, dandole la possibilità di allontanarsi, Gray abbassò la testa.

Ma lei non si allontanò. In quello che cominciava ad imparare essere tipico di Allye, lei lo seguì in quello che voleva, alzando il mento e incontrandolo più di metà strada.

Le loro labbra si sfiorarono, Gray sentì una scossa, come se fosse stato appena fulminato. Poi inclinò la testa e prese il controllo. O meglio, ci provò. Allye non glielo permise. Lei era pronta a dare il meglio di sé. I lievi rumori che provenivano dal profondo della sua gola lo incitavano, lo incoraggiavano a prenderne di più, a darsi di più.

Le loro lingue duellavano e ballavano insieme come se si fossero già baciati mille volte. Gray poteva assaggiare la menta che aveva mangiato un'ora prima. Improvvisamente, la posizione della donna in grembo a lui diventò decisamente sessuale. Il calore tra cosce di lei lo bruciava, con la sua intensità. Il suo membro si era indurito e allungato rapidamente, pronto a spingere dentro di lei. Per un secondo, egli contemplò il modo migliore per strapparle i pantaloncini in modo da poterla prendere subito, proprio così.

Ma quando lei si tirò indietro, respirando forte, e Gray vide che era arrossita dal petto alle guance, si trattenne. Non aveva intenzione di scoparla in quel modo. Almeno, non quella volta. Lei meritava di più, e per la prima volta in vita sua, si preoccupò di ciò che meritasse la donna con cui stava.

In passato - un passato molto lontano, dato che era passato più di un anno dall'ultima volta che era stato con una donna - non gli importava molto, al di là del venire... E aveva sempre scelto donne che la pensavano allo stesso modo.

Ma Allye era diversa. Lo sapeva nel profondo. Quando lei si leccò le labbra e poi se ne morse una incerta, Gray si precipitò a rassicurarla.

"Grazie".

Sembrava confusa. "Per cosa?"

"Per avermi ascoltato. Per non avermi giudicato. Per avermi accettato così come sono".

"Certo", fu la sua risposta. Gray si rese conto che per lei, ascoltare e non giudicare, era uno stile di vita. Era semplicemente quello che era. Con il modo in cui era stata cresciuta, con una madre a cui non fregava un cazzo di lei, dopo essere stata spostata da una casa adottiva all'altra, la sua capacità di essere empatica e con i piedi per terra era semplicemente un fottuto miracolo.

All'improvviso il pensiero che qualcuno le mettesse le mani addosso e abusasse di lei, e cambiasse la sua identità, divenne assolutamente ripugnante per Gray.

Aprì la bocca per dirle che avrebbe fatto in modo che lei potesse vivere la sua vita al sicuro, dove e come voleva, quando il suo cellulare squillò.

Allye gli sorrise timidamente e cominciò a spostarsi dal suo grembo.

Le mani di Gray si strinsero, non voleva perderla.

"Devi rispondere. Potrebbe essere Meat che ci chiama per dirci cosa ha scoperto".

Gray sapeva che lei aveva ragione, ma non significava che dovesse piacergli.

Si avvicinò e le baciò la fronte prima di aiutarla a scendere da lui. Con il suo membro ancora semi duro, Gray si alzò e si avvicinò all'altro divano dove aveva lasciato il suo telefono.

"Parla Gray."

"Metti su canale otto".

Gray cercò immediatamente di trovare il telecomando della TV e di fare come aveva ordinato Rex. Non chiese perché, accese semplicemente la televisione e andò sul canale corretto.

Stava terminando un servizio su un'altra donna rapita a San Francisco. A quanto pare, era stata rapita e portata per strada tra calci e urla, c'erano diversi testimoni e persino un video sfocato dell'evento ripreso da un cellulare. Quando il meteorologo entrò in scena e iniziò a parlare del meteo della settimana, Gray chiese con cautela: "Perché ho bisogno di vederlo?"

"Chiedi ad Allye."

Gray non fu sorpreso che Rex sapesse che lei era lì. Sembrava sapere tutto. Il suo stomaco si contorse e si rivolse ad Allye. Come temeva, lei era seduta sul bordo del divano, con una mano sulla bocca sotto shock, gli occhi spalancati dall'orrore.

"Gattina", le disse, in modo rassicurante.

"Quella è Jessie", disse lei, le sue parole soffocate da dietro la mano.

"Chi?"

"Jessie Callahan", rispose Rex nel suo orecchio. "Diciannove anni. Uno e settanta, cinquantaquattro chili. È una ballerina nello stesso posto in cui lavora la tua Allye".

"Cazzo", imprecò Gray, poi spense la TV e si appoggiò alla poltrona dove era seduta Allye, ancora sotto shock. "Nightingale?" chiese a Rex.

"Non ho ancora tutti i dettagli, ma presumo di sì".

"Qual è il piano?"

"Nessun piano", disse immediatamente Rex.

A Gray non andava bene. "Allye la conosce." Aveva appena detto a Rex qualcosa che l'uomo ovviamente già sapeva. "Non possiamo non fare niente."

"Se questo è Nightingale, l'ha fatto apposta. È la prova che ci darà la certezza che c'è lui dietro il rapimento di Allye. Non la stava prendendo per qualcun altro. La voleva per *sé*. E ora è incazzato perché' è scomparsa. Ha preso questa nuova donna per mandare un messaggio. Sta reagendo, non pensa. Questo può essere un bene per noi".

Gray digrignò i denti. Sapeva esattamente come Allye avrebbe reagito al fatto che lui e la sua squadra non avrebbero fatto nulla per trovare l'altra donna. Diavolo, aveva appena parlato della stessa identica cosa che *era* successa a *lui*, e di come aveva reagito quando i terroristi avevano torturato le persone per ottenere una reazione da lui.

"Meat ha già capito cosa c'è sulla chiavetta?", chiese al suo capo.

"No, ma dice che gli manca poco".

"Chiamami quando ha delle informazioni", ordinò Gray.

"Sai che lo farò. Prenditi cura di Allye", disse Rex prima di riagganciare.

Gray sospirò e scollegò la chiamata. Si sedette accanto ad Allye e le mise la mano sul ginocchio. "Cosa sai di lei?"

Lei stava ancora fissando la televisione, anche se lo schermo era nero. "Jessie è molto più giovane di me. Si è unita alla troupe circa quattro mesi fa. È una bravissima ballerina, ma è invidiosa. Vuole diventare una star, e non le piace il fatto di doversi fare strada per arrivare in alto".

"Siete amiche?" Chiese Gray.

Allye scosse la testa. "Non proprio. Voglio dire, siamo cortesi l'una con l'altra, ma questo è tutto". Rivolse all'uomo i suoi grandi occhi espressivi. " È lo stesso che voleva catturarmi?"

Gray voleva mentire. Voleva così tanto mentire, ma non poteva. Non con lei. "Probabilmente".

"È perché gli sono sfuggita, vero?"

Gray fece cenno con la testa. La lasciò pensare per un minuto alla situazione, poi le chiese: "Stai bene?".

Allye guardò il suo grembo prima di rispondere. "Se dico di sì, sono una persona orribile per essere contenta che sia lei e non io. Se dico di no, allora sono ipocrita, perché Jessie non mi piace nemmeno tanto".

Gray alzò le mani e la girò fisicamente verso di lui. Le mise i palmi delle mani sulle guance, come aveva fatto lei prima. "Non è colpa tua", le disse con ferocia.

Lei scosse la testa. "Tecnicamente, è così".

"*No*, è colpa dell'uomo che l'ha rapita. Punto."

"Cosa pensi che le stia succedendo?

"Non pensarci", le disse.

"Come potrei non farlo?" replicò, in angoscia.

I suoi occhi si riempirono di lacrime, ma lei gli spostò le mani dal viso e si premette il pollice e l'indice sulle palpebre chiuse, nel tentativo di trattenerle.

Gray si chinò su di lei e le disse con foga: "Non dargli questo potere su di te. I terroristi che tenevano me e Billy fecero la stessa cosa, e io caddi nella loro trappola. Quello che sta facendo riguarda *lui*, non te. Anche se tu tornassi in California in questo istante e ti consegnassi a quello stronzo di Nightingale, non cambierebbe nulla di quello che lui ha pianificato per lei. Ricordatelo."

Vide Allye fare un respiro profondo, poi aprì gli occhi e lo guardò. "Cosa posso fare, allora? Come posso fare per fermare tutto questo? Sarò mai al sicuro? O rapirà e torturerà lentamente tutte le donne che conosco? Cosa *faccio*, Gray?"

L'ultima domanda era così agonizzante che quasi strappò il cuore a Gray.

Si mosse lentamente, per non spaventarla, e le avvolse le braccia intorno alle spalle.

Non sapendo quale sarebbe stata la sua reazione al suo tentativo di consolazione, lui rimase sbalordito quando lei si fuse con lui, come se fossero stati una coppia da anni.

"Fidati di me", le disse. "Ecco cosa devi fare. Fidati di me, di Rex e degli altri ragazzi per sistemare le cose per te".

Lei non rispose verbalmente, ma il piccolo cenno di testa che sentì contro il suo petto era sufficiente. In realtà, era tutto.

Allye Martin avrebbe potuto essere un'estranea una settimana e mezza fa, ma ora aveva la sensazione che fosse appena diventata la persona più importante della sua vita. Più della sua squadra. Più di sua madre e di suo fratello.

Era una strana sensazione, sapere che avrebbe fatto qualsiasi cosa per proteggere qualcuno. Era più della sensazione che provava durante le missioni, dove faceva del suo meglio per rendere giustizia alle innumerevoli donne e bambini che avevano bisogno di aiuto. Era una sensazione di giustizia che non riusciva a scrollarsi di dosso. Che non *voleva scrollarsi di dosso*.

CAPITOLO NOVE

ALLYE GIACEVA nel letto matrimoniale nella camera da letto degli ospiti di Gray quella notte, incapace di dormire. Per la prima volta, dopo tanto tempo, stava lottando per capire quali dovessero essere i suoi prossimi passi.

Subito dopo il liceo, una volta uscita dal sistema di affidamento, era andata in crisi, non riuscendo a capire cosa volesse fare per vivere. Il college era finito. Non aveva i voti, il desiderio o i soldi per frequentare l'università. Ma non riusciva a trovare un lavoro decente con il solo diploma di scuola superiore, quindi aveva usato quel poco di denaro che aveva a disposizione ed era fuggita verso ovest. Era finita a San Francisco, e per fortuna aveva fatto amicizia con delle persone simpatiche che l'avevano lasciata vivere con loro in una piccola casa, e da lì, alla fine, aveva trovato lavoro nella danza.

Aveva sempre amato ballare, e Robin aveva avuto pietà di lei, dandole un lavoro, mentre Allye continuava a prendere lezioni di danza. Aveva pulito il teatro per un anno prima che Robin la lasciasse finalmente entrare nel corpo di ballo. Allye si era fatta il culo, dimostrando a Robin, e a sé stessa, che era seriamente intenzionata a diventare una ballerina. Da soli due anni si era finalmente guadagnata il ruolo di protagonista in alcuni spettacoli. Ci erano voluti quasi otto anni, ma ce l'aveva fatta.

Non sarebbe mai stata milionaria, ma le bastava per vivere.

Ma ora...Allye non sapeva cosa fare. Tornare in California avrebbe significato sicuramente che chiunque fosse là fuori avrebbe continuato a cercare di catturarla. Ma cosa avrebbe fatto, se *non* fosse tornata indietro? Dove sarebbe andata? Dove avrebbe vissuto? Come si sarebbe mantenuta?

Alla fine, riuscì a cadere in un sonno inquieto un'ora dopo... Solo per svegliarsi urlando, non molto tempo dopo.

La porta della stanza si aprì e Allye urlò di nuovo quando vide la forma di un uomo enorme che incombeva su di lei.

"Cribbio, sono io, gattina".

Allye riconobbe immediatamente la voce di Gray e aprì le braccia.

Gray la raccolse, e solo quando il viso di lei si incastrò nel collo di lui, si accorse che la donna stava ansimando.

"Shhh. Va tutto bene. So che ho detto che andava bene ricordare e avere cattive reazioni, ma non dovevi fare la splendida e farlo la tua prima notte qui".

Allye sbuffò contro di lui, ma non si mosse. La sua dolce carezza sulla schiena era rasserenante, piuttosto che soffocante o condiscendente. Lui non disse nient'altro, la cullò un po' tra le braccia.

Quando lei si calmò un po', si allontanò e si è strofinò grossolanamente una mano sul viso.

"Vuoi parlarne?"

Lei sospirò, ma non esitò. C'era qualcosa in Gray che le rendeva impossibile trattenersi da lui. "C'era un tizio. Aveva Jessie e le stava facendo del male. Mi diceva che se fossi andata con lui, l'avrebbe lasciata andare. C'eri anche tu, ma non riuscivi a raggiungermi. Eri dietro un pezzo di vetro o qualcosa del genere. Ci battevi sopra, mi urlavi contro qualcosa, scuotevi la testa, ma non riuscivo a sentirti. Quando ho guardato questo tizio senza volto - letteralmente, non aveva la faccia - ha preso un coltello e ha tagliato la gola di Jessie da un orecchio all'altro. Lì mi sono svegliata".

"Cribbio, gattina. Questo sì che è un gran bel sogno".

"Uh-huh." Ora che Allye non era più spaventata a morte e ora che il suo cuore era tornato al suo ritmo regolare, era esausta.

"Sei stanca?" Chiese Gray.

"Sì", borbottò lei.

"Riuscirai a tornare a dormire?"

Lo fissò per un secondo prima di dire: "Posso dormire nella tua stanza?".

Gray non rispose, la fissò con uno sguardo illeggibile sul suo volto.

"Non importa", Allye fece marcia indietro, tirandosi fuori dalle sue braccia. "Domanda stupida. Sto bene. Sono sicura che ora mi addormenterò subito e....".

"Guardami, gattina", le ordinò Gray.

Lei alzò gli occhi e aspettò che lui le dicesse che si stava comportando da sciocca. Che era una donna adulta, e che se si fosse rilassata, avrebbe dormito bene.

"Ti voglio nel mio letto. Ma prima devi rispondere ad una domanda". Si fermò, come se aspettasse una risposta.

"Ok."

"Vuoi venire lì solo perché sei spaventata e preoccupata per Jessie? O c'è un altro motivo?"

Allye deglutì. Sarebbe stata abbastanza coraggiosa da ammettere che Gray le piaceva? Che stare con lui la faceva sentire non così sola al mondo? Pensò per un lungo momento alla sua risposta. Lui era tranquillo, lasciandola pensare e rispondere con calma.

"Ho ventinove anni", gli disse dolcemente. "Abbastanza matura da essere schietta su ciò che voglio. Non ho mai avuto paura di dire a un uomo che sono attratta da lui o che mi interessa. Ma con te, ho una grande paura che tu mi veda solo come qualcuno che hai salvato. Che mi guarderai con pietà se ammetto quello che provo davvero. E soprattutto, che tu non proverai lo stesso".

"Dimmi", disse Gray, ordinando e implorando allo stesso tempo.

Sentendosi come se si trovasse sull'orlo di una caduta di quindici metri, Allye guardò Gray negli occhi e disse: "Sono attratta da te. Non so se potrà esserci un futuro, perché sembra che ci siano un milione di fattori che ci ostacolano. Tutto quello che so è che quando sono con te mi sento al sicuro. Come se niente e nessuno potesse mai farmi del male. Ma mi sento anche piena di energia. Entusiasta. Il mio stomaco si sente strano, e quando penso di andarmene domani e di non vederti mai più, mi viene voglia di piangere. E te l'ho già detto, non piango mai. Voglio dormire nel tuo letto perché ho paura, sì. E tu mi fai sentire al sicuro. Ma è più di questo. Molto di più".

Gray aveva uno sguardo intenso sul viso, Allye non riusciva a decifrarlo. Lui si alzò, e lei ebbe paura per un attimo che avesse detto tutte le cose sbagliate e che lui se ne stesse andando. Ma quando lui si chinò e la prese in braccio come se non pesasse più di una piuma, lei si rilassò, mettendogli le braccia al collo e appoggiandogli la testa sulla sua spalla.

Gray attraversò il corridoio fino alla camera da letto principale e la portò nel suo letto. La mise giù e la seguì sul materasso. Allye scivolò rapidamente, lasciandogli un po' di spazio.

Si girò su un fianco per guardarlo e sospirò soddisfatta quando lui la raccolse sul suo petto nudo e tirò il piumone sopra di loro.

Proprio quando lei pensava che non lui avrebbe detto nulla, Gray parlò. Le sue parole gli rimbombarono nel petto, facendosi strada nel suo.

"Lasciarti da solo in quella stanza degli ospiti, prima, mi ha quasi ucciso. Ma non volevo muovermi troppo in fretta. Non sono riuscito a smettere di pensare a te da quando ho lasciato San Francisco. Non ho mai pensato a nessuna delle donne che ho salvato prima, una volta al sicuro. Ma non riuscivo a togliertì dalla mia mente. Ogni volta che il mio telefono squillava, pensavo che fosse Rex a chiamarmi per dirmi che eri sparita di nuovo. Questo mi ha terrorizzato".

Allye alzò la testa e sbatté le palpebre. "Davvero?"

"Davvero. E ti dirò un'altra cosa".

"Cosa?"

"Niente mi avrebbe impedito di venirti a cercare di nuovo".

Allye abbassò la testa contro il petto dell'uomo per tenere a bada le lacrime. Cosa le stava succedendo? Non aveva *mai* pianto, eppure eccola qui, a trattenere le lacrime per qualcosa che lui aveva detto... Per la seconda volta.

Sentiva le sue labbra contro la sommità della testa. "E per la cronaca, ti voglio. Ma non stasera. Dormi ora, gattina. Qui sei al sicuro. Non c'è bisogno di sognare cose brutte".

Lei sorrise. "Non credo di poterlo controllare".

"Certo che puoi. Sappi solo che sei qui con me, e terrò a bada quegli incubi".

Era una cosa arrogante da dire, ma Allye aveva la sensazione che avesse ragione. Dopo un attimo, lei sussurrò: "Vuoi..." Gli aveva appena detto che non aveva mai avuto problemi a chiedere quello che voleva prima, ma per qualche ragione, non se la sentiva subito di chiedere a Gray se volesse fare sesso con lei.

Ma lui sembrava sapere cosa lei intendesse, senza che lei dovesse dirlo. "Sì, gattina, lo voglio. Ma non in questo momento. Sono stanco e mi sento fin troppo rilassato. Voglio solo abbracciarti".

"Ok. Ma dopo?"

Lui ridacchiò. "Sì, Allye. Più tardi di sicuro."

Sorridendo, e sentendosi più felice e contenta di quanto non si sentisse da tempo, Allye si addormentò tra le braccia di Gray. E non fece neanche un solo brutto sogno.

———

Gray non ricordava di essersi addormentato. Un minuto prima si stava godendo Allye tra le braccia, e quello dopo...Niente.

Si svegliò all'improvviso quando sentì qualcuno che si muoveva accanto a lui. Per una frazione di secondo rimase confuso, perché era passato molto tempo dall'ultima volta che qualcuno era stato a letto con lui, ma poi si ricordò. Allye.

Lui era sdraiato a pancia in su, lei era appoggiata al suo petto, che gli faceva delle carezze delicate. Lui indossava solo un paio di pantaloni della tuta, lei lo aveva eccitato anche nel sonno. Il cotone era teso, sopra l'inguine. Lei aveva spinto il piumone verso il basso, lui vide le sue carezze pigre avvicinarsi sempre più al suo membro, che cresceva di dimensione.

"Cosa stai facendo?", chiese lui, mezzo addormentato, un languore che non sentiva da tempo iniziava ad impadronirsi di lui.

"Cosa ti sembra che stia facendo?", replicò lei, scendendo sempre un po' più in basso con la mano, ad ogni carezza.

Le afferrò il polso quando sentì le dita di lei sfiorarglielo.

Lei lo guardava con uno sguardo innocente e carnale. I suoi occhi disuguali scintillavano, i suoi capelli erano un groviglio selvaggio. La ciocca bianca era ancora più adorabile, scompigliata com'era. Ma era il sorriso malizioso di lei a fare impazzire il suo uccello. Gli piaceva quello sguardo. Davvero tanto.

"Sembra che tu stia per metterti nei guai".

Lei alzò le sopracciglia, come per dire: "Chi, io?". Le dita di lei giocavano con il suo capezzolo, e lui lo sentì indurirsi nell'aria fredda della notte.

"Se vuoi qualcosa, non devi far altro che chiedere", le disse seriamente Gray.

Senza sosta, lei sussurrò: "Voglio te".

Prima che l'ultima parola avesse lasciato le sue labbra, Gray la stava già baciando. Non pensava a che ora fosse, né si preoccupava se dovesse fare una doccia prima di stare con lei. Tutto quello a cui riusciva a pensare era di fare sua Allye.

Lei aprì subito la bocca e intrecciò la lingua con quella di Gray, con impazienza. Anche mentre la baciava a lungo e con forza, la mano di lui si muoveva sul suo corpo. Lei indossava una maglietta extra large e un paio di pantaloncini da notte, ma poteva anche essere nuda. Il piacere che lui provava nel poterla toccare liberamente dove e come voleva era immenso.

La mano di lui scivolò sotto la maglietta di lei, e la sentì risucchiare la pancia mentre le sue dita scivolavano lungo il suo corpo, ma non si fermò. Si avvicinò al suo seno, con la sua grande mano lo ricopriva facilmente. Il capezzolo duro di lei si infilò nel suo palmo mentre lui lo stringeva e lo accarezzava. Sentiva i fianchi di lei muoversi, Gray si girò in modo che lei fosse sulla schiena, accanto a lui.

Sollevando la testa, Gray si leccò le labbra, assaporandola. "Ora è la tua occasione per cambiare idea", disse con voce roca.

"Non ho intenzione di cambiare idea", rispose Allye, inarcando la schiena al suo tocco.

"Sono un omone", le disse seriamente Gray. "Non sono sicuro di sapere come essere gentile". Voleva metterla in guardia, ma non spaventarla a morte. Gli piaceva quello che gli piaceva in camera da letto. E quello che gli piaceva, era dominare. Prendeva ciò che voleva. Si assicurava che la partner fosse soddisfatta, ma niente lo faceva venire così velocemente come il sesso duro e animale.

"Posso sopportarlo. Posso sopportare *te*".

"Lo spero proprio, cazzo," mormorò lui. "Se vado troppo veloce, o non ti piace qualcosa che faccio, dimmelo. L'ultima cosa che voglio è ferirti, o costringerti a fare qualcosa che non vuoi fare". Gray tenne lo sguardo su di lei mentre le stringeva il seno ancora una volta, un po' più forte. Invece di vedere il dubbio o il dolore negli occhi di lei, vide scintille di eccitazione.

Lei si rotolò, sorprendendo Gray, finendo sopra di lui. Gli si mise a cavalcioni, sfregandosi contro il suo membro, duro come una roccia. "Ti voglio, Grayson Rogers. In qualsiasi modo tu voglia prendermi".

Senza una parola, Gray le sollevò e tolse la maglietta, lasciandola in pantaloncini da notte. I suoi piccoli seni avevano areole chiare e capezzoli duri, che imploravano il suo tocco.

Gray si sedette e si attaccò ad uno di quei capezzoli, senza dire una parola. Iniziò a succhiare, voracemente. La schiena di Allye si è inarcò, lui sentì le unghie di lei che gli si conficcavano nella nuca, lei lo esortava, non lo tirava via dal suo corpo.

Scatenando la lussuria che lei aveva intenzionalmente innescato con le sue carezze poco innocenti, Gray si lasciò andare. La mangiò, praticamente. Le leccava, mordeva e le succhiava le tette. Lei si contorceva senza sosta su di lui, e il suo uccello sembrava che stesse per scoppiare da un momento all'altro. Lei si sentiva minuscola sopra di lui. *Era minuscola, in* confronto a lui. Lui era molto più alto di lei, e questo lo faceva solo sentire ancora più in controllo. Di conseguenza, aumentava il suo piacere.

La capovolse senza sforzo, lei atterrò di nuovo sulla schiena accanto a lui, ma lui non le tolse mai la bocca dai seni. Gray le abbassò i pantaloncini, lei collaborò sollevando i fianchi e spingendoli con una mano fino alle ginocchia e via. Le palpeggiò in mezzo alle gambe, gratificato nel sentire l'eccitazione di lei che le inumidiva le grandi labbra e il palmo della mano di lui.

Le fissava negli occhi mentre con un dito si mise a scavare nella caverna del piacere. Lei era stretta, il dito di lui che si faceva strada a fatica, dentro e fuori. "Sei così fottutamente stretta", disse. "Mi strangolerai il cazzo, quando ti entrerà dentro".

Aveva sempre amato dire cose sconce, e sembrava che anche lei le amasse.

Allye aprì totalmente le gambe, dandogli più spazio, e sollevò un po' i fianchi mentre lui giocava con lei. "È passato un po' di tempo", gli disse lei, i suoi occhi ridotti in due fessure mentre si leccava le labbra.

"Quanto tempo?", chiese lui. Le infilò un altro dito dentro e lei iniziò a gemere. Quando lei non gli rispose, lui tenne le dita ferme e chiese di nuovo. "Quanto tempo, gattina? Quanto tempo è passato dall'ultima volta che hai avuto un cazzo dentro questo corpo sensuale?".

"Tre anni o giù di lì", ansimò lei. "Per favore, Gray. Più forte."

Tre anni. Cazzo. Decidendo di prenderla in giro più a lungo, semplicemente perché era divertente, le chiese: "Perché?"

"Perché, cosa?", ansimò lei.

Gray mise l'altra mano sul suo basso ventre per tenerla ferma mentre la penetrava con le dita. Lei era energica, si contorceva sotto di lui. Il suo corpo pretendeva che lui le desse ciò che voleva. Ma lui si divertiva a farla aspettare. "Perché così tanto tempo?" le chiese.

"Perché sono stato impegnata a teatro. Non ho avuto tempo. Non volevo nessuno".

Le sue parole erano disarticolate e staccate.

"Ma tu vuoi me."

Lei alzò gli occhi al cielo, il membro di Gray si indurì ancora di più. Cazzo, adorava quando lo faceva. Era una follia, ma quel piccolo atto di sfida gliela fece desiderare ancora di più.

"Sì, Gray. Ti voglio. Penso che sia più che ovvio. *Ma per favore.*"

Gray aveva finito di aspettare. Era bagnata fradicia. Le sue dita erano ricoperte della sua essenza. Anche se lui era grosso e lei era stretta, sapeva che sarebbe scivolato dentro di lei senza intoppi, come se fosse destinato a stare lì.

Senza una parola, lui si alzò rapidamente e si abbassò i pantaloni, l'uccello gli rimbalzò fuori. Aveva una goccia di liquido sulla punta quasi violacea. Si avvicinò al cassetto accanto al suo letto e si mise a frugare con la scatola di preservativi. Li aveva comprati la settimana precedente. Era irrequieto dopo aver lasciato Allye in California. Aveva bisogno di qualcosa. Voleva qualcosa. Pensava che forse sarebbe dovuto uscire con qualcuna e aveva comprato i preservativi, non si sa mai.

Ma quello di cui aveva bisogno era Allye. Non un incontro casuale.

Gray si infilò il preservativo e tornò a letto. Allye lo aveva osservato, le dita della mano destra che strofinavano leggermente il clitoride, e le dita della sinistra pizzicavano un capezzolo.

In silenzio, Gray l'afferrò e la girò sulla pancia. Poi le

sollevò i fianchi, lei piegò le ginocchia e le mise sotto di lei. Mettendole una mano sulla parte superiore della schiena, Gray sorrise quando lei si abbassò immediatamente, fino ad appoggiarsi sui gomiti.

Il suo culo era in aria, e lui non aveva mai visto niente di così delizioso e bello in tutta la sua vita. Il suo piano era di prenderla immediatamente, ma non appena vide le labbra della sua passera luccicare, capì che doveva assaggiarla.

Seduto sui talloni, Gray abbassò la bocca e le leccò dal clitoride al buco del culo.

Lei gemeva, inarcava la schiena e fece scivolare le ginocchia più distanziate, dandogli più spazio per lavorare.

Senza preavviso, cominciò a mangiarla come se fosse il suo ultimo pasto. Lei strillò quando la sua barba graffiante le irritò l'interno delle cosce, e si lamentò quando lui le leccò il clitoride con forza e velocemente. Se lui non fosse stato così forte, non sarebbe stato in grado di tenerla ferma mentre lei provava a sfuggire dalla sua bocca.

Volendo vederla crollare, Gray le mise le mani sull'interno delle cosce e la prese in braccio, sollevandola fino alle labbra, per avere un migliore accesso al clitoride. Lei era sospesa in aria, si reggeva sui gomiti, e lui sapeva che non sarebbe stato in grado di metterla in questa posizione se non fosse stata una ballerina. Lei era flessibile e in forma, e lui non era mai stato così eccitato.

Senza pietà, Gray continuò a divorare il piccolo clitoride fino a quando ogni muscolo della parte inferiore del corpo di lei si tese, esplodendo in un orgasmo.

Dio, aveva un buon sapore. Gray sarebbe potuto rimanere lì tutta la notte, a bere la sua eccitazione mentre lui la costringeva a venire ancora e ancora, ma aveva bisogno di qualcosa di più. Il suo cazzo era così duro che gli faceva male, e non riusciva a ricordare un momento in cui era stato così fottutamente bisognoso di una donna.

Rimise giù Allye, ancora nel bel mezzo del suo orgasmo, e le spalancò le gambe. Con una sola lunga spinta, entrò in lei. Lei strillò ancora una volta e per un attimo cercò di allontanarsi da lui, ma lui le afferrò i fianchi e la avvicinò a lui.

La sensazione dei muscoli interni di lei intorno al suo uccello, mentre ancora si contraeva con il suo orgasmo, era il paradiso. Gray restò immobile, sentendo con lei il suo orgasmo svanire. Quando lei finalmente si era fermata sotto di lui, Gray si chinò sulla sua schiena.

Con la sua mole, la sovrastava. Gray si sentiva più mascolino e potente di quanto non si fosse mai sentito. Spostò leggermente i fianchi, poi ritornò dentro di lei. La parte superiore del suo corpo di Allye era premuta sul materasso, il suo sedere in aria, pronta a prendere tutto quello che lui aveva da offrirle.

Anche se lui si prendeva sempre quello che voleva quando si trattava di sesso, non avrebbe mai cercato di farle del male. "Stai bene?" le mormorò all'orecchio, prima di prenderle il lobo tra i denti e di morderlo, senza dolcezza.

"Sì. Oh, sì."

"Ora ti prendo, gattina. Sei pronta?"

Lei annuì freneticamente con la testa.

"Sei sicura?"

Ancora una volta, la testa di lei si mosse su e giù, dove poggiava sul letto.

Gray si sollevò e appoggiò entrambe le mani sulle spalle di lei. Poi iniziò a muoversi. Sapeva che non sarebbe durato a lungo, era troppo vicino al limite. Vedere il piacere di lei, averla sotto di lui, era troppo eccitante. Troppo bello.

Spinse i fianchi fino a quando solo la punta dell'uccello fu dentro di lei, poi iniziò a sbattere, forte. Di nuovo, e poi ancora. Le sbatté l'uccello in corpo come se quella fosse l'ultima volta che avrebbe fatto l'amore. Ogni volta che si spingeva dentro di lei, Gray grugniva con fatica.

Dio, quanto piaceva ad Allye. Come se non avesse mai provato niente di simile, prima di quel momento.

Poi lei iniziò a muoversi, sotto di lui. Era appoggiata sui gomiti, Gray la sentiva spingere contro di lui, ad ogni spinta. Non solo si stava prendendo quello che lui le stava dando, ma era anche una partecipante volenterosa ed entusiasta.

I suoi seni dondolavano ad ogni spinta, e la carnalità del loro fare l'amore non faceva che rendere il membro di Gray sempre più duro. Si avvicinò sotto di lei e trovò il suo clitoride, manipolandolo approssimativamente mentre continuava a spingere dentro e fuori. I suoni che i loro corpi emettevano erano forti e sensuali, e non facevano che aumentare il suo piacere.

"Gray, cazzo...Oh mio Dio, Gray!"

Sorrise alle sue parole, sapendo che lei era persa per il piacere, così come lui.

Il suo orgasmo lo colse di sorpresa. Un minuto prima si godeva la sensazione di averla sotto di sé, e quello dopo veniva senza preavviso. Spinse in lei il più a fondo possibile, sentendo l'orgasmo partire dalle palle e poi esplodere dalla punta del glande. Il calore riempì il preservativo, mentre lui continuava a godere; sembrava non smettere mai di venire.

Quando ebbe finito, si rese conto che Allye si contorceva ancora sotto di lui. Lei non era venuta, era ovviamente al limite. Senza una parola, e senza tirarsi indietro, Gray rinnovò il suo assalto al clitoride. Strofinandolo senza pietà, più veloce e più forte che poteva.

"Troppo", gemette Allye, cercando di allontanarsi dal suo tocco.

Ma lui non glielo permise. Appoggiandosi a lei, con il suo cazzo ancora dentro di lei e le sue dita che facevano la loro magia, si chinò e le morse il lobo dell'orecchio ancora una volta. "Vieni di nuovo, gattina. Vieni su tutto il mio cazzo. Inondami, mostrami quanto ti piace il mio tocco".

Con questa frase, lei venne. Ancora una volta, la sensazione dei suoi spasmi muscolari interni intorno al suo cazzo semiduro era indescrivibile. Tremava dappertutto, ogni muscolo si stringeva e si rilassava mentre provava la sua beatitudine.

Nel momento in cui lei cominciò a rilassarsi, Gray si tolse, sorridendo al gemito di protesta che le sfuggì dalle labbra quando lui uscì. Lei stese le gambe e si allungò sul materasso. Gray sapeva di dover andare ad occuparsi del preservativo, ma non riusciva a distogliere lo sguardo da lei.

Era rossa e rigonfia, lui poteva vedere la prova della sua soddisfazione tra le sue gambe. Era sexy da morire – ed era tutta sua. Non c'era modo che lui la abbandonasse, da quel momento. Non quando lei gli aveva appena dato tutto quello che cercava in una partner, e anche di più.

Gray sapeva che non sarebbe stato facile. Avrebbe dovuto lasciarsi alle spalle tutto quello che aveva costruito a San Francisco, dato che lui non poteva far parte dei Mercenari di Montagna della California, ma avrebbe fatto tutto il possibile per assicurarsi che lei non si pentisse mai di essersi trasferita a Colorado Springs per stare con lui.

Lui allungò la mano, facendo scorrere un pollice tra le grandi labbra gonfie di Allye, raccogliendo un po' del suo succo. Alzò la mano e si succhiò il pollice. Il sapore di lei gli esplose sulla lingua.

Riportò lo sguardo su Allye, aspettandosi di vedere i suoi occhi chiusi nella beatitudine postcoitale, fu sorpreso di trovarla che lo guardava.

"Buono?", chiese.

Con un ghigno, Gray poté solo annuire.

Allye allungò la mano verso quella di Gray e gliela afferrò, avvolgendo la lingua intorno al suo dito e trattandolo come lui immaginava che avrebbe fatto con il suo cazzo, quando fosse stato nella sua bocca.

Lei gli lasciò andare il pollice, poi lo guardò con un sorriso sfacciato.

"Cribbio", gemette Gray. "Devo andare a pulirmi. Non muoverti".

Allye si sdraiò di nuovo e si mise le mani sotto la guancia. Le sue gambe erano leggermente divaricate, lei teneva gli occhi su di lui.

Gray si alzò dal letto, dirigendosi poi verso il bagno. Gettò il preservativo e usò uno strofinaccio per pulirsi. Poi lo sciacquò e tornò nudo in camera sua.

Vide il piacere negli occhi di Allye, mentre lo guardava. Non era mai stato modesto, ma c'era qualcosa nel modo in cui *lei lo guardava* - come se lui fosse un cono gelato e lei stesse morendo di fame - che gli faceva venire voglia di stare sempre nudo, intorno a lei.

Gray si sedette bordo del materasso e le mise il panno caldo tra le gambe. Lei sorrise e si lamentò un po', aprendo di più le gambe, dandogli spazio.

"Ti ho fatto male?", chiese. "Sono stato un po' brusco".

"Mi è piaciuto molto. E no, non mi hai ferito nel modo che intendi. Era una bella ferita, diciamo così...Se capisci cosa intendo".

Lui aveva capito. Un'altra prova che lei era fatta per lui. Cancellando i resti del loro amore, Gray gettò lo strofinaccio verso il bagno, senza curarsi del fatto che fosse atterrato qualche metro più in là. Raccolse Allye tra le braccia e tirò il piumone su entrambi, dato che era stato spinto fino alla fine del letto.

"Che ore sono?" Chiese Allye, dopo avergli messo un braccio intorno al petto e avergli messo una gamba tra le cosce.

"Circa tre e trenta. Non è ancora il momento di alzarsi".

"Bene". Lei si addormentò quasi subito, il suo corpo si espanse contro quello di lui.

Gray rimase sveglio a lungo, memorizzando il modo in cui lei si adattava a lui. Amava il modo in cui sembrava che lei lo stesse reclamando nel sonno, abbracciandolo a lei. Era difficile credere che fino due settimane prima non la conosceva nemmeno. Perché già non riusciva ad immaginare di vivere senza di lei.

CAPITOLO DIECI

LA SETTIMANA successiva passò in modo confuso per Allye. Gray la convinse a non tornare a San Francisco, con Jessie ancora dispersa. Dopo il suo sogno e avendoci pensato bene, Allye decise che la sua sicurezza era più importante di qualsiasi lavoro.

Chiamò Robin e le spiegò cosa stesse succedendo. Per fortuna, la proprietaria del teatro concordava sul fatto che fosse meglio che Allye stesse lontana da quel trambusto, per il momento. Parlarono a lungo dello spettacolo e Allye rassicurò la sua amica e datrice di lavoro che si sarebbe allenata, anche se si trovava fuori dalla California. Le promise che avrebbe chiamato, se avesse avuto bisogno di qualcosa.

Allye riagganciò, sentendosi felice per la sua solida amicizia con quella donna più grande di lei e per aver sistemato la faccenda con il suo lavoro. Allye non sapeva cosa sarebbe successo in futuro, ma decise che da quel momento avrebbe vissuto un giorno alla volta.

Vivere con Gray era fantastico. Lui non le aveva mentito; non era gentile quando si trattava di sesso, ma siccome a lei piaceva tutto quello che lui le faceva e si assicurava sempre che lei fosse soddisfatta - spesso facendo in modo che venisse più di una volta — questo non era esattamente un problema. Amava quando lui la sollevava fisicamente e la spostava dove voleva.

Un pomeriggio, dopo essere arrivato a casa dopo una riunione con il resto della squadra e averla vista in cucina a preparare la cena, senza dire una parola, la sollevò e la mise sul tavolo della cucina, facendola sdraiare; le fece cadere i pantaloni alle caviglie e la scopò fino a farla diventare una pozzanghera di schiuma. Poi la prese in braccio, la portò sul divano, la avvolse in una coperta, la baciò sulla testa e le disse di fare un pisolino mentre lui avrebbe finito di preparare la cena.

Un'altra volta lei era sotto la doccia e, senza chiederle permesso, lui la raggiunse. La mise in ginocchio e le tenne ferma la testa, mentre le scopava la bocca. Avrebbe dovuto essere degradante, ma in tutto questo lui non l'aveva mai costretta a prenderne più di quanto lei potesse sopportare. Le aveva accarezzato i capelli per tutto il tempo in cui lei glielo succhiava e dopo la teneva tra le braccia, mentre lei si masturbava fino all'orgasmo, sotto gli occhi di lui, poi la lavò delicatamente.

Era una dicotomia di rozzo e gentile, più tempo Allye passava con lui e più riusciva a capirlo. Non sopportava molte stronzate e diceva tutto quello che gli passava per la testa. Ma non cercò mai di manipolarla per farle prendere una decisione che pensava dovesse prendere, cosa che lei apprezzava. Era anche molto consapevole del fatto che lei fosse più piccola e più debole di lui, quindi stava sempre attento a non oltrepassare il limite tra il rude e il doloroso, quando facevano l'amore.

Ma Allye non era in grado di prevedere un futuro per il

loro rapporto. Sì, a Gray piaceva vivere con lei. A quale ragazzo non sarebbe piaciuto? Lui aveva accesso al sesso disinibito tutto il tempo, lei aveva praticamente preso il sopravvento in cucina solo per tenersi occupata. Le piaceva preparare piatti vegetariani per lui. Pasti che lui non aveva mai preparato per sé, ma che ovviamente adorava.

Nel profondo, però, Allye voleva credere di significare per lui qualcosa di più di una comoda partner sessuale. Ogni volta che lei gli chiedeva se avesse maggiori informazioni su Jessie o se fosse stata trovata, lui si accigliava e le chiedeva di cercare di non preoccuparsene.

Ma non poteva continuare a vivere in quel limbo. Il suo lavoro e la sua vita erano in California. Non poteva nascondersi con lui per sempre, per quanto il pensiero le piacesse.

Allye stava preparando il pranzo quando sentì la porta di casa di Gray aprirsi. Si girò con un sorriso per salutarlo, ma il suo sorriso si spense quando vide gli occhi seri di Gray.

"Che cosa è successo?", chiese lei immediatamente.

Gray si avvicinò a lei e le tolse il coltello di mano. Lo mise sul bancone, poi la condusse nell'altra stanza, sul divano. La fece sedere e tirò il tavolino fino a quando non si trovò di fronte a lei. Ci si sedette sopra, incastrando le gambe di lei tra le sue, e si avvicinò, tenendole entrambe le mani.

Allye fece un respiro profondo. Era successo qualcosa di brutto. Di molto brutto.

"Jessie è stata ritrovata."

Allye tirò un sospiro di sollievo. "Oh, grazie a Dio. Sta bene?"

Gray scosse lentamente la testa. "No, gattina. È morta".

Allye sbatté le palpebre. Non era sicura di aver sentito bene. "Cosa?"

"È morta", ripeté lui. "Un turista ha trovato il suo corpo nel Golden Gate Park. È stata torturata".

Allye voleva ritirare le mani, doveva camminare. Fare qualcosa. Ma Gray non lasciò la presa.

Continuò a parlare. "Aveva segni di legatura sui polsi e sulle caviglie, e sembra che sia morta di fame. Probabilmente non le ha dato niente da mangiare per tutto il tempo in cui l'ha avuta".

"Oh, mio Dio. Povera Jessie! Non eravamo amiche, ma è terribile!".

Gray la fissò, senza mai distogliere lo sguardo.

"Cosa? C'è dell'altro?"

"C'è di più", confermò lui. "I suoi capelli sono stati tinti di marrone, con una ciocca bianca. Quando è stata trovata indossava un paio di lenti a contatto".

"Una blu e una marrone", sussurrò Allye.

Gray annuì e strinse la presa sulle sue mani. "C'era anche un messaggio inciso sul suo corpo".

Allye chiuse gli occhi. Non sopportava più di sentirne parlare. Ma Gray continuò.

"Hanno usato un coltello e le hanno inciso le parole *torna indietro* sulla pancia. Gli investigatori pensano che sia stato fatto mentre era ancora viva".

"No!" Allye urlò, strappando le mani dalla presa di Gray e balzando in piedi "No, questa è una bugia! Lo dici solo per spaventarmi!"

Corse verso la porta d'ingresso, senza sapere dove andare o cosa fare, ma Gray la prese. La avvolse tra le braccia e la trascinò verso il suo corpo.

Allye combatté contro di lui. Combatteva per sfuggire alla realtà. Lottava per sfuggire alle parole che non voleva sentire.

La reazione di Allye non sembrò nemmeno scalfire Gray. Lui la sollevò in modo che i suoi piedi non toccassero terra e la condusse sul divano, mentre lei continuava a dimenarsi e a contorcersi. La fece sedere, poi la spinse di lato finché la donna non si stese sulla schiena e si accucciò su di lei.

Allye gli batté inefficacemente i pugni sul petto, cercando di toglierselo di dosso. "Dio, Gray, ti prego, dimmi che non le ha fatto davvero questo!".

"Calmati, gattina", disse, afferrandole le mani e spingendole verso il cuscino sopra la testa.

Tutto il suo spirito combattivo si spense. Allye lo guardò tristemente. "L'ha torturata perché vuole *me*".

Gray non rispose, non era obbligato a farlo. I suoi occhi e la sua espressione facciale dicevano già tutto.

"È stata violentata?"

Gray esitò, poi ammise: "Con la quantità di danni alla parte inferiore del corpo, non si può dire con certezza".

Allye chiuse gli occhi, non volendo sapere che tipo di tortura avesse subito Jessie, era davvero grave se il coroner non riusciva a capire se fosse stata violentata. "...E adesso?"

"Rimani qui, così possiamo tenerti al sicuro. Rex sta indagando."

Allye sbarrò gli occhi. "Per quanto tempo?"

"Continuerà a indagare finché non troverà la posizione di Nightingale".

"No, volevo dire, per quanto tempo dovrò restare qui?"

Gray cambiò la sua espressione. Allye non riuscì a decifrarla.

"Tutto il tempo necessario".

Non era esattamente la risposta che cercava. Aveva cominciato a pensare che le sarebbe *piaciuto* stare con Gray. Per sempre. Ma non perché lui doveva proteggerla, bensì perché lui la volesse lì. Con lui.

Allye annuì. "Ora sto bene. Puoi farmi alzare".

Gray allentò la presa con cautela e si sedette. Lei si tolse i capelli dal viso e si alzò.

"Rex e Meat hanno già capito cosa significa il foglio di calcolo?"

Avevano decifrato la password la notte in cui aveva dato la

chiavetta a Meat, ma l'intero foglio di calcolo era in codice, e avevano avuto delle difficoltà a capirlo. A quanto pare, l'uomo mandato per scortarla non era proprio l'ultimo degli scemi.

"Un po'. Ci sono alcuni luoghi e nomi, ma sono abbastanza vaghi. Non c'è niente di concreto che Rex possa usare per mandarci a controllare".

Allye si lasciò sfuggire un sospiro di frustrazione. "Quindi, non è d'aiuto. Il fatto che io abbia rischiato la vita per afferrarlo è stato inutile".

"Non ho detto questo", disse Gray, chinandosi e baciandole la fronte. "Rex ha avuto conferma di diversi uomini che credeva fossero coinvolti nel traffico sessuale, ma non è stato in grado di provarlo. I loro nomi erano sul foglio di calcolo. Ha anche..."

Gray continuò a parlare, ma Allye non lo ascoltava più. Riusciva a pensare solo a Jessie. La ragazzina non era stata gentile con lei, in realtà era abbastanza fastidiosa. Ma Allye non avrebbe mai desiderato la sua morte. Soprattutto non così, come era avvenuta.

"Mi stai ascoltando?"

Allye sobbalzò quando Gray le mise una mano sulla gamba. Alzò lo sguardo verso di lui e scosse la testa.

"Ho detto che oggi ho una sorpresa per te".

"Davvero?"

"Sì, so che sei stata stressata. In più le notizie di oggi, anche se forse non del tutto inaspettate, sono state tremende. Sei sempre stata qui in casa, al chiuso. Colorado Springs non ha esattamente il sistema di trasporto pubblico a cui sei abituata, hai detto che non ti sentivi a tuo agio a guidare la mia macchina. Quindi, oggi ti ho preso un appuntamento".

Allye si sentì un po' a disagio. Non era mai stata il tipo di donna a cui piaceva andare nei centri benessere. Sembrava un tale spreco di soldi. Soprattutto quando non ne aveva mai avuti da buttare via. Non riusciva a pensare a nessun altro tipo di appuntamento che Gray avesse preso per lei.

"Fantastico", disse, cercando di simulare un po' di entusiasmo. Non era sicura di voler fare *qualcosa* dopo aver sentito parlare di Jessie e del dannato messaggio che le era stato lasciato sul corpo. Ma Gray si stava sforzando di essere dolce con lei, così lei si stiracchiò e fece finta di voler essere coccolata e viziata per un pomeriggio.

Entrambi sapevano che il messaggio sul corpo di Jessie era per lei. Sapevano che l'uomo che l'aveva fatta rapire la rivoleva in città per poterla catturare.

"Quando mi alleno, mi aiuta davvero a ritrovare la concentrazione e a liberarmi dallo stress. Ho pensato che la stessa cosa possa funzionare per te. Andiamo", disse Gray, già in piedi e con la mano tesa.

Allye sospirò e gli afferrò la mano. Quindi non la stava portando in un centro benessere. Era già qualcosa. Neanche lei era in vena di allenarsi, ma ne aveva bisogno. Aveva provato a praticare i passi di danza che avrebbe eseguito in California, ma era difficile farli da sola e non in una scuola di danza con il resto dei ballerini. Essere pigra non era il modo per mantenere il suo ruolo di protagonista, a danza. Aveva bisogno di ricominciare a esercitarsi. Alla grande. Gray le aveva anche comprato dei vestiti, ma le mancavano le sue cose per allenarsi, le sue magliette e i pantaloni larghi. Francamente, le mancavano un sacco di cose della California e della sua vita lì.

Gray la condusse alla porta del garage, poi si girò. "Resta qui un secondo, ok?"

"Perché?"

"Perché sì", disse lui.

Allye alzò gli occhi al cielo.

Lui le sorrise e le diede un gran bacio sulle labbra, poi tornò in casa di corsa.

Allye iniziò a mordersi l'unghia del pollice mentre aspettava il ritorno di Gray. Era preoccupata per quello che stava succedendo con la danza. Si chiedeva cosa pensasse davvero Robin del suo futuro nella compagnia. Gli altri ballerini sapevano che Jessie era stata presa e torturata a causa sua? Era anche preoccupata per quello che il suo rapitore avrebbe fatto dopo. Era troppo, Allye era vicina a piangere come non lo era stata per anni.

Proprio quando aveva deciso di andare a cercare Gray per scoprire perché ci stesse mettendo così tanto, lui apparve. Aveva in mano una delle sue borse da ginnastica e sorrideva. Quando la guardò, però, il sorriso svanì.

"Cazzo, gattina, non fare così".

"Non fare così cosa?"

"Non avere un'aria così dannatamente triste. Supereremo tutto questo".

Allye si appoggiò a lui e gli mise la fronte contro il petto. Gli afferrò la camicia ai lati e gli chiese: "Lo pensi davvero?".

"Sì. Non esiste che io ti abbia trovato solo per farti portare via da me".

Indubbiamente una cosa dolce da dire, ma non fece altro che aumentare lo stress di Allye. La loro relazione era impossibile. Il fatto che lui dicesse cose così dolci non faceva altro che farle desiderare di rimanere ancora di più, anche se lei sapeva che la possibilità di questo avvenimento era minima. E se lei si fosse trasferita lì e si fossero lasciati? Lei avrebbe rinunciato a tutto e lui avrebbe potuto continuare la sua vita come se lei non avesse mai sacrificato nulla per lui.

"Smettila di pensare così tanto", disse lui con dolcezza. "Mi stai buttando giù."

"Non posso farci niente", borbottò lei contro il suo petto.

"Vieni, gattina. Penso che quello che ho pianificato sia proprio quello di cui hai bisogno".

Come al solito, lui le aprì la porta del passeggero della

sua Audi e attese che lei si sedesse e si sentisse a suo agio, prima di chiudere lo sportello. Poi aprì lo sportello posteriore, mise la borsa e infine salì in macchina. Mise in moto e partirono.

Iniziarono a chiacchierare mentre sfrecciavano per le vie di Colorado Springs. Ad Allye piaceva molto quella piccola città. Era abbastanza grande da avere tutto ciò di ciò di cui aveva bisogno, ma molto più piccola di San Francisco. Aveva un'aria familiare.

Sbatté le palpebre quando Gray fermò la macchina. Lui scese, afferrò la borsa della palestra e poi si appoggiò sul fianco della macchina. Allye non poté fare a meno di fissare l'edificio di fronte a loro, sorpresa.

"Gray?"

"Sì?"

"Questa è..."

Lui ridacchiò. "Sì, gattina. È una scuola di danza. Ti deve mancare molto, immagino che la danza sia un buon antistress per te".

Allye sospirò, in estasi. Gray aveva colpito in pieno. Davvero.

"Ho fatto delle ricerche e ho preso un appuntamento con la proprietaria, Barbara Ellis. Ha detto che puoi esercitarti qui quanto vuoi. Ci sono lezioni quasi tutti i pomeriggi, ma la mattina non c'è nessuno. Però ha detto che c'era uno studio vuoto questo pomeriggio, una delle classi è assente per una gara".

Allye fissò Gray, senza riuscire a fare altro. Pensava che l'avrebbe portata ad una lezione di aerobica. Avrebbe dovuto conoscerlo meglio. Questa sorpresa era molto più piacevole.

Lui le consegnò la borsa. "Ho preparato alcune delle tue cose. Non ero sicuro in cosa ti esercitassi di solito, così ci ho messo dentro un po' di roba, non si sa mai".

Gray avrebbe mai cessato di sorprenderla? Allye gli gettò

le braccia intorno e si gloriò del fatto che lui ricambiò imme-diatamente l'abbraccio.

Le passò delicatamente una mano sulla testa, giocherel-lando con la sua ciocca bianca mentre le parlava. "Sono preoc-cupato per te. So che hai un sacco di cose da fare quassù" - le toccò la tempia - "e sto facendo del mio meglio per far sì che tu possa sentirti al sicuro e libera".

Lei notò che lui evitò accuratamente di dire *per farti tornare a casa*.

"Bastano due ore? Se è troppo, fammi sapere", le disse.

"Va benissimo".

"Vado a incontrare i ragazzi, mentre tu balli. Se hai bisogno di me, chiama. Saremo al *The Pit*, che non è troppo lontano. Va bene?"

"Ok. Grazie, Gray. È fantastico."

Poi lui la fece impazzire ancora di più. "Ho fatto tutte le ricerche possibili sugli studi di danza qui a Colorado Springs. Sfortunatamente, sembrano tenere solo delle lezioni. Ma ho parlato con Cleo Parker Robinson. Ha una troupe di danza professionale a Denver, che si esibisce tutto l'anno. Le ho detto il tuo nome, e non aveva sentito parlare di te, ma quando le ho detto che hai ballato al *Dance Theatre di San Francisco*, l'ho sentita cliccare su una tastiera, ovviamente cercandoti. Mi ha informato che il tuo nome d'arte è Allyson la Mistica". Sorrise. "È rimasta impressionata da quello che ha visto online, e mi ha detto che ti avrebbe accolto a braccia aperte. Le è piaciuto il fatto che sei in grado ballare tanti stili diversi".

"Ha detto questo?" Chiese Allye, con gli occhi spalancati.

"Sì, gattina. So che è ingiusto da parte mia aspettarmi che tu faccia tutti i sacrifici. Ma farei qualsiasi cosa per far funzio-nare questo rapporto. Devo restare qui a Colorado Springs, il che non è esattamente giusto nei tuoi confronti. Ma se restare qui significa che dovrò chiamare ogni studio di danza nel raggio di cento miglia e vantarmi di te e del tuo talento per farti avere un lavoro che ami, lo farò. Non è l'ideale avere la troupe lassù a Denver, ma Cleo ha detto che potresti esercitarti qui quasi tutti i giorni, e dovresti viaggiare fino a Denver solo una o due volte a settimana".

Allye sorrise all'enorme uomo davanti a lei. Mai in un milione di anni avrebbe immaginato che potesse essere così sensibile. A volte sembrava inflessibile e spaventoso, ma aveva visto il suo lato vulnerabile e tenero. "Sei incredibile", gli disse dolcemente. Poi, guardandosi intorno per assicurarsi che fossero soli, si mise in punta di piedi e gli diede un buffetto sul mento prima di dirgli: "Stasera ne avrai un bel po'".

Lui sorrise e mosse le mani verso il sedere di lei, tirandola verso di sé. Lei sentì l'uccello duro di lui premerle contro la pancia. "Potresti essere indolenzita dopo aver ballato per due ore".

"Puoi prepararmi un bagno", gli suggerì lei. "Poi entri con me".

"Abbiamo scopato un po' dappertutto in casa mia, ma non lì", rifletté Gray con un luccichio di lussuria negli occhi.

"Grazie", disse Allye con tutta la gratitudine che poteva esprimere con il suo tono. "Non solo per essere stato fantastico, ma anche per questo" – volse la testa verso la scuola di danza - "e per avermi fatto sentire al sicuro. E per essere...Tu".

"Vai, balla", le ordinò Gray. "Cerca di non preoccuparti. Tornerò tra due ore".

Piegò la testa e la baciò. Un bacio lungo, sincero e lussurioso, inappropriato per un marciapiede pubblico. Ma ad Allye non importava. Quando qualcuno fischiò dal finestrino di un'auto di passaggio, dopo aver gridato "Prendetevi una stanza!", Gray si tirò indietro. Allye alzò gli occhi al cielo.

"Divertiti", le disse, mentre tornava verso la sua auto

"Lo farò. Mi dirai di cosa avete parlato, più tardi?".

"Certo. Vai".

Allye gli sorrise e si voltò per entrare nella scuola di danza. Avrebbe dovuto pensare a Jessie, a San Francisco e a cosa avrebbe fatto il pazzo che la voleva come schiava sessuale. Ma in quel momento non desiderava altro che perdersi nella musica. Era sempre stato il suo posto sicuro e felice.

***

"Quindi è una lista di donne, degli uomini che le hanno comprate e di quanto hanno pagato?" Chiese Gray a Meat.

Tutti e sei i Mercenari di Montagna erano seduti al loro solito tavolo al *The Pit*. Meat aveva fatto un passo avanti con il codice e l'aveva finalmente decifrato.

"Sì, elenca le esigenze dei compratori, ad esempio uno voleva una vergine bionda dagli occhi azzurri, un altro voleva una donna alta meno di un metro e sessanta, un altro ancora voleva una voluttuosa donna afroamericana. Poi i nomi delle donne vengono compilati dopo essere stati etichettati per l'acquisizione".

Arrow osservò la lista e fischiò. "Queste donne non sono di certo economiche".

"No", concordò Meat "La più economica era a settantacinquemila. Il set di gemelle? Duecentomila".

"Gli acquirenti sono elencati con solo le iniziali, il che non è affatto utile", aggiunse Black.

"Porca miseria", imprecò Ro, sbattendo la mano sul tavolo. Il crepitio del suono echeggiò nella sala da biliardo. "Questa è come la Cadillac del commercio di schiavi del sesso".

"Esattamente il motivo per cui dobbiamo chiudere questa merda," ringhiò Ball. "Nightingale è la mente?"

Meat scrollò le spalle. "Non c'è nessuna indicazione sul foglio di calcolo. La scorta che Gray ha inviato sul fondo del Pacifico non ha scritto niente su Nightingale; l'idiota sembra aver messo solo i suoi ordini nel documento. Probabilmente ci si è messo a lavorare a notte fonda".

"È Nightingale. Deve esserlo", disse Gray, con un tono estremamente basso.

"Anche Rex la pensa così", concordò Meat. "Ma non ci sono prove. Non su questo foglio di calcolo, comunque".

Gray fissò la linea che conteneva le informazioni su Allye.

ALLYSON LA MISTICA, BALLERINA, 1,70, CIOCCA BIANCA, 100.000, SAN FRAN. I.B.

"Chi è I.B.?", chiese. Tutti i segni indicavano Nightingale come suo compratore. Se avesse avuto uno pseudonimo conosciuto, forse avrebbero potuto inchiodarlo.

"Non ne ho idea. Rex è all'erta, ma non c'è nessuno che conosca del mestiere con quelle iniziali. Potrebbe essere chiunque sia abbastanza ricco da sganciare centomila dollari per una donna. Qualche uomo d'affari che ha deciso di volerne una parte. Un boss della mafia che vuole entrare nel giro del commercio del sesso. Non c'è modo di saperlo".

Gray digrignò i denti così forte che rischiò di rompersi un molare. "Come lo scopriamo? Questo stronzo ha pagato un sacco di soldi a qualcuno per rapire Allye. Non lascerà perdere".

"Ovviamente", disse Meat, guardando ancora il foglio di calcolo.

Gray non riuscì più a trattenere la sua frustrazione. Si alzò così velocemente che la sua sedia colpì il pavimento dietro di lui con un forte colpo, poi si allungò sul tavolo verso Meat. Gli afferrò la camicia e lo tenne sollevato, costringendo Meat a stare in piedi per non soffocare. "Non stiamo parlando di una donna a caso. È la *mia* donna. Sta uccidendo persone che conosce per entrare nella sua testa e costringerla a tornare in California per poterla prendere di nuovo. Smettetela di trattare la cosa in modo così distaccato!".

Gli occhi di Meat si strinsero in due fessure, lo sguardo

fisso in quello di Gray. Non si dimenò, restò in attesa che il suo amico si calmasse.

"Mettilo giù", gli ordinò Arrow. "Picchiare Meat a sangue non risolverà nulla".

Gray esitò per una frazione di secondo, poi lasciò bruscamente la presa su Meat. Camminò avanti e indietro, vicino al tavolo. "Deve averla vista prima. Si fa chiamare Allyson la Mistica solo quando balla. Forse è andato a uno dei suoi spettacoli. Possiamo controllare tutti quelli che hanno pagato il biglietto con la carta di credito?".

"Beh, certo, ma sarà un numero enorme di persone", disse Meat, ovviamente senza rancore nei confronti di Gray per il suo sfogo. "Sarei sorpreso se il rapitore fosse stato così stupido da comprare un biglietto usando una carta di credito a suo nome, ma darò un'occhiata e vi farò sapere se trovo qualcosa".

"Chiunque sia, sembra essere ossessionato dalla tua donna", disse Ro. "Obbligando quella Jessie a portare quelle lenti a contatto e tingendosi i capelli di marrone e bianco, ha ricreato l'oggetto della sua fantasia".

"Oppure voleva solo torturare mentalmente Allye", aggiunse Black.

"Potremmo provare a vedere chi è andato a diverse sue esibizioni, per aiutare a restringere il campo", concluse Ro.

"Siediti, Gray", disse Ball. "Mi fai venire la nausea".

Gray sbuffò e si sedette.

"A proposito, dov'è Allye?" Chiese Black.

"L'ho lasciata in una scuola di danza in centro, per scaricare un po' la tensione", disse Gray ai suoi amici.

"Fai davvero sul serio con lei, vero?" chiese Ro.

"Sì. Vero. Lei è...Non riesco proprio a descriverlo".

"Tosta, compassionevole, spiritosa, bella, ci si diverte con lei", disse Black.

Gray squadrò il suo amico.

Black alzò le mani in segno di resa. "Calma, amico. Le sono stato vicino solo un po' e ne ho percepito il fascino. È diversa da molte donne. Diavolo, la maggior parte delle ragazze che conosco avrebbe dato di matto se si fosse trovata in mezzo all'oceano. Ma lei no. Da quello che ho visto e da quello che hai detto, lei ha tirato fuori le palle. Cosa rara."

Gray fece un cenno con la testa. "Vero. Anche quando le ho detto che arrivare a riva non sarebbe stato facile, non si è fatta prendere dal panico. Si è fidata di me, e basta". Guardò i suoi amici, serio. "Voglio che rimanga, ma voglio che lei *desideri restare*. Non perché sia costretta. Capitemi".

"Ci stiamo provando, Gray", disse Meat.

"Questo tizio ci proverà di nuovo", osservò Arrow. "Quando il suo primo messaggio non funzionerà, continuerà fino a quando non otterrà ciò che vuole. Vale a dire, Allye".

"Non succederà", disse Gray, con i pugni serrati.

"Il tuo compito è quello di stare vicino ad Allye", disse Black. "Faremo tutto il possibile per indagare. Vedrò se Rex approverà che un paio di noi vadano a San Francisco a curiosare. Parleremo con gli altri ballerini al lavoro di Allye e vedremo se hanno visto qualcosa, o se sanno qualcosa sulla scomparsa di Jessie. Lui è arrabbiato perché lei è scappata, e si sta disperando. Lo rintracceremo, Gray. Lo so."

"Lo spero", disse Gray, più tranquillo. "Lo spero davvero".

Strinse la mano a ciascuno dei suoi amici e lasciò il *The Pit*, dando a Dave un bel buffetto sul mento mentre se ne andava. Era passata solo un'ora e mezza da quando aveva lasciato Allye, ma dopo tutte le chiacchiere sulle donne scomparse e su quello che poteva succedere, Gray aveva bisogno di vederla, per assicurarsi che stesse bene. Anche se le possibilità che Nightingale riuscisse a capire dove si trovava Allye erano scarse, Gray pensò che avrebbe dovuto mettere una guardia davanti alla scuola di danza. O sorvegliarla lui stesso.

Tornò alla piccola scuola di danza più velocemente di

quanto avrebbe dovuto e parcheggiò. Entrò, annunciato da una campana che tintinnò sopra la sua testa. Un gruppo di giovani ragazze si voltò e lo fissò mentre entrava. Una donna più anziana, probabilmente sui sessant'anni, lo salutò. Non era Barbara, lo sapeva perché aveva già incontrato la proprietaria. Diede per scontato che fosse un'altra istruttrice.

"Fammi indovinare, sei qui per Allyson la Mistica?"

Gray fu sorpreso. Come conosceva il nome d'arte di Allye? Immaginò che la voce si fosse sparsa in fretta. "Sì, immagino di sì."

"Oggi ha avuto un grande successo, qui. Forse non è conosciuta a livello nazionale, ma quando Barbara è colpita, lo siamo *tutte*. Si è sparsa la voce tra gli studenti, che si sono entusiasmati guardando a turno una ballerina professionista. Se vuoi dare un'occhiata, puoi sbirciare dalla finestra in fondo al corridoio, a sinistra".

Gray fece un cenno di ringraziamento e si diresse nella direzione da lei indicata.

Sapeva esattamente di quale finestra stesse parlando, dato che c'erano quattro ragazze radunate intorno ad essa, con gli occhi spalancati, che guardavano Allye ballare.

Gray si fermò qualche metro dietro di loro e si fermò senza dire una parola, con gli occhi incollati alla donna che ballava dall'altra parte del vetro.

Era fantastica.

Non l'aveva mai vista allenarsi quando era a casa sua. Allye aveva detto che si sentiva in imbarazzo quando lui la guardava, così la lasciava in pace quando lei scendeva di sotto per esercitarsi. Intellettualmente, Gray sapeva che doveva essere brava per avere un lavoro a tempo pieno come ballerina, ma qualsiasi cosa pensasse di sapere sui ballerini, se ne andò dalla finestra mentre guardava Allye.

Aveva raccolto i capelli in una coda di cavallo in cima alla testa, la ciocca bianca che faceva capolino, mentre lei si muoveva. Gray non riusciva a sentire la musica, ma non ne aveva bisogno. Allye emanava grazia mentre si piegava e ondeggiava. Le sue braccia sembravano attaccate al corpo da corde, per il modo in cui si agitavano e ondeggiavano al ritmo. I muscoli delle sue gambe si flettevano ad ogni movimento. Indossava un paio di pantaloni attillati, con i piedi nudi, tranne che per una fascia di nastro adesivo avvolto intorno alla caviglia di ciascuno, per darle trazione. Aveva una canottiera che esaltava le sue curve.

La musica doveva aver accelerato, perché i suoi movimenti diventarono più veloci, più energici. Iniziò una serie di giri di testa, le braccia tese, un ginocchio piegato, il peso tutto su un piede. La sua testa indicava la direzione mentre girava in cerchio, senza mai rallentare, senza mai sbagliare. Era bella e fantastica, ma allo stesso tempo ispirava soggezione.

Probabilmente lo pensavano anche le giovani ballerine che la guardavano, perché si mormoravano a vicenda quanto fosse fantastica "Miss Mistica" e su come speravano di essere un giorno altrettanto brave.

Allye smise improvvisamente di girare e cadde a terra. Ma non era una vera caduta, faceva parte della coreografia. Mise i palmi delle mani sul pavimento, un piede piatto sulle assi di legno sotto di lei, l'altro allungato dietro, le dita dei piedi puntate.

Gray seguiva il petto di lei muoversi su e giù, con i suoi respiri affaticati, ma fu la serenità sul suo viso che lo colpì duramente. Quello era il suo posto felice.

Lui non se ne era reso conto, ma lei era stata *molto* stressata nell'ultima settimana e gliel'aveva efficacemente nascosto. Aveva fatto proprio un ottimo lavoro nel nascondere *tutte le* sue emozioni, a lui e a tutti.

Si ricordò di quando lei gli aveva detto di non aver mai pianto. Aveva bisogno di questo. Aveva bisogno di ballare così come aveva bisogno di aria fresca, ogni giorno. Aveva bisogno di sentirsi completa.

Fu in quel momento, guardando Allye nel suo habitat, che Gray si rese conto di amarla.

Avrebbe fatto tutto il possibile per assicurarsi che lei avesse sempre potuto ballare in vita sua. Se ciò avesse significato trasferirsi a Denver per poter essere più vicina alla scuola di danza professionale di Cleo, lui lo avrebbe fatto. Voleva vedere perennemente il senso di pace che Allye aveva in quel momento.

Allye smise di ballare e sorrise a qualcuno dall'altra parte della stanza. Si pulì le mani sui pantaloni, Gray si diresse verso la porta. La aprì lentamente, e fu gratificato quando Allye si voltò verso di lui e *gli* fece un grande sorriso.

"Sono già passate due ore?"

"Quasi. Se vuoi rimanere più a lungo, non è un problema".

Il sorriso di Allye si allargò ancora di più. "No, sono a posto. Come hai detto tu, sarò un po' dolorante. Però mi avevi promesso un bagno".

Gray stava per dirle tutto, incurante della donna che stava spegnendo lo stereo. Stava per dire ad Allye che l'amava. Ma riuscì a trattenersi, a malapena. "Certo, gattina."

Stava vicino alla porta, non fidandosi di sé stesso mentre lei raccoglieva le sue cose. Lei si mise una maglietta sopra la canottiera, Gray fu infastidito perché non riusciva più a fissarle il seno ma allo stesso tempo felice che nessun *altro* potesse farlo.

Allye raccolse la borsa e Gray gliela prese dalla mano, non appena lei gli si avvicinò. Lei lo prese a braccetto e così uscirono dalla stanza, verso la porta d'ingresso. Furono fermati una mezza dozzina di volte da ragazzine che volevano salutare "Miss Mistica", e poi di nuovo dalla proprietaria della scuola di danza.

"È stato meraviglioso averti qui, Allyson", le disse. "Sei sempre la benvenuta".

"Grazie, Ellis. E per favore, chiamami Allye." Alzò lo sguardo verso Gray. "Andrebbe bene se mi portassi qui la mattina? Barbara ha detto che la prima lezione non inizia prima delle dieci, ed è disposta a farmi entrare verso le otto per fare i miei allenamenti".

"Certo", disse subito Gray. "Tutto quello che vuoi".

Gli fece un gran sorriso prima di rivolgersi di nuovo alla proprietaria. "Lo apprezzo molto. Sarei felice di passare del tempo con alcune delle classi, in cambio dell'utilizzo del tuo spazio".

L'altra donna sembrava essere sul punto di esplodere dalla felicità. "Sarebbe meraviglioso! Semplicemente meraviglioso", esclamò. "Farò in modo che tutti sappiano che entrerai e uscirai dalle varie classi. Saranno tutti contenti di sapere che sei qui".

Allye sorrise di nuovo e salutò altre persone prima di uscire dalla piccola scuola di danza e tornare a casa.

"Sembra che sappiano chi sei", osservò Gray, dopo essere salito in macchina. Le aveva preso la mano e lei aveva intrecciato le dita con le sue.

"Sì, beh, la comunità di ballo è in realtà più piccola di quanto si possa pensare. Io ballo professionalmente da un po' di tempo, ormai. Immagino che si sia sparsa la voce". Scrollò le spalle. "Com'è andato il tuo discorso?"

L'ultima cosa che voleva fare Gray era parlare di Nightingale, delle donne scomparse, o del foglio di calcolo che lei aveva rubato dalla nave che affondava. "Possiamo parlarne più tardi?", chiese.

"Così male, eh?" rispose lei, il sorriso che iniziava a guastarsi.

Gray avvicinò la mano al viso di lei e le sfiorò la guancia

ancora arrossata. "Non posso sopportare che tu perda questo aspetto contento e rilassato", le disse, onestamente.

"Ok", replicò Allye, inclinando la testa e strofinando la guancia contro la sua mano.

"Ti preparo un bagno quando torniamo a casa e poi ti faccio qualcosa da mangiare. Va bene?"

"Sembra fantastico", disse Allye. "Non credo che nessuno mi abbia mai preparato un bagno. Nemmeno quando ero piccola. Ho iniziato a farmi la doccia a quattro anni perché mamma diceva che i bagni sprecavano troppa acqua".

Gray digrignò i denti. Lo faceva spesso, ultimamente. Ma invece di dire qualcosa di dispregiativo su sua madre e sulla sua infanzia, si limitò a dirle: "Allora sono contento di essere il primo".

———

Un'ora dopo, Allye giaceva completamente rilassata sopra Gray. Lui aveva fatto quanto promesso. Le aveva preparato il bagno. Ma dopo averla aiutata ad entrare, lei gli aveva preso la mano e lo aveva tirato verso di lei, dicendo: "Vuoi unirti a me?"

Non l'aveva mai visto spogliarsi così velocemente. Era nella vasca con lei in cinque secondi netti. Le cose gli erano quasi sfuggite di mano, lui era scivolato dentro di lei prima di imprecare e di uscire. Era saltato fuori dalla vasca ed era corso in camera da letto. Allye non riusciva a smettere di ridacchiare per la sua urgenza, e per il fatto che se ne andava in giro bagnato fradicio, gocciolando acqua su tutto il pavimento e non sembrava preoccuparsene.

Ma quando era tornato, si era infilato il preservativo, si era gettato nella vasca da bagno e l'aveva spinto dentro di lei con così tanta forza, che lei non poté fare altro che gemere di gioia.

Poi lei si era seduta a cavalcioni su di lui, aveva nascosto il viso nello spazio tra la spalla e il collo di lui, amando il modo in cui lui le accarezzava la schiena con lunghi e languidi movimenti. Lui si era tolto il preservativo, lei poteva sentire il suo uccello semiduro infilato tra i loro corpi, per il momento erano soddisfatti.

"Grazie per avermi fatto ballare, oggi", disse Allye dolcemente.

"Ti ho vista, verso la fine", le disse. "Sei incredibile".

Lei scrollò le spalle. "Me la cavo. Ci sono molte persone migliori di me".

"Non dire così", la rimproverò. "Sei brava. Davvero brava. Dubito che Robin ti avrebbe dato il ruolo principale, se non fossi stata brava. Per non parlare del fatto che tutte quelle ragazzine di oggi avevano le stelle negli occhi, quando parlavi con loro e facevi complimenti sui loro vestiti".

"È stato bello", gli disse. "Avevo dimenticato quanto mi piacesse stare con i bambini".

"Hai già insegnato prima?"

Lei annuì. Il vapore si alzava ancora dalla vasca e poteva sentire le perle di sudore sulla fronte di lui, sia per la temperatura dell'acqua che per lo sforzo precedente. "Sì. Part-time, quando mi sono iscritta per la prima volta al teatro danza. Non venivo pagata quanto lo sono ora, così mi ha aiutato a guadagnare qualcosa in più. C'è qualcosa di così liberatorio nell'insegnare ai bambini. Molti di loro non hanno ancora imparato ad essere critici nei confronti del loro corpo, o dei corpi altrui. Così anche i bambini che sono in sovrappeso non sembrano notarlo e non si preoccupano. C'era questa classe in cui si era iscritta una bambina con la sindrome di Down. Iniziava la lezione con grandi abbracci per tutti, e si portava quel piccolo atto di gioia durante l'ora intera. Tutti sembravano più felici e si divertivano, più di tutte le altre mie classi. A nessuno importava che la piccola Rory fosse diversa da loro. Non gli importava che non parlasse molto. Il suo entusiasmo e la sua gioia nel saltare e nel ballare erano contagiosi. In quell'ora di lezione c'erano più risate di tutte le altre. Mi piacerebbe insegnare di nuovo. Magari avere una classe che integrasse tutti i tipi di bambini. Penso che farebbe molto bene a tutti".

"Lo penso anch'io", disse Gray, baciandola sulla fronte.

Rimasero così, con i corpi pigiati insieme, godendosi l'intimità del momento.

"Mi racconterai del tuo incontro?" chiese Allye.

Percepì la tensione di Gray sotto di lei, ma lui non si trattenne. Le raccontò del foglio di calcolo e di quello che aveva scoperto Meat. Le disse quanto il misterioso I.B. avesse pagato per portarla da lui. Le disse anche che alcuni membri del team sarebbero andati a San Francisco per parlare con i suoi amici e colleghi del teatro.

Quando finì, Allye disse dolcemente: "Non sarò al sicuro finché non capirete chi è questo I.B. e non lo fermerete, vero?".

"Ti terrò al sicuro", giurò Gray. Si chinò, afferrò una spugnetta, la insaponò e cominciò a lavarle delicatamente la schiena.

Allye sospirò. Non era esattamente la risposta che sperava. Decidendo che al momento non poteva più farcela, si sedette. Tremava, l'aria era molto più fredda dell'acqua e del corpo di Gray. "Promettimi che mi terrai informata. Non nascondermi nulla di tutto questo. Va bene?"

Gray non fu felice di quella domanda, ma la fiducia di Allye crebbe quando lui annuì e disse: "Te lo prometto".

"Grazie".

"Che ne dici se finiamo di lavarci, usciamo e ti faccio mangiare qualcosa? Hai smaltito un bel po' di calorie oggi, immagino. Ieri sera ho comprato una bistecca per me, e ti preparo dei kebab vegetariani, se ti va".

Lei sorrise. "Sembra fantastico. Visto che mi porterai a ballare tutte le mattine per un po', dovrò assicurarmi di andare a letto molto presto, eh?

Gray ridacchiò. "Mi assicurerò di rimboccarti le coperte per bene".

Lei alzò gli occhi al cielo. "Ci conto".

Sorrisero entrambi e finirono subito di insaponarsi e di pulirsi. Una volta fatto, Gray le mise una mano sulla nuca e la spinse verso di lui. La baciò come se quello fosse il loro ultimo bacio.

Anche se a dire il vero, ogni volta che si baciavano era intenso come se fosse l'ultimo. Lei amava questo aspetto di lui.

Allye si bloccò. *Amava.* Si era forse innamorata di Gray?

Quando questi si allontanò, dandole spazio per alzarsi, Allye fissò il suo corpo scolpito e annuì. Sì, amava quest'uomo. Usava la forza per combattere il male nel mondo. Poteva essere letale, eppure non era stato altro che protettivo e gentile con lei. Beh, *gentile* non era la parola che lei avrebbe usato, pensando a quando facevano l'amore. Era *intenso*.

Gray la avvolse con un asciugamano, intrappolandola tra le sue braccia. Le baciò il lato del collo, la barba ruvida e graffiante contro la sua pelle sensibile, arrossata dal calore.

"Hai un buon odore", le disse, inspirando profondamente.

"Anche tu", gli disse lei, piegando il collo e inalando il suo profumo nella parte superiore del braccio.

"Dato che eravamo nella stessa vasca, direi che puzziamo l'una come l'altro".

Lei si voltò tra le sue braccia e gli sorrise. "Mi piace".

"Anche a me", disse Gray. Poi si allontanò, la girò e le diede una sonora pacca sul fondoschiena. "Ora vai a vestirti, donna. E smettila di distrarmi!".

Ridendo, Allye fece come ordinato e saltò in camera da letto per prendere dei vestiti.

Gage Nightingale, altrimenti noto come "Il Boss" dai suoi scagnozzi, era irritato, in piedi in un corridoio di fronte ad una grande finestra dietro la quale c'erano due delle sue donne.

Una porta segreta conduceva al lungo passaggio. Finestre simili erano disposte lungo tutto il corridoio, permettendogli di guardare nelle stanze dove vivevano i suoi animali domestici.

Si teneva le mani dietro la schiena mentre fissava le gemelle sdraiate sul pavimento della loro gabbia, immobili anche dopo il suono della campana che pendeva all'interno del loro recinto. Quando suonava la campana, loro dovevano alzarsi e guardare dritto davanti a loro, permettendo così a Nightingale di vederle bene. A volte entrava a prenderle, altre volte le costringeva a fare sesso tra loro, ma in quel momento si stavano rifiutando di muoversi.

Prendendo una nota mentale per disciplinarle in seguito, Nightingale passò alla finestra successiva.

La piccola donna che aveva comprato faceva come le era stato insegnato, stava inginocchiata con le gambe divaricate, fissando il pavimento. Non le era ancora stato dato da mangiare; le ciotole dell'acqua e del cibo erano vuote, Nightingale doveva rimproverare il guardiano dello zoo per averla fatta aspettare tanto, dato che si comportava così bene. Il cibo veniva negato solo agli animali domestici cattivi, non a quelli che obbedivano.

La donna tatuata non era nella sua gabbia, ma Nightingale sapeva che in quel momento la stavano tatuando. Avevano dovuto sedarla perché le stavano lavorando sul viso. L'ultima volta che era stata portata nello studio per essere tatuata, la donna era stata combattiva e piagnucolosa. Non c'era niente che Nightingale apprezzasse meno di una donna che sbavasse e piangesse.

Ma una volta tatuata la faccia, la donna sarebbe stata completa al novantacinque per cento. Mancavano solo la pianta dei piedi e i palmi delle mani tatuate, poi sarebbe stata la prima donna ad essere coperta al cento per cento da tatuaggi. Anche la parte interna delle labbra e le labbra stesse erano state tatuate. E Nightingale *la* possedeva. Era una sensazione inebriante. Avrebbe presentato delle foto al *Guinness dei Primati, non appena fosse stata* pronta.

La sua albina era nella gabbia accanto. Nightingale accese l'interruttore fuori dal suo recinto, spostò i riflettori sulla zona in cui era incatenata e le sorrise. Aveva dimostrato di essere una selvaggia, rifiutando i suoi tentativi di addestrarla. Finché non aveva portato la scatola per la testa.

Uno degli addestratori aveva inavvertitamente trovato il punto debole dell'albina dopo che una notte una falena era entrata nella sua stanza e si era agitata intorno alla lampadina sul soffitto.

Così, la volta successiva in cui lei si era rifiutata di fare quello che lui voleva - cioè non ribellarsi quando lui entrava nella gabbia - l'aveva incatenata e le aveva messo la scatola sulla testa. Era piena di falene. Il modo in cui lei tremava e gridava mentre le creature le giravano intorno al viso, le sfioravano le guance, le si incastravano nei capelli e le entravano persino nelle orecchie faceva ridere istericamente Nightingale.

Teneva la scatola con le innocue falene all'interno della sua gabbia, come deterrente contro comportamenti inappropriati. Fino a quel momento, aveva funzionato. Nightingale preferiva di gran lunga la sua docilità, se non il suo terrore, al suo comportamento fuori controllo. Ciò gli rendeva molto più facile legarla al letto, in modo da poter avere la meglio su di lei. Non era mai stato con un'albina. La sua pelle reagiva così bene quando la picchiava, i lividi che le lasciava erano vividi, molto più facili da vedere rispetto a quelli sulle donne normali... Gli piaceva questa cosa.

Nightingale sorrise. Amava possedere cose uniche.

Si trovò a pensare di nuovo alla sua Mistica. Era così sicuro che sarebbe tornata in città dopo quel messaggio - sì, era convinto che lei fosse fuggita da San Francisco, forse anche dallo Stato - per evitare che altri suoi amici venissero uccisi. Poi sarebbe stato finalmente in grado di aggiungerla alla sua collezione. Aveva una gabbia vicino al letto per lei, quando non sarebbe stata nella stanza vuota in fondo al lungo corridoio. Era tutto pronto, compreso il suo palco speciale.

Non vedeva l'ora di svegliarsi la mattina e di vedere i suoi bellissimi occhi che lo fissavano, pieni di paura. Non c'era niente come il terrore altrui per aiutarlo a iniziare bene la giornata. Aveva cercato di fare in modo che l'altra donna - non ricordava nemmeno il suo nome, non che importasse - assomigliasse alla sua Mistica, ma non aveva funzionato. Era troppo alta. Troppo magra. E non aveva fatto altro che piangere.

Anche dopo averle tinto i capelli, con la ciocca bianca, non era la stessa cosa. Le lenti a contatto erano state d'aiuto, ma lui rabbrividì ricordando come lei avesse continuato a gridare quando era legata e le erano state rimosse le palpebre, in modo da non potergli nascondere gli occhi marroni e blu.

Nightingale continuò a camminare fino alla fine della fila di gabbie. Bussò alla porta del guardiano dello zoo, attendendo impazientemente che la aprisse. L'albina e la donnina avevano bisogno di cibo e le gemelle dovevano essere separate. Aveva accettato di tenerle insieme, ma solo se si comportavano bene. In quel momento, non lo stavano facendo.

Sapeva che la sua rabbia era fuori misura. Di solito era molto più paziente con i suoi animali domestici. Era tutta colpa della Mistica. Se lei fosse tornata a casa, lui sarebbe stato di nuovo in grado di concentrarsi e di addestrare meglio i suoi animali. Era il momento di mandarle un altro messaggio. Alla fine, avrebbe capito l'antifona. Se non avesse ricevuto il messaggio, lui avrebbe continuato a comunicare. A modo *suo*.

L'uomo che si prendeva cura dei suoi animali speciali si decise ad aprire la porta, Nightingale fu travolto dalla luce della stanza. Mentre si ritirava, era sicuro che al suo ritorno sarebbe andato tutto bene con i suoi animali.

CAPITOLO UNDICI

Più Gray passava tempo con Allye in casa sua, più diventava ansioso. Non era lei, di per sé; era la sensazione di un destino imminente. Stava per scoppiare un casino. Lui avrebbe fatto qualcosa, o lei avrebbe deciso di tornare alla sua vita, o il misterioso I.B. avrebbe scoperto dove Allye fosse andata e sarebbe andato a cercarla.

Più le cose andavano bene, tra loro due, più cresceva la paura di Gray.

Allye era a Colorado Springs da tre settimane. Tre delle migliori settimane che avesse mai avuto. Sembrava che lei si fosse inserita perfettamente nella sua vita e nelle sue abitudini. Si alzavano la mattina e si facevano la doccia, a volte insieme, a volte separati. Lui preparava la colazione, poi la portava in centro, alla scuola di danza. Lei iniziava a passare sempre più tempo lì, a volte non gli mandava messaggi per venirla a prendere fino a ben oltre l'ora di pranzo. I bambini e la proprietaria la adoravano. Barbara aveva persino cominciato a pagarla per aiutarla con le lezioni di danza dei bambini.

Erano andati a fare shopping per comprarle altri vestiti e

altre cose di cui aveva bisogno per sentirsi a suo agio. Gray voleva pagare tutto, ma lei si era rifiutata categoricamente, dicendo che in quel momento aveva un sacco di soldi per vestirsi.

Mentre lei era a danza, Gray si incontrava con i ragazzi o restava a casa e fare ricerche, cercando di trovare qualcosa che potesse portare al tremendo Nightingale, poi andava a prendere Allye quando lei lo chiamava. Pranzavano insieme, a volte mangiavano fuori, altre volte tornavano a casa sua e mangiavano qualcosa lì. Poi lui faceva un po' di lavoro di contabilità nel suo ufficio di casa, creando fogli di calcolo e facendo altri lavori finanziari per i suoi clienti.

La sera passavano del tempo insieme. A preparare la cena, a guardare la TV o a fare l'amore.

Gray aveva imparato che lei sapeva essere testarda – non solo per non fargli pagare i vestiti nuovi – e non si arrendeva, con grazia, quando lei voleva fare qualcosa e lui non era d'accordo. Ma era anche piuttosto disinvolta sulla maggior parte delle cose. Non le importava che i suoi mobili fossero un'accozzaglia di costosi mobili da uomo o da studente universitario, non sembrava che si scandalizzasse se i pavimenti non erano immacolati o se lui non aveva spolverato. In realtà, lei era un po' disordinata; lui le raccoglieva sempre i vestiti dal centro della loro camera da letto.

Lei aveva cominciato a lamentarsi dei piccoli peli di barba che lui lasciava nel lavandino dopo essersi rasato la mattina. O del modo in cui non sciacquava mai i piatti, ma li lasciava nel lavandino per occuparsene più tardi. Sosteneva che erano più difficili da pulire, in quel modo, perché il cibo si attaccava ai piatti quando andavano in lavastoviglie.

Ma niente di tutto ciò sembrava importare a nessuno dei due. Passavano ogni notte avvolti l'uno nelle braccia dell'altro. La prima settimana che avevano vissuto insieme, avevano fatto l'amore ogni giorno, almeno una volta, a volte due. Gray non ne aveva mai abbastanza e Allye sembrava prendere volentieri qualsiasi cosa lui le volesse dare. Non si lamentava mai quando lui era in vena di prendersi il suo tempo e di essere gentile o quando aveva bisogno di prenderla in modo brusco.

Gray aveva giù cominciato ad apprezzare le notti in cui si limitava ad abbracciarla. Erano intime, se non passionali. Aveva memorizzato il modo in cui lei gli si incastrava nello spazio tra il collo e la spalla, respirandogli contro. Il modo in cui lei gli passava le dita sul petto, giocando leggermente con i suoi capezzoli. Non per eccitarlo, ma solo...Per esplorare.

Ogni giorno che passava, però, sembrava che qualsiasi pericolo incombesse sopra le loro teste si avvicinasse sempre più. Gray aveva la sensazione che, quando la spinta sarebbe arrivata al limite, avrebbe perso Allye. In qualche modo. Gli sarebbe scivolata tra le dita. Questo gli faceva venire il terrore di svegliarsi ogni mattina, chiedendosi se sarebbe stato proprio quello, il giorno in cui l'avrebbe persa.

La sera prima stavano pomiciando sul divano, non guardando il film che Allye aveva tanto insistito per vedere, quando squillò il telefono di Gray.

Vide che era sua madre e rispose immediatamente. Allye non era stata molto incline all'idea di invitare sua madre in Colorado per poterla incontrare e non volle dirgli il perché. Gray decise che quel momento era un momento buono come un altro per fare le presentazioni, anche se erano al telefono.

"Ehi, mamma."

"Ciao, figliolo. Come stai?"

"Sto bene. Posso metterti in vivavoce?"

"Certo."

Gray cliccò il tasto per avviare il vivavoce e strinse Allye a sé. Lei aveva provato a sedersi vicino a lui per uscire dalla stanza, lui lo sapeva, ma non gliela permise. "Mamma, vorrei presentarti qualcuno. Allye, questa è mia madre. Mamma, ti presento Allye Martin".

"Oh, ciao, Allye. Come stai?"

Allye lo fissò con gli occhi spalancati e rispose al saluto, quasi borbottando. Poi strisciò fuori dalle sue braccia e andò di sopra, nella camera da letto principale. Lui l'aveva lasciata andare, perché lo sguardo nei suoi occhi non era irritato: era di puro terrore. Lei era spaventata a morte di parlare con sua madre, a lui non piacque questo fatto. Le aveva detto quanto fosse brava sua madre, e aveva cercato di rassicurare Allye che sua madre l'avrebbe amata come una figlia, ma evidentemente non l'aveva convinta.

Gray parlò con sua madre per un po' di tempo, evitò di raccontarle tutti i dettagli di come avesse conosciuto Allye, ammise che era *quella giusta*, la convinse a non pianificare immediatamente il suo matrimonio, le chiese di salutargli suo fratello la prossima volta che gli avesse parlato. Poi riattaccò e si mise a cercare Allye.

"Allye?" disse, mentre apriva la porta.

Lei era a letto, le coperte tirate fin sopra la testa, la schiena verso di lui. Erano già andati a letto a quell'ora, ma per fare l'amore, non certo per dormire.

Gray si sedette sul lato del letto. Le passò la mano sulla testa. "Stai bene, gattina?"

Lei annuì.

"Cosa c'è che non va?"

Lei si voltò a guardarlo, gli occhi di lei emanavano una grande tristezza.

"Cosa? Parlami, Allye".

"Non sono brava con le mamme", disse tranquillamente. "Non piaccio".

Il cuore di Gray accusò il colpo. Si tolse la camicia, si tolse i jeans e si ficcò sotto le coperte con lei. Avvolse Allye con le braccia, tirandola a sé, la strinse con forza. "Non ci credo".

"È vero. Il primo ragazzo con cui sono uscita al liceo... Io e lui andavamo d'accordo. Una sera sono andata a casa sua e quando sua madre ha scoperto che ero una figlia adottiva, è diventata fredda. Il ragazzo non mi ha più chiesto di uscire".

"Ci ha perso lui", mormorò Gray.

"Poi c'era la madre di un ragazzo con cui uscivo quando ho iniziato a lavorare al *Dance Theater di San Francisco*. Pensava che sarebbe stato divertente se fossimo andati a cena fuori con i suoi genitori. La madre ha dato un'occhiata al vestito da quattro soldi che indossavo e mi ha squadrato. Credo di aver avuto altri due appuntamenti con *quel* tipo, prima che la storia finisse".

"Mia madre non è così", le disse Gray.

"Credo di avere un gene mamma difettoso", disse Allye con dolcezza. "Mia madre non mi amava e non mi voleva, quindi non lo fa neanche quella di nessun altro".

Gray la costrinse a girarsi, per guardarlo negli occhi. "Dopo che te ne sei andata, mia madre mi ha chiesto di te. Ti ha persino cercato sul suo computer, mentre parlavamo. Non la finiva più di dire quanto sei bella, ha avuto anche il coraggio di chiedermi cosa ci facessi con uno scapestrato come me". Sorrise, per farle capire che stava scherzando. "Ho dovuto dissuaderla dal chiamare tutti i suoi amici per dir loro che mi stavo per sposare". Le passò di nuovo la mano sulla testa con una leggera carezza. "Non dico che sarete migliori amiche, ma lei ti vorrà bene".

Allye scosse la testa e sospirò. Poi si fece strada nel suo corpo e cominciò a fare l'amore con lui. Lui sapeva cosa stesse facendo, lo distraeva, così non doveva più parlare di sua madre, e lui la lasciò fare. Ma conosceva la sua famiglia. Avrebbero accolto Allye come se fosse una di loro... Se lei glielo avesse permesso.

C'erano molte cose che non sapeva, della donna che amava. Cose che non vedeva l'ora di imparare. Ma in cambio, c'erano cose che lei non sapeva di *lui*. Le aveva raccontato del suo periodo come SEAL, e di quello che era successo per farlo andare via, ma lei non sapeva che a volte soffriva ancora. Non aveva più incubi frequenti, ma certe situazioni a volte gli facevano ricordare delle scene già vissute. Come quando non poteva fare altro che stare a guardare mentre coloro che lo avevano rapito facevano del male a quelle donne, proprio davanti a lui. Quando era in preda ai flashback, Gray tendeva a spegnersi. Per bloccare ogni tipo di emozione, in modo da non doverla provare.

Lei avrebbe capito? L'avrebbe presa sul personale? Non ne aveva idea e non voleva scoprirlo.

Lo squillo del suo telefono lo fece uscire dalla sua fantasticheria. Allye era alla scuola di danza, era da solo in casa. Doveva lavorare sulle tasse di un cliente, ma non riusciva a concentrarsi. La sensazione di un disastro imminente era troppo acuta per permettergli di pensare efficacemente alle leggi fiscali o di fare qualsiasi tipo di calcolo.

"Sono Gray".

"Parla Rex."

Lo stomaco di Gray si contorse. "Cos'è successo?"

"Ne ha presa un'altra."

Gray sapeva esattamente di cosa stesse parlando il suo capo. "Chi?"

"Una donna di nome Melany Brewer. In realtà ha preso il posto di Allye come protagonista da quando è qui a Colorado Springs".

"Cazzo", imprecò Gray. "Cazzo, cazzo, cazzo, *cazzo*. Non la prenderà bene."

"Allora non dirglielo".

"Non le tengo nascoste queste stronzate. Ho promesso che non l'avrei fatto, e lei ha il diritto di saperlo. Siamo vicini a rintracciare I.B. o Nightingale?"

"Sì e no", disse Rex con riluttanza.

Lo stomaco di Gray si contorse di nuovo. Aveva la sensazione che non gli sarebbe piaciuto quello che avrebbe rivelato Rex. "Cosa?"

"I.B. *è* Nightingale".

"Com'è possibile? Il suo nome è Gage! I.B. non corrisponde."

"Sai che Arrow e Black sono in California. Hanno fatto delle ricerche. Hanno parlato con un sacco di gente losca. In giro si dice che ci sia un uomo, conosciuto solo come "il boss", che prende ordini per determinati tipi di donne".

Gray si alzò bruscamente e cominciò a camminare. "Merda. E questo è tutto. La prova che il capo del più noto e sfuggente giro di trafficanti di sesso vuole mettere le mani sulla mia donna".

"Sembra così", disse Rex, la sua voce rimase tranquilla.

"Non sembri troppo preoccupato, cazzo" abbaiò Gray. "In effetti, lo fai sembrare come se questo fosse solo un altro giorno per i fottuti Mercenari di Montagna. Beh, non lo è, cazzo. C'è in gioco la vita della *mia* donna, Rex. E ti dico subito che è impossibile che Nightingale le metta le mani addosso. La prendo e sparisco, così non potrà mai trovarci. Mi hai sentito?"

"Calmati, Gray", disse Rex, mantenendo il solito tono.

Gray sospirò e si passò una mano tra i capelli, senza notare che probabilmente aveva bisogno di tagliarli. "C'è *mai* qualcosa che ti fa incazzare?", chiese. "Sul serio, sei sempre così fottutamente calmo. Non mostri mai alcuna emozione. Te ne frega *di qualcosa*? Perché a me non sembra".

"Sì, Gray. Mi frega di un sacco di cose. Donne che scompaiono e di cui non si sente più parlare. I loro cari non sapranno mai cosa è successo, se sono vive o morte. Ecco di cosa mi importa. Di questo, e di abbattere persone come Nightingale, in modo che non succeda alla famiglia di qualcun altro".

Gray sbatté le palpebre, sorpreso. Non aveva mai sentito il suo capo dire qualcosa di così personale, come quello che aveva appena rivelato. Tutti avevano intuito che l'uomo aveva avuto qualche esperienza traumatica con una persona cara che era scomparsa o che era stata coinvolta in qualche modo nell'industria dello schiavismo sessuale, ma non avevano mai avuto una conferma, fino a quel momento.

La famiglia di qualcun altro.

Prima che potesse dire qualcosa per scusarsi di essere stato insensibile, Rex continuò.

"Parla con Allye. Dille di Melany. Arrow e Black stanno facendo tutto il possibile dalla California per rintracciarla. Stiamo anche cercando di capire quale fosse l'accordo con le barche. Voglio dire, se ha rapito sia Jessica che Melany e le ha semplicemente fatte portare da lui, perché non ha fatto lo stesso con Allye? Perché preoccuparsi di quelle dannate barche? Era solo un elaborato stratagemma per allontanare la gente? O c'era una ragione più profonda dietro? Forse ne sapremo di più quando troveremo Melany... O quando il suo corpo si farà vivo. Nel frattempo, chiamate se avete bisogno di me". Senza attendere risposta, Rex riagganciò.

Guardando il suo orologio, Gray vide che erano solo le dieci, ma aveva bisogno di vedere Allye. Aveva le stesse domande sulle barche, ma potevano aspettare. Doveva parlare subito con la sua donna.

Mise in tasca il telefono e si diresse verso il garage.

Trenta minuti dopo, Gray stava accompagnando Allye nella sua Audi, gli riecheggiavano nella testa le sue scuse a Barbara e alle bambine. Lei era nel bel mezzo di una lezione di danza, quando lui era entrato e aveva detto che aveva bisogno di parlarle.

Senza lamentarsi, lei aveva salutato tutti e se n'era andata con lui.

Appena saliti in macchina, lei gli mise la mano su una coscia. "Cosa c'è che non va?"

"Quando torniamo a casa", le disse Gray.

Allye si morse il labbro ma annuì. Gli tenne la mano sulla coscia, ma Gray non riuscì a farsi toccare. Voleva consolarla, ma era troppo nervoso. Troppo preoccupato che lei avrebbe perso la testa, una volta appresa la nuova triste notizia.

Il resto del viaggio trascorse in silenzio. Gray cercò di capire come avrebbe dato la notizia ad Allye. Doveva conoscere Melany. Doveva essere sua amica. Sentire parlare di Jessie le aveva fatto male, ma sentire parlare di Melany avrebbe potuto distruggerla.

Arrivarono a casa, entrarono. Appena la porta del garage si chiuse dietro di loro, Allye gli disse: "Dimmi".

"Vai e siediti", ordinò Gray. "Vuoi qualcosa da bere?"

"No. Voglio sapere cos'è successo".

Gray sospirò. Le mise la mano sui lombari, sentendo l'umidità dell'allenamento di prima. Indossava un paio di pantaloni da yoga e una normale canottiera sotto una maglietta. Per una volta Gray non pensò a quanto Allye fosse sexy, ma a quanto fosse vulnerabile e piccola, accanto a lui.

Gray la fece sedere in salotto.

Lei obbedì ma stava per terminare la pazienza.

Appena si sedettero, le diede la brutta notizia. "Conosci una certa Melany Brewer?"

Gli occhi di Allye si spalancarono, annuì.

"È scomparsa".

Allye si chinò in avanti e si coprì il viso. Rimase china mentre chiedeva tra le dita: "È stato il mio rapitore?

"Probabilmente".

"Cosa si fa per trovarla? Per salvarla?"

"Arrow e Black sono a San Francisco ora. Stanno interrogando i vicini e gli altri ballerini per vedere cosa sanno. Anche

Rex sta usando i suoi contatti. Gli stessi che avevano la pista per il suo trasferimento".

Gli occhi di Allye si offuscarono, di fronte alla verità. "Troveranno morta anche lei, non è vero?"

Gray provò a calmarla. "Questo non lo sappiamo".

"Sì invece. Lo sappiamo entrambi". Allye si alzò in punta di piedi e camminò davanti a lui in agitazione. "Perché lo sta facendo?" chiese con voce stridula. "Perché è così ossessionato da me? Non ha senso! Non può avermi. Non sono qualcosa che può comprare e chiudere a chiave e fare quello che vuole. Sono una *persona*. Un essere umano! Non ha il diritto di rubare le mie amiche e ucciderle. Non ha il diritto di giocare a fare Dio! Devi fermarlo, Gray! *Devi* farlo. Fallo smettere - per favore, Dio, fallo smettere!" E con questo, si accartocciò a terra, tremando incontrollabilmente.

Gray non poteva vederla così. Si chinò e la prese tra le braccia come fosse stata una bimba, piuttosto che un'adulta. La portò su per le scale, nella loro stanza. La mise sul letto e si raggomitolò intorno a lei, facendo di tutto per farla sentire al sicuro.

Lei tremò per un bel po', senza mai piangere. Il tremolio del suo corpo *era* le sue lacrime. Poi trascorse i venti minuti successivi a raccontare a Gray tutto quello che poteva su Melany. Il suo tipo di ballo preferito, quello che le piaceva fare come spuntino durante le prove, tutto quello che sapeva della sua famiglia. Parlava delle sue stranezze, di come dovesse indossare biancheria intima rosa quando si esibiva. Di come ogni volta, prima di salire sul palco, bussava su un pezzo di legno lungo il palcoscenico del teatro. Di come viveva da sola, ma chiedeva sempre a uno dei ballerini di accompagnarla a casa.

Gray la lasciò parlare. Lasciò che tirasse fuori tutto, sempre attento a tutto ciò che poteva usare Rex per trovare Melany.

Alla fine, le sue parole si fermarono e lei sospirò. "Non si fermerà".

"Lo farà quando lo troveremo e lo uccideremo". In passato, con altre fidanzate, Gray non era mai stato così schietto, ma nel corso delle settimane aveva scoperto che Allye, onestamente, non sembrava preoccuparsi di quello che faceva per vivere. Forse era il modo in cui si erano incontrati, o il fatto che avesse ucciso due uomini per salvarla da un destino peggiore della morte. Forse era il suo passato. Qualunque cosa fosse, Gray sapeva di poter essere sempre chi era veramente con lei.

"Lui mi vuole", disse lei sottovoce.

"Non ti prenderà", replicò subito Gray.

"Ma se fosse l'unico modo per fermarlo?", chiese lei.

Gray la girò tra le sue braccia, con forza. Le mise un dito sotto il mento e la costrinse a guardarlo. "No, gattina. Assolutamente no".

"No, cosa?" chiese lei, cercando di sembrare innocente, ma lui la conosceva ormai abbastanza bene da sapere che non c'era niente di ingenuo nella sua domanda.

"*Non ti* metterai in pericolo. Non lo permetterò".

"Ma se sarai lì con me, mi terrai al sicuro".

"*No*", ripeté Gray, infilando la testa nel suo petto, non riuscendo più a guardare nei suoi bellissimi occhi. "Proprio no".

Lei non disse nient'altro, e alla fine lui la sentì indebolirsi tra le sue braccia. Non importava che non fosse ancora mezzogiorno. Si era addormentata di colpo, probabilmente per cercare di bloccare un po' il dolore che provava per quello che stava accadendo alla sua amica.

Gray le scivolò dalle braccia e si sostituì con un cuscino, aspettando che Allye si sistemasse prima di uscire dalla stanza e tornare nel suo ufficio. Aveva bisogno di andare online e fare tutto ciò che doveva fare per trovare Nightingale e porre fine a tutto questo. Prima che Allye insistesse per essere coinvolta.

———

Nightingale sorrise mentre la scorta che aveva pagato diecimila dollari entrava nella stanza, trascinando una donna sulla schiena. Pagava sempre la sua gente molto di più rispetto alla "concorrenza". Scoprì che sborsare dei bei soldi a coloro che rapivano le donne - e agli uomini che riscuotevano i pagamenti dagli altri e che scortavano i suoi animali domestici speciali – risultava in un comportamento più attento e leale da parte dei suoi dipendenti.

Il servizio fornito non era economico. C'erano molti rischi nel traffico di esseri umani e in genere più la donna era difficile da ottenere, più alto era il compenso. Ma non aveva problemi a sborsare soldi a buoni accompagnatori e rapitori.

La donna trascinata nella stanza non assomigliava per niente alla sua Mistica, ma Nightingale sapeva di poterci lavorare. Disse al guardiano dello zoo di toglierle la benda intorno alla testa. Una volta tolta, questa sbatté le palpebre e strizzò gli occhi come se la luce le facesse male agli occhi. Era alta più o meno come la Mistica, ma i suoi capelli erano neri. I suoi occhi scuri sarebbero stati difficili da schiarire, ma lui ci aveva già pensato.

"Benvenuta, Melany", disse in modo quasi gentile.

La donna aveva un pezzo di nastro adesivo sulla bocca, quindi la sua risposta non fu chiara, ma sicuramente aveva risposto qualcosa di velenoso e per nulla piacevole.

Sapendo che doveva iniziare ad addomesticarla, anche se non avrebbe vissuto a lungo, Nightingale si avvicinò alla malcapitata stesa sul duro pavimento e le afferrò i capelli in cima alla testa. Lei respirava a fatica, i suoi occhi erano spalancati dalla paura. La strattonò leggermente, poi le inclinò la testa all'indietro fino a quando lei riuscì a respirare l'aria attraverso il naso.

"È questo il modo di salutare il tuo nuovo padrone?" le chiese. "Perché non ci provi di nuovo, e fai la brava, o dovrò mostrarti cosa ti procura questa disobbedienza? Benvenuta nella tua nuova casa, Melany".

Lei lo fissò attraverso i suoi occhi scuri e ordinari, e borbottò qualcosa attraverso il nastro.

Senza rimorsi e senza indugio, Nightingale le spinse la testa verso il basso, non curandosi del fatto che lei si scontrasse sul pavimento di cemento con un forte tonfo, le afferrò uno dei piedi con cui scalciava. Lei non indossava scarpe, come da sue istruzioni. Nightingale allungò la mano nella tasca posteriore ed estrasse un piccolo schiaccianoci. Posizionò l'alluce della donna al centro e lo strinse.

Il suono della rottura dell'osso risuonò forte nella stanza, ma l'urlo di Melanie, sebbene smorzato dal nastro, fu ancora più forte.

Nightingale lasciò cadere il piede, soddisfatto di aver chiarito il suo punto di vista. Dopotutto, i ballerini dovevano proteggere i loro piedi a tutti i costi. Il perfido uomo si accucciò di nuovo, vicino alla testa della donna.

"Benvenuta nella tua nuova casa, Melany", ripeté.

Sorrise quando il suo nuovo animaletto le disse docilmente un confuso "Grazie". Nightingale era disgustato dalle lacrime che le uscivano dagli occhi e dal moccio che le colava dal naso, ma almeno il suo atteggiamento era migliorato. La sua Mistica non si sarebbe mai svilita come quella sciacquetta. Si alzò, annuì alla scorta e fece un gesto affinché l'uomo lo seguisse.

Il guardiano dello zoo si fece avanti per prendere il controllo del nuovo animale domestico. Aveva ricevuto gli ordini su come strigliare la nuova arrivata. Aveva della candeggina per l'occhio destro e del colorante blu, anche i suoi capelli dovevano cambiare colore. La candeggina avrebbe funzionato anche per la ciocca di capelli, ma avrebbe dovuto essere mischiata con un po' di vernice bianca opaca, per raggiungere l'effetto desiderato da Nightingale.

Il guardiano dello zoo afferrò la zampa del nuovo animale domestico, quella con l'alluce rotto, e cominciò a trascinarla verso il suo nuovo alloggio mentre Nightingale e la scorta lasciarono la stanza, senza mai voltarsi.

CAPITOLO DODICI

I DUE GIORNI successivi furono tesi. Né Arrow né Black trovarono informazioni su dove si trovasse Melany e Rex non aveva scoperto chi fosse Nightingale.

Così Allye aveva trascorso due giorni terribilmente lunghi a preoccuparsi di ciò che stava accadendo alla sua amica e di ciò che stava passando. Sapeva, nel profondo, che la stavano torturando. Doveva essere così. Dopo aver sentito parlare di quello che era successo a Jessie, Allye sapeva che Melany stava probabilmente subendo lo stesso destino.

Più ci pensava, più si sentiva male. Era colpa sua. Non importava cosa Gray cercasse di dirle, era così. Quell'uomo orribile *la* voleva, e siccome non riusciva a prenderla, attaccava sistematicamente le sue amiche. Sapeva senza dubbio che avrebbe continuato a farlo. Chi sarebbe stata la prossima? Molly? La dolce, giovane ballerina che aveva appena iniziato? Bethany? La ragazza che non era così brava, ma che aveva così tanto entusiasmo che Robin non poteva fare a meno di farle avere delle parti in alcuni degli spettacoli secondari? Avrebbe preso alcuni dei ragazzi a cui insegnava, prima di iniziare a ballare a tempo pieno?

Tutto questo doveva finire, e Allye sapeva che era l'unica in grado di farlo finire. Se Rex non era ancora riuscito a trovare questo Nightingale, era improbabile che ci riuscisse senza un aiuto.

Il problema era Gray. Lui era irremovibile sul fatto che lei rimanesse esattamente dov'era. Con lui. A Colorado Springs. Aveva detto più volte che non c'era niente che lei potesse fare che lui e la sua squadra non stessero già facendo.

Ma lei non la pensava così.

Due giorni dopo che Melany era stata rapita, suonò il campanello. Allye non riusciva a muoversi dal suo posto sul divano. La televisione era accesa, ma non la guardava. Gray era andato nel suo ufficio in casa, come faceva quasi tutti i pomeriggi, ma lei non aveva idea di cosa ci facesse lì dentro.

Le cose erano tese tra loro, lei odiava questa situazione. Dormivano ancora ogni notte l'uno nelle braccia dell'altra, ma non avevano fatto l'amore da quando avevano scoperto del secondo rapimento.

Si girò mentre Gray camminava verso la porta d'ingresso per aprire. Quando Allye vide entrare Ro, Ball e Meat, si irrigidì ancora di più.

"Oh, merda", sussurrò mentre i quattro uomini si misero solennemente di fronte a lei.

Sapeva, ancora prima che parlassero, che avevano trovato Melany. Morta.

"Ditelo e basta", li implorò dolcemente, mentre gli uomini si sistemavano intorno a lei.

Gray si sedette accanto a lei e le prese una mano.

"L'hanno trovata nello stesso posto in cui è stata trovata Jessie. Golden Gate Park".

"È stata torturata?"

Gray annuì.

Allye strinse le labbra.

"Lenti a contatto? Ciocca bianca?"

"Niente lenti, questa volta. Sembra che abbiano cercato di usare la candeggina per schiarire l'occhio destro. Non ha funzionato. L'hanno accecata. I suoi capelli erano però tinti di marrone. La ciocca bianca è stata aggiunta".

"C'era un messaggio, come su Jessie?"

Gray esitò, per la prima volta, e Allye si preparò al peggio.

"Sì. *Quante altre? Torna indietro*".

Allye rabbrividì. A Melany era andata peggio, rispetto a Jessie.

"Questa volta c'è stato un testimone dello scarico del corpo", le disse Ball, come se questo potesse farla sentire meglio.

"E?", chiese lei. Allye sapeva che la sua voce era piatta e priva di emozioni, ma non riusciva ad esprimersi. Se lo avesse fatto, avrebbe perso la testa.

"E Black e Arrow stanno lavorando sul caso".

Il che significava che non avevano nulla. Se avesse saputo piangere, quello sarebbe stato il momento, ma non scese alcuna lacrima. Era come intorpidita. "E adesso che si fa?"

"Continuiamo a fare quello che possiamo per trovarlo. Tu continui a rimanere qui, al sicuro".

Allye voleva confutare le parole di Gray. Voleva urlare che non era giusto che altre donne fossero torturate e morissero a causa sua. Ma non lo fece. Rimase seduta. "Grazie per tutto quello che state facendo per cercare di aiutarmi", disse agli altri tre uomini. "Per me significa molto".

Si guardò le mani per non vedere le loro reazioni alle sue parole.

"Troveremo quel rotto in culo", disse Ro, la rabbia rese il suo accento più marcato del solito.

Allye annuì.

"Pagherà per quello che ha fatto", aggiunse Meat.

"Bene".

"Questo è quello che sappiamo", disse Ball, quando lei non disse altro.

"A cosa stai pensando, gattina?" Chiese Gray, alzandole il mento con il dito e girando la testa verso di lui.

"Ho un po' fame. Voi avete fame? Posso prepararvi qualcosa". Non aveva affatto fame, ma aveva bisogno di *fare* qualcosa. Qualcosa di diverso dallo stare seduta e preoccuparsi di chi sarebbe stata la prossima a cadere nelle mani del pazzo che la voleva.

"Sì, sarebbe fantastico. Magari dei panini?" Suggerì Gray.

Allye annuì e rimase in piedi. Camminava intorno a Gray, sentendo la sua mano scivolare sul suo fianco, mentre lei passava.

———

"Porca miseria", disse Ro, una volta che Allye aveva abbandonato la stanza. "Cosa vuol dire?"

Gray si era passato la mano tra i capelli, stancamente. "Vuol dire che Allye non ha reagito bene sentendo che un'altra delle sue amiche è morta per mano di questo stronzo. Cos'ha ottenuto Black dal testimone?"

"Non molto. Il testimone ha visto una berlina a quattro porte parcheggiata lungo una delle strade laterali vicino al parco, ha attirato la sua attenzione perché non c'erano letteralmente altre auto in giro, quello non è il posto più sicuro dove stare alle due del mattino", disse Ball.

"Cosa ci faceva lì il testimone?" Chiese Gray.

Ball sollevò le spalle. "Non lo so. Francamente, non mi interessa. Ma ha detto di aver visto un uomo, alto circa un metro e sessanta, che trascinava una grossa borsa. Poi, più tardi, quando l'uomo stava tornando in macchina prima di partire, non aveva più la borsa".

"Probabilmente era il corpo", osservò Ro.

"Ha preso il numero di targa?" Chiese Gray.

Ball scosse la testa. "Non che io sappia."

"Quindi, tutto completamente inutile", sbuffò Gray. "Cazzo, perché non possiamo prenderci una pausa?"

"Forse sì, forse no", replicò Ball. "Rex mi ha detto che c'era una specie di cartellino sullo specchietto della macchina. L'ha notato solo perché si rifletteva sul lampione vicino".

"Che cos'era?" Chiese Gray.

"Il testimone non poteva esserne certo, ma pensa di aver visto una specie di impronta di zampa", disse Ball al gruppo di uomini.

"Un'impronta di zampa? Che cosa significa?" chiese Ro.

"Uno zoo? Lo zoo di San Francisco o di Oakland ha dei pass come quello?" Chiese Gray.

"Non lo so, ma lo scoprirò", disse Meat con decisione.

"Forse è una specie di riserva privata di animali o qualcosa del genere", aggiunse Ro.

Meat annuì e si alzò in piedi. "Fatemi sapere se vi viene in mente qualcos'altro, o se sentite Rex. Ora vado a casa per vedere cosa riesco a scoprire".

"Sarà fatto", gli disse Ball. "Me ne vado anch'io".

"Vuoi rimanere a pranzo?" chiese Gray a Ro.

L'altro uomo scosse la testa. "No, penso che tu e Allye abbiate bisogno di un po' di tempo da soli".

Gray annuì. Non era contento che i suoi amici se ne andassero. La situazione tra lui e Allye era tesa, ultimamente. Voleva comunque fare il possibile per confortarla.

Accompagnò i suoi amici fuori e chiuse la porta. Quando si girò, Allye era lì in piedi.

"Se ne sono andati?"

"Sì, gattina."

"Non volevano mangiare?"

"No. Volevano vedere cos'altro potevano trovare".

"Oh."

La voce della donna era bassa e suonava incerta.

"Vieni qui", disse Gray, e le tese una mano. Lei gli si avvicinò ignorando la mano e abbracciandolo forte.

Gray sospirò, sollevato. Era bello tenerla così, tra le braccia. Non sapeva cosa avrebbe fatto senza quel contatto fisico. Senza di *lei*. Stringendola, la fece sedere sul divano.

Rimasero seduti, incollati per diversi minuti senza parlare. Poi Allye si tirò indietro e lo guardò negli occhi. "Fammi dimenticare", gli chiese dolcemente.

L'uccello di Gray si indurì all'istante, ma scosse la testa. "Non credo che..."

"Per favore, Gray. Sei l'unico che mi fa sentire al sicuro. Mi sento come se il mondo fosse impazzito, ma quando sei dentro di me, tutto svanisce, l'unica cosa a cui riesco a pensare, o a sentire, sei tu".

Lo stava torturando. Ma lui si sentiva esattamente allo stesso modo, quando affondava dentro di lei. Si alzò e le prese una mano. La portò in camera da letto e lentamente cominciò a spogliarla. La trattava come se fosse fragile, come un pezzo di vetro. Le tolse la camicetta e il reggiseno. Poi le sfilò i jeans, facendoglieli scivolare lungo le gambe. Con cautela, passò lentamente le mani sotto l'elastico delle sue mutandine fino a quando lei non rimase completamente nuda davanti a lui.

Poi lei fece lo stesso, sbottonandogli la camicia finché Gray non se la tolse. Gli sbottonò i jeans e si mise in ginocchio, mentre glieli allentava lentamente sui fianchi. L'uccello gli premeva contro gli slip, non appena Gray abbassò l'elastico la punta rimbalzò fuori, quasi a schiaffeggiare Allye. Ma lei, invece di abbassargli totalmente gli slip li lasciò lì, con nient'altro che l'uccello che sporgeva, le palle ancora incastrate nel cotone.

Gli avvolse la mano intorno all'uccello e, senza alcun preavviso, se lo ficcò in gola.

————

Allye non voleva tenerezza. Non voleva che Gray la trattasse come lei fosse stata una creatura fragile. Voleva *il suo* Gray. Il rude, prendo-quello-che-voglio Gray. Ma sapeva che non l'avrebbe ottenuto, se non avesse fatto lei la prima mossa. Se non lo avesse costretto a dimenticare l'ultima ora e quello che avevano scoperto.

Sapeva di averlo sorpreso quando gli aveva preso l'uccello in bocca. I fianchi di lui si muovevano a ritmo, e lei lo voleva portare al limite, non gli permise di rilassarsi. Usando la mano per masturbarlo, contemporaneamente, lo leccava e lo succhiava. Percepì il momento esatto in cui lui cedette.

La prese con forza sotto le ascelle e la gettò praticamente sul letto. Si liberò in fretta e furia degli slip e aprì il solito cassetto del comodino. Allye si leccò le labbra, intenta a giocare con sé stessa mentre lui si infilò un preservativo.

"Lo vuoi?" chiese lui, a bassa voce.

"Sì, Gray. Lo voglio", rispose lei.

"Faremo a modo mio", la avvertì Gray.

Lei annuì. Sapeva che il modo che intendeva lui era esattamente quello che voleva lei.

Gray si fece strada tra le gambe allargate di Allye, aprendole le cosce. Le spinse via la mano dal clitoride e prese il sopravvento con le sue dita sapienti.

"Ti piace succhiarmi il cazzo, gattina?"

Allye riuscì solo ad annuire, aprendo ancora di più le gambe per lasciare spazio a Gray. Sentì del bruciore all'interno delle cosce, ma lo accettava di buon grado. Il dolore fisico neutralizzava l'angoscia emotiva, ancora presente in lei.

Gray tastò la situazione, doveva essere sicuro che lei fosse pronta per lui. Gli piaceva il sesso animale, ma si era sempre assicurato che lei fosse bagnata e volenterosa prima di prenderla. Si ritenne soddisfatto.

Con una sola, forte spinta, entrò improvvisamente dentro di lei. Gemendo, Allye scagliò la testa all'indietro e chiuse gli occhi. La sensazione appena provata le fece dimenticare tutto, tranne che lui.

"No. Guardami, gattina", le ordinò Gray.

Allye non poté fare altro che obbedire. Alzò la testa e lo guardò negli occhi.

"Ecco, gattina. Fammi vedere questi bellissimi occhi. Cazzo, sei splendida, lo sai?"

Lei non riuscì a rispondere perché lui la stava fottendo con vigore, facendole prendere tutto di lui. Cacciando via i demoni che cercavano di risucchiarla.

Gray prese un cuscino e lo spinse sotto la testa di lei, in modo che fosse più facile per Allye tenere gli occhi su di lui. Mise una mano accanto alla spalla di lei e si chinò, osservandola con il suo sguardo penetrante.

Ogni spinta la muoveva sul letto, ma lei si sentiva bloccata dallo sguardo intenso di Gray. L'altra mano di lui si mosse tra loro, e le afferrò il clitoride tra il pollice e l'indice. Ogni volta che entrava in lei stringeva la presa tra le dita, quando si tirava indietro invece rilassava la presa sul suo fascio di nervi estremamente sensibile.

Tra il suo implacabile martellamento e il suo assalto al clitoride, lei fu sul punto di raggiungere l'orgasmo, era questione di secondi.

"Vieni, gattina?"

"Mmm-hmmm", mormorò lei senza riuscire ad articolare una sola parola.

"Non chiudere gli occhi", ordinò Gray. "Guardami mentre ti spingo oltre il limite".

Gray strinse le dita molto forte, se lei non fosse stata così eccitata le avrebbe fatto sicuramente male. Entrò del tutto in lei, massima profondità. Allye poteva sentirlo all'ingresso della sua cervice... E venne.

Strinse gli occhi in due fessure, ma non li chiuse completamente, sforzandosi di mantenere lo sguardo sull'uomo che ormai possedeva il suo cuore.

Non appena il respiro di lei rallentò, Gray si tirò indietro e si sedette sui suoi talloni. Poi la raggiunse di nuovo e la girò sulla pancia, afferrandole saldamente i fianchi, pronto ad entrare di nuovo.

"Mettiti giù e accoglimi di nuovo, gattina".

Allye fece immediatamente come lui le aveva ordinato, facendogli una lunga carezza prima che lui le dicesse "Allye", con un tono di profonda ammonizione. Lei si posizionò la punta del pene nel punto giusto e lui si spinse immediatamente dentro di lei. La tirò verso di sé, per farla sedere; lei si trovò su di lui, con le gambe spalancate contro quelle di lui.

Allye non poteva muoversi, e nemmeno lui per il modo in cui lei gli stava seduta sopra. Lei iniziò a contorcersi, voleva di più. Aveva bisogno di più.

Gray la teneva con un braccio, con l'altro andava di nuovo a visitare il clitoride. Lei riusciva a sentire quanto fosse bagnata. La sua eccitazione si spalmava sulle cosce, e su quelle di lui.

Gray la tenne stretta a sé per un po', accarezzandole il clitoride, pizzicandole i capezzoli e facendola dimenare. Il suo uccello pulsava dentro di lei, ma lei iniziò a lamentarsi.

Alla fine, arrivando quasi al limite (o forse avendo pietà di lei), Gray si sdraiò. Lei gli dava le spalle, cominciò a girarsi per cavalcarlo ma lui la bloccò. "Così, gattina. Prendimi esattamente così".

Non avevano mai provato quella posizione. Allye non si sentiva sicura. Gray la spinse sulla schiena, costringendola ad abbassarsi fino ad abbracciare gli stinchi di lui. Le diede un poderoso schiaffo sul culo, una volta, poi lo rifece di nuovo quando lei si bloccò.

"Cavalcami, Allye. Prendimi. Fammi venire".

Lei obbedì. Lui non le permetteva di stare sopra molto spesso; quando lei iniziò a cavalcare, si rese conto che lui la toccava in modo diverso. Forse per come lei era piegata, l'uccello strofinava in un punto diverso dal solito: era una sensazione incredibile!

In breve tempo, lei prese il ritmo e scopò Gray freneticamente, cercando di andare più veloce e allo stesso tempo di arrivare sempre più in profondità. Si sentiva frustrata perché sapeva di essere sul punto di venire, ma aveva bisogno di strofinarsi il clitoride per farlo. Ma non riusciva a toccarsi e a rimanere in equilibrio allo stesso tempo.

Come se avesse capito quest'esigenza, Gray disse: "Inginocchiati su di me. Toccati e io farò il resto del lavoro".

Fidandosi di lui, Allye obbedì di nuovo. Si sedette, dritta, facendo scivolare le ginocchia un po' in avanti. La posizione gli dava un po' di spazio per spingere e, cosa più importante, le permetteva di accedere facilmente al suo piccolo fascio di nervi all'apice delle cosce.

Gray le afferrò i fianchi con le mani e cominciò a fotterla, proprio come quando la prendeva da dietro. I suoi seni si agitavano su e giù ad ogni spinta e lei si strofinava freneticamente. Nel giro di pochi secondi urlò la sua liberazione, sarebbe crollata se Gray non l'avesse tenuta sopra di lui. Lui la prese senza pietà con un'altra dozzina di spinte, prima di esplodere e gemere. La tenne bloccata su lui per un po', prima di tirarle la parte superiore del corpo all'indietro.

Allye si lasciò cadere, sapendo che lui l'avrebbe presa. Alzò i fianchi spostandosi, non voleva certo spaccargli l'uccello, emise un flebile lamento quando il suo calore la lasciò. Lei lo raggiunse, si trovarono così l'uno di fronte all'altra. Gray si rimise dentro di lei. Era solo semi duro, ma le bastava che sospirasse di soddisfazione.

Tutto il suo inguine era bagnato, ma era così rilassato e sazio che non le importava.

"Cazzo, ti amo", ansimò Gray, più a sé stesso che a lei.

Ma lei lo sentì.

Dopo aver sentito le sue parole, Allye sapeva che tutto sarebbe andato bene. Con l'amore di Gray, potevano superare qualsiasi cosa. Erano una squadra. Nessuno schiavista-del-sesso-rapitore-assassino poteva mettersi in mezzo a loro. Assolutamente no. Non era possibile.

CAPITOLO TREDICI

"NON ANDRAI A SAN FRANCISCO", disse Gray una settimana dopo, con le braccia incrociate sul petto. "Non se ne parla. No. Non finché respiro".

"Gray", disse Allye, cercando di placarlo, ma lui non voleva lasciarsi convincere.

"Ho detto *di no*, Allye. Non ti lascerò tornare lì solo per essere rapita e uccisa, com'è successo alle tue amiche!".

"Ma è arrivato a Robin", disse Allye a bassa voce. "La mia maestra. La mia datrice di lavoro. La mia amica. So che se sarai con me, sarò al sicuro".

"No", disse Gray per la millesima volta.

"So che sei preoccupato per me, ma se ne parliamo con i ragazzi, penseranno a qualcosa che mi aiuterà a tenermi al sicuro".

"Ti ricordi quando ti ho raccontato cosa mi è successo, cosa mi ha fatto lasciare i SEAL?" Chiese Gray con tono severo. Allye non riconobbe questo Gray, ne fu spaventata.

"Sì, Gray, ma..."

"Di come sono dovuto restare seduto a guardare quei

bastardi che facevano del male a quelle donne, proprio davanti a me?"

"Sì", Allye insistette. "Ma questo non è..."

"Volevano che facessi qualcosa che non volevo fare. Dirgli qualcosa che non volevo dirgli. Loro facevano del male agli altri per ottenere questo risultato. *Questo è* quello che sta succedendo ora, Allye. Nightingale sta facendo la stessa identica cosa a te. Sta cercando di *usarli* per arrivare a *te*. Ma sai una cosa? A quei tempi, quando ero in quella cazzo di casa, sapevo fin dall'inizio che se avessi ceduto, e avessi detto a quegli stronzi quello che volevano sentirsi dire, avrebbero picchiato e stuprato quelle donne e mi avrebbero ucciso comunque. Volevano solo farmi soffrire. Tutto qui. È la stessa cosa che sta facendo quello stronzo di Nightingale. *Non* lascerà andare Robin se torni a San Francisco. La userà per farti soffrire. Probabilmente la torturerà davanti a te. Quindi non ha senso che tu torni indietro. Se lo fai, firmerai la tua condanna a morte".

"E se non lo faccio, firmerò quella di Robin", protestò Allye.

Quella mattina avevano saputo che Robin era scomparsa. La donna che non era stata nient'altro che solidale, comprensiva e simpatica con Allye. Aveva accettato il fatto che Allye rimanesse a Colorado Springs, per il momento. Ed era scomparsa.

Rex aveva chiamato e suggerito che forse sarebbe stato meglio se Allye fosse tornata a San Francisco. Forse, a quel punto, Nightingale si sarebbe trattenuto dall'uccidere Robin.

Allye aveva litigato con Gray, da quel momento.

Ormai si era fatto pomeriggio ed entrambi diventavano sempre più gelidi, via via che la loro discussione continuava.

"Morirà in ogni caso", disse Gray a denti stretti.

La sua voce era così insensibile che Allye provò dell'odio. Odiava le parole dure che uscivano dalla sua bocca.

"Pensavo che stessimo costruendo qualcosa di buono, qui", le disse Gray, gli occhi di lei si restrinsero.

"*Lo stiamo facendo*", insistette Allye.

"E tu sei disposta a buttare via tutto, a consegnarti a qualcuno che ti maltratterà, ti tratterà come una merda e alla fine ti ucciderà".

Le parole di Gray fecero venire la pelle d'oca sulle braccia di Allye.

"No."

"Se te ne vai, questo è quello che succederà. Stai dicendo che il nostro rapporto vale meno di questo stronzo. Che preferiresti morire piuttosto che fidarti di me per tenerti al sicuro".

"Gray!" disse Allye, strillando. "Stai rigirando le cose. *Non* è quello che sto dicendo. Solo perché voglio evitare che le mie amiche muoiano non significa che io non ti ami!" Le parole le sfuggirono di bocca. Non aveva intenzione di confessarsi così, nel bel mezzo di un enorme litigio, ma ormai era fatta. Per un attimo, si sentì contenta.

Lui sbuffò. "Mi ami? L'amore non è entrare in uno scontro a fuoco senza una pistola. L'amore non è essere stupidi, camminando tra le grinfie di un uomo che vuole schiavizzarti e possibilmente ucciderti. L'amore non è dire 'ti amo' e poi voltare le spalle a quell'amore". Le strinse le mani sulle spalle. "Se mi amassi, resteresti *qui*. Con me. Al sicuro."

Allye deglutì rumorosamente. Non aveva mai pensato che Gray fosse un uomo egoista. Dopo tutto quello che aveva fatto per lei, il pericolo in cui si era trovato quando era salito a bordo di quella barca. Dopo aver sentito delle altre missioni in cui era stato coinvolto. Lei non aveva mai pensato che fosse un egoista. Ma sentirlo liquidare così facilmente la vita degli altri... Di Robin, delle altre ragazze... Le faceva male al cuore. Sapeva che Gray aveva passato qualcosa di terribile, ma non era la stessa cosa che stava facendo Nightingale. La differenza era che Gray non *conosceva* le donne che erano state torturate davanti a lui.

"Continuerà a rapire, torturare e uccidere altre persone se non me ne vado", disse lei, implorante. "Ti sto chiedendo...No, ti sto *implorando*, Gray. Se provi qualcosa per me, vieni con me. Aiutami a tenermi al sicuro mentre cerchiamo di capire come intrappolare questo tizio. Non sono molto entusiasta di fare da esca, ma sono disposta a farlo se questo fermerà gli omicidi. Se sei con me, so che posso farcela senza essere spaventata a morte".

"Non posso", disse Gray, sconfitto, lasciando cadere le mani.

Lui si allontanò da lei e il cuore di Allye si spezzò.

"Non posso essere messo nella stessa situazione in cui mi trovavo quando ero un SEAL. Come pensi che mi sentirei se non potessi fare nulla se *tu fossi* torturata davanti a me? Ci hai pensato? Non posso passarci di nuovo. Non lo farò. Nemmeno per te."

"Ma non saremo solo io e te. Ci saranno anche gli altri ragazzi. Possiamo lavorare insieme per fermarlo", supplicò Allye. Non poteva lasciar perdere. Non poteva lasciare che questa fosse la loro fine.

"Non puoi garantirlo", disse Gray a bassa voce.

"Non potete garantire che domani non sarò investita da un'auto o che non avrò un infarto improvviso. *La vita* non è garantita, Gray. Dobbiamo vivere la vita che ci viene data, al massimo. Se non facessi nulla, rimanessi qui e lasciassi morire sempre più persone, che vita avrei?"

"Almeno saresti viva, per dirlo", rispose.

Allye fissò l'uomo che amava con tutto il cuore. Non avrebbe cambiato idea.

Aveva il terrore di tornare in California, ma sarebbe stata più forte con lui al suo fianco. Lui l'avrebbe protetta, guidata, le avrebbe dato consigli su ciò che avrebbe dovuto e non dovuto fare. Era lui l'esperto, non lei. Ma la stava deludendo, in quel momento. Quando le cose si facevano difficili, voleva che lei si nascondesse e pensasse solo a sé stessa. Ma lei non ci riusciva.

Non la conosceva così bene, forse. A lei non andava bene stare al sicuro e lasciare morire persone innocenti.

Nonostante sapesse che risposta che avrebbe ottenuto, Allye ci provò per l'ultima volta. "Per favore, vieni con me Gray. Sii al mio fianco, come lo sei stato quasi da quando tutto questo è cominciato. Aiutami a nuotare le ultime dieci miglia fino a riva. Posso farlo, se sei con me. Senza di te, finirò per essere mangiata dagli squali".

"No", disse lui stancamente. "Non voglio avere niente a che fare con te che ti offri su un piatto d'argento a quello stronzo. Se te ne vai, sei da sola. Sinceramente pensavo che tu fossi la donna con cui avrei passato il resto della mia vita. Sai perché ho questa casa enorme? Perché voglio dei figli. Tanti. Per la prima volta ho pensato di aver trovato la donna che volevo, che mi avrebbe dato quei bambini. Ma se sei disposta a rinunciare al nostro futuro, ai nostri figli, non sei la donna che pensavo".

Si fissarono a lungo.

Allye sentiva le lacrime nascere, da qualche parte nascosta. Da un luogo che aveva sepolto così profondamente che non pensava che sarebbe mai più tornato alla luce.

I suoi occhi si inumidirono, si aprirono i rubinetti. Non distolse mai lo sguardo da quello di Gray. Le lacrime scorrevano come un torrente. Le gocciolavano dalle guance sul pavimento, ma nessuno dei due si muoveva.

Non volle chiedere di nuovo o implorare. Lui le aveva spezzato il cuore e non sarebbe stato più lo stesso. Parlare di bambini era stato un colpo decisamente basso. Lui sapeva cosa ne pensasse Allye. Ne avevano parlato, una sera. Di come lei avesse paura di avere figli perché non aveva mai avuto un buon modello di madre.

L'aveva rassicurata sul fatto che sarebbe stata una madre meravigliosa. Che era fantastica con i bambini della scuola di danza. Tutti le volevano bene. Aveva persino detto che le sue esperienze di crescita le avrebbero ricordato cosa *non* fare con i propri figli e che l'avrebbero resa una madre migliore.

Ora il sogno di avere dei figli era appassito e moriva con le sue parole.

Gray la fissò, con il viso impassibile, prima di voltarsi e di dirigersi verso il garage.

Allye sentì la sua auto mettersi in moto, la porta del garage chiudersi.

Se n'era andato.

Allye continuò a piangere. Vent'anni di emozioni represse le sgorgavano dagli occhi. Anche mentre si girava e afferrava il cellulare, le lacrime cadevano.

Scrisse all'unica persona che sapeva l'avrebbe aiutata a porre fine agli omicidi una volta per tutte. Rex.

Gray non voleva aiutarla, ma sapeva che Rex l'avrebbe fatto. Voleva trovare e uccidere Nightingale, anche più del resto della squadra.

Sì, Rex e gli altri ragazzi l'avrebbero aiutata. Sarebbe stato tremendo farlo senza il supporto di Gray, ma lei non sentiva di avere altra scelta: doveva agire.

Non poteva restare lì, sapendo che stava firmando innumerevoli condanne a morte. Non poteva avere quel macigno sulla coscienza. Sapeva anche che Gray l'avrebbe odiata, se fosse andata via. Sapeva che non l'avrebbe perdonata facilmente. Anche se fosse sopravvissuta a qualsiasi cosa l'aspettasse a San Francisco, lei e Gray non sarebbero tornati insieme. Lui le aveva voltato le spalle e lei lo stava sfidando. Avevano chiuso.

———

Gray guidò senza meta per un bel po' di tempo prima di decidere di prendere la strada tortuosa fino a Pikes Peak. Non ci andava da anni e quel momento sembrava l'ideale. Mentre la strada si contorceva e curvava verso l'alto, pensò ad Allye.

Forse si era mosso troppo in fretta con lei. Sicuramente era stato attratto da lei fin dall'inizio, ma la lussuria non era una buona base per un rapporto di coppia, ovviamente.

Non l'aveva sentito quando le aveva detto cosa fosse successo quel giorno in Afghanistan? O come si fosse sentito? Non aveva capito la sua sofferenza di essere impotente, vedere donne torturate e maltrattate davanti a lui?

Rifiutando di permetterle di tornare in California, la stava salvando dal provare la stessa angoscia. Magari in quel momento era sconvolta, ma Allye avrebbe capito che lui aveva ragione. Doveva capirlo.

Parcheggiò la macchina e scese, stupito di quanto l'aria sembrasse rarefatta a quattromila metri. Evitò il piccolo negozio di souvenir e il ristorante, dirigendosi verso i massi laterali. Si sedette circa tre metri sotto l'unico edificio della montagna e guardò la città di Colorado Springs.

Era una bella giornata. C'erano grandi nuvole bianche e soffici che fluttuavano pigramente, il cielo era di un blu brillante. Era il tipo di giornata che ti rendeva felice di essere vivo. Gray avrebbe preferito un cielo nuvoloso e piovoso; si adattava meglio al suo umore.

Guardò il suo orologio. Era stato via per un paio d'ore. Sapeva che probabilmente sarebbe dovuto tornare, ma non riusciva ancora a muoversi. Non voleva litigare con Allye. Voleva solo tenerla al sicuro. Tornare in California *non* era assolutamente sicuro, per lei.

Gray era così perso nei suoi pensieri che né sentì né vide

un bambino avvicinarsi, fino a quando questi non si sedette accanto a lui.

"Ciao", gli disse.

"Ehi", rispose Gray.

"Cosa stai facendo?"

"Sto solo pensando."

"Mhmm. Non è una figata?" chiese il ragazzino, usando il braccio per indicare la vista davanti a lui.

"Lo è, di sicuro."

"La mia casa è laggiù", disse il ragazzino, indicando il sud. "Ci siamo trasferiti qui due anni fa. Prima di vivere qui, eravamo in Georgia, a Washington e in California. Lì non nevicava molto, ma qui sì. Mi piaceva molto sciare quando vivevamo a Washington, ma abbiamo dovuto guidare molto lontano per farlo, e ha piovuto molto. Intendo dire *molto*. È la prima volta che vieni qui? È strano come sia difficile respirare, eh? Mia madre dice che è perché siamo *molto* in alto. Hai avuto il mal d'auto mentre venivi quassù? La strada era così tortuosa che quasi vomitavo, ma la mamma mi ha fatto abbassare il finestrino e prendere un po' d'aria fresca, e mi sono sentito meglio. Soffri il mal d'auto? Mio fratello la soffre sempre. È per questo che oggi non è qui. Avrebbe sicuramente vomitato se fosse stato in macchina. Che schifo!"

Gray sorrise al bimbo che blaterava e annuì distrattamente. Questi continuò a parlare della sua insegnante, della sua scuola, di come pensasse che fosse ingiusto che il fratello maggiore avesse ottenuto la stanza più grande, e di come, dopo aver lasciato la cima del Pikes Peak, sua madre lo avrebbe portato a prendere un gelato.

"Allora...Dove sono i tuoi genitori?" chiese Gray al bambino, quando questi era impegnato a preso fiato. Non aveva dubbi che il ragazzino potesse blaterare all'infinito, ma non era proprio dell'umore giusto e pensava di essere stato educato abbastanza a lungo.

"Mamma è a fare la spesa. Adora fare shopping. Non importa dove andiamo, mio padre dice che potrebbe trovare sempre un posto dove spendere soldi. Mio padre è nell'esercito. Al momento è oltreoceano a fare il coraggioso".

"Lo è, eh?"

"Sì, ma non voleva andare. Ho sentito lui e mia madre litigare la sera prima che partisse. Neanche lei voleva che se ne andasse. Diceva che aveva paura che lui morisse e ci lasciasse soli".

"Che cosa le ha risposto?" Chiese Gray, interessato, suo malgrado.

"Ha detto che anche lui era un po' spaventato. Ma che servire il suo Paese era più importante di tutto. Che non avrebbe mai voluto lasciarci, ma che se fosse successo qualcosa, sapeva che saremmo stati bene. La mamma gli ha chiesto come facesse a saperlo, lui le ha risposto che lo sapeva perché aveva sposato la donna più straordinaria del pianeta, e che se la situazione si fosse messa male, si sarebbe fidato di lei per fare la cosa giusta".

Gray si bloccò, fissando il ragazzino, che guardava ancora il panorama. Continuò a parlare.

"Mamma piangeva, e papà l'ha abbracciata e le ha detto di non piangere, che piangeva raramente e che non avrebbe dovuto sprecare le sue lacrime per lui. Poi hanno iniziato a baciarsi, il che è stato disgustoso, così sono tornata in camera mia. Quando sarò grande, anch'io voglio entrare nell'esercito. Voglio servire il mio Paese proprio come mio padre". Allora guardò Gray. "Eri nell'esercito?"

Gray scosse la testa. "Nella marina", disse.

"Oh, mio padre dice che i marinai non sono coraggiosi come i soldati perché stanno fuori sulle loro barche mentre i *veri* combattimenti sono sulla terraferma".

Gray avrebbe potuto metterlo in riga in due secondi, ma stava ancora pensando alle sue parole precedenti.

Una donna chiamò il ragazzino, così si alzò in piedi. "È stato un piacere conoscerla, signore".

"Anche per me", gli disse Gray in modo assente, senza girarsi a guardare il giovane interlocutore mentre si arrampicava sulle rocce, diretto verso sua madre.

Gray ripensò alla sua discussione con Allye di quella mattina. Allora non era penetrato attraverso la sua rabbia, ma in quel momento sì.

Allye aveva pianto. Lui l'*aveva* fatta piangere.

Lei non aveva versato una sola lacrima quando erano stati in mezzo all'oceano. Non aveva pianto quando aveva sentito parlare di Jessie o Melany. Non aveva nemmeno pianto quando aveva scoperto che Robin era stata rapita. Gli aveva *detto a* chiare lettere che non piangeva da quando era piccola. Che si era resa conto che non serviva a niente e che non importava a nessuno.

Ma l'*aveva* fatta piangere.

La vedeva ancora in piedi, davanti a lui, con i rivoli di lacrime che le scorrevano lungo le guance e le gocciolavano dal mento.

Gray si strofinò una mano sul viso, cercando di allontanare l'immagine dalla sua mente, senza riuscirci.

Come aveva potuto chiedergli di lasciarla tornare in California, e di andare con lei? Non sarebbe stato in grado di andare avanti se le fosse successo qualcosa. Soprattutto sapendo che razza di sadico stronzo fosse Nightingale.

Come poteva andarsene sapendo che stava mettendo in pericolo la sua vita, di proposito?

Ma come avrebbe potuto non farlo?

Gray sospirò. Il punto era che quello non era l'Afghanistan. Non era una di quelle donne senza nome che erano state usate per spezzarlo. Era Allye. Tosta, intelligente, resistente. L'aveva detto diverse volte: se lui fosse stato lì con lei, sarebbero stati più forti come squadra. Proprio come quando erano nell'oceano.

Sapendo che avrebbe dovuto fare la cosa più difficile che avesse mai fatto in vita sua, ovvero guardare la donna che amava mettere in pericolo sé stessa - Gray si alzò. Non ne era felice, ma era la decisione giusta. Non poteva più stare seduto e permettere che i suoi amici venissero feriti e uccisi.

Allye poteva dirigersi verso la tana del leone, ma lui voleva essere lì con lei. Lui e il resto della squadra avrebbero escogitato qualcosa per poterla tenere d'occhio, ovunque andasse.

Se Nightingale avesse messo le grinfie su di lei, avvenimento abbastanza probabile, potevano seguirlo e arrivare a lei prima che le facesse qualcosa. Il che, lui sapeva, era quello che Allye aveva proposto fin dall'inizio. Non era stupida. Tutt'altro.

Mentre tornava di corsa alla sua auto per fare il lungo viaggio di ritorno giù per la montagna, Gray pensò all'argomento da un punto di vista diverso. E se fosse stato uno dei ragazzi, a sparire? Ro, Black o Ball? Il resto della squadra sarebbe forse rimasto seduto a far nulla, se la minaccia di un'azione avesse aumentato il rischio che il loro amico venisse torturato? Si sarebbe rifiutato di andare per paura di ricordare quell'incidente di tanto tempo fa? Certo che no. Non avrebbe lasciato morire uno di loro per stare al sicuro.

Ma questo è esattamente ciò che aveva chiesto ad Allye di fare. Non era giusto.

Prese il telefono per chiamarla, per scusarsi e per dirle che aveva cambiato idea e che avrebbero parlato quando sarebbe tornato a casa, ma il telefono di lei era spento. Imprecando, accese l'Audi e andò verso l'uscita. Una volta a casa, avrebbe strisciato per chiederle perdono.

Avrebbe dovuto rinsavire vedendo le lacrime di Allye. Avrebbe dovuto sapere che non era una cosa che aveva proposto leggerezza. Aveva fatto una cazzata. Enorme. Doveva rimediare. Sperava solo che Allye lo perdonasse.

———

Allye si mordeva il labbro mentre sedeva rigida nel suo sedile di jet privato. Aveva scritto a Rex il secondo in cui Gray era partito, nel giro di venti minuti Ro era alla sua porta, pronto a portarla all'aeroporto. Ball e Meat erano lì, erano decollati quasi immediatamente.

Era spaventata a morte all'idea di tornare a San Francisco, ma doveva andarsene.

"Notizie di Robin?" chiese a Meat.

"Non ancora".

"Sei sicuro di volerlo fare, tesoro?" Le chiese Ro.

Allye annuì, poi replicò: "Sì...Rex mi ha promesso che, qualunque cosa fosse successa, voi mi avreste coperto le spalle".

"Questo è vero", disse Ball. "Gray avrà anche la testa nel culo, ma noi non ti lasceremo di certo da sola".

"Questa situazione è troppo simile a quella che gli è capitata", disse Allye, difendendo Gray anche se questi le aveva spezzato il cuore. "Non lo biasimo per non voler venire".

"Beh, io sì", si lamentò Ro. "Dannato segaiolo."

Il portatile di Meat fece un suono, segnalando una e-mail in arrivo. Diede una rapida lettura, poi Meat alzò lo sguardo su Allye. "Ok, ecco come stanno le cose. Rex ha parlato con qualcuno, in California, che ci raggiungerà quando atterreremo. Ti metterà un dispositivo di localizzazione proprio sotto la pelle. Quindi, non importa dove andrai, noi ti troveremo".

Allye lo fissò nella confusione. "Come un microchip in un cane?"

Meat annuì. "Più o meno".

"Sul serio?" Chiese Allye.

"Sì. Rex voleva darti un localizzatore esterno. Ha un amico che ha portato con sé diverse donne, non si sa mai, ma hanno avuto qualche problema perché sono rimovibili. Se Nightingale ti spoglia completamente, ti toglie anche i gioielli, allora non funzionerà. Quindi la cosa migliore è renderti rintracciabile in un modo che non può essere rimosso o disattivato. A meno che non ti tagli un pezzo di pelle, o qualcosa del genere".

Allye fece una smorfia, Ball diede immediatamente un colpo sulla nuca di Meat.

"Ahi! Perché?" Chiese Meat, sfregandosi il retro della testa.

"Non credo che Allye avesse bisogno di sentire quel dettaglio", disse Ball, indicando Allye con un cenno della testa.

"Va tutto bene", disse lei velocemente, ingoiando la bile che le era salita in gola. "Voglio dire, è un bene che io sappia cosa *potrebbe* succedere, no?"

"Non succederà, tesoro", disse Ro, con tono calmo. "Qual è il piano?" chiese a Meat.

"Oh, beh, Black e Arrow ci raggiungeranno all'aereo con il ragazzo. Il chip è ancora in fase di prova, lui ha accettato di farcelo usare pur di poterci aiutare a monitorare i dati. Rex ha pensato che sarebbe meglio inserirlo nella parte posteriore della coscia. Non dovrebbe essere ovvio lì, non è un posto dove Nightingale penserebbe di guardare. Ha un trasmettitore GPS, così possiamo rintracciarla usando un dispositivo portatile. In effetti, credo che Rex stia cercando di procurarcene un po'. Pensateci. Se succedesse qualcosa, come quello che è successo ad Allye e a Gray, potremmo andare dritti da loro in mezzo all'oceano".

Mentre Meat continuava ad esaltare le virtù del localizzatore GPS interno, Allye si sentiva sempre più nervosa. Guardò fuori dalla finestra e cercò di controllare il tremolio delle mani. Non sapeva ancora quale fosse il piano, oltre a farsi iniettare un microchip come se fosse davvero un animale, ma non poteva lamentarsi. La faceva sentire meglio sapere che sarebbero stati in grado di trovarla praticamente ovunque.

Avrebbe voluto che Gray fosse lì con lei. Tutto questo sarebbe stato più facile, con lui al suo fianco. Probabilmente avrebbe fatto una specie di battuta sul localizzatore e l'avrebbe fatta ridere. Ma nessuno dei due stava ridendo, in quel momento.

Senza trattenersi, le cadde una lacrima dall'occhio. Poi un'altra. Prima ancora di rendersene conto, piangeva di nuovo. Che andassero tutti all'inferno.

———

"Allye?" Chiamò Gray, finalmente tornato a casa due ore dopo. Era pieno pomeriggio e la casa era stranamente silenziosa. "Allye?" chiamò di nuovo, accendendo qualche luce. Lei non era né in cucina né in salotto. Salì le scale fino al secondo piano, due gradini alla volta. Aveva bisogno di trovarla, per scusarsi e spiegare dove aveva la testa.

Aprì lentamente la porta della camera da letto principale, nel caso in cui lei stesse dormendo... Fissò il letto vuoto.

Quel mattino le lenzuola erano ancora scompigliate dal loro fare l'amore, e vederle gli fece male il cuore.

Dopo aver guardando la stanza vuota, Gray si recò nella stanza degli ospiti in cui lei aveva quasi dormito quella prima notte. Se fosse stata arrabbiata con lui, probabilmente avrebbe dormito lì dentro.

Aprì la porta e vide che anche quella era vuota.

Sbatté le palpebre e si voltò in cerchio. Lei non c'era. Dove diavolo era?

Gray tornò nella camera da letto principale e diede un'occhiata allo spazio. Non era sicuro di cosa stesse cercando. Qualche indizio su dove potesse essere andata, forse. Guardò nell'armadio e imprecò a lungo quando si rese conto che la sua valigia era sparita. Aprendo i cassetti del comò, vide che anche i suoi vestiti erano spariti.

"No, no, no", mormorò mentre prendeva il telefono. Compose il suo numero, e subito partì la segreteria telefonica. Le lasciò un messaggio veloce. "Gattina, sono io. Per favore, richiamami appena senti questo messaggio. Mi dispiace. Sono stato uno stronzo. Lascia che ti spieghi. Ti amo."

Appena cliccato il pulsante per riagganciare, Gray compose il numero del suo capo.

"Sono Rex".

"Rex, sono Gray. Allye è scomparsa".

"Non è scomparsa", disse Rex, con calma.

Un brivido corse lungo la colonna vertebrale di Gray. "Cosa vuoi dire?"

"Mi ha chiamato ore fa. Ha detto che voleva tornare in California e ha chiesto il mio aiuto. Le ho chiesto dov'eri e lei ha detto che te ne eri andato. Che non volevi andare con lei".

"Cazzo! Che cosa hai fatto?" Abbaiò Gray.

"Esattamente quello che mi ha chiesto. L'ho aiutata".

"Che Dio mi aiuti, Rex ...Dov'è?"

"San Francisco".

"Come hai potuto farle questo?" Gridò Gray. "Sai bene quanto me che Nightingale la prenderà non appena metterà piede in quella stupida città!"

"Lo so."

Gray digrignò i denti alla calma del suo capo. "Non ti importa?"

"Certo che mi importa" Ammise Rex. "Mi importava anche delle due donne che aveva già ucciso. Mi importa delle altre centinaia di donne che ha sicuramente rapito e ucciso in passato e lo farà in futuro, se non verrà fermato".

"Allye è *mia*. Non ne avevi il diritto!" Disse Gray, furioso.

"È qui che ti sbagli. Ne avevo tutti i diritti, perché le *hai voltato* le spalle. Inoltre, Allye non appartiene a nessuno. È una donna intelligente che si preoccupa degli altri. Ed è fottutamente coraggiosa. È spaventata, ma lo sta facendo comunque. Sai perché?" Rex non attese la risposta di Gray. "Perché si fida di me e dei tuoi amici, per tenerla al sicuro. Non è stupida. Sa benissimo che probabilmente quel mostro la prenderà, ma lei conta su di noi per venire a cercarla, quando accadrà l'inevitabile".

Il cuore di Gray sentì dolore. Crollò sul materasso, l'odore di Allye si diffuse dalle lenzuola fino al suo naso.

"So perché le hai detto le cose che le hai detto", continuò Rex, abbassando un po' la voce.

"Te l'ha detto lei?"

"No. Non c'è modo che quella donna dica una sola cosa brutta su di te, non importa quanto tu l'abbia ferita. Lei ti ama troppo. Ha solo detto che a causa di quello che ti è successo in passato, non potevi andare con lei a San Francisco, e che lei ha capito. Ma io so dell'Afghanistan, quindi so esattamente qual è stato il tuo litigio con Allye. Però Gray, non è la stessa situazione. Neanche lontanamente".

Lo sapeva. Era giunto alla sua stessa conclusione sulla cima di Pikes Peak. "Lo so, Rex. Sono tornato a casa per dirlo ad Allye".

"Ha bisogno di te", disse Rex, sempre calmo "È coraggiosa come chiunque altro abbia mai conosciuto, ma è ancora spaventata a morte. Avere te lì la aiuterebbe a calmarsi, a pensare più chiaramente".

Gray sospirò. "Qual è il piano?"

Con quelle poche parole, Gray si era fatto coinvolgere. Non poteva più stare seduto a casa ad aspettare di scoprire cosa stesse succedendo in California. Aveva bisogno di andare lì. In quel momento. Aveva bisogno di far parte di tutto ciò che stava per accadere ad Allye, per poter fare tutto il necessario per riportarla a casa, in Colorado, in modo sicuro.

———

Nightingale sorrise alla donna più anziana davanti a lui. Non era il suo bersaglio originale - preferiva di gran lunga le donne più giovani e più belle - ma questa qui gli era praticamente finita tra le grinfie.

Lei tremava di paura, e lui amava ogni secondo della sua angoscia. Allungò la mano e le strappò la fascia di stoffa che le avvolgeva la testa e gli occhi, volendo che vedesse chi era il suo nuovo padrone. Voleva vedere nei suoi occhi la consapevolezza che avrebbe vissuto o sarebbe morta in base a ciò che *lui* voleva.

L'uomo congedò la scorta con un gesto del polso. Far travestire i suoi accompagnatori da tassisti era stato un colpo di genio. Una volta che le donne salivano nei taxi personalizzati, non avevano più alcuna via di fuga. Era molto meno rischioso che toglierle dalla strada, come avevano fatto in precedenza. L'idea gli era venuta mentre guardava una sera un telefilm poliziesco. Incredibile quante cose si possano imparare guardando la televisione.

Nightingale girò intorno al suo ultimo acquisto con un'espressione seria. Si stava divertendo un mondo, ma i suoi animali sembravano obbedirgli meglio quando aveva un aspetto cattivo e non sorrideva.

"Dov'è la Mistica?"

"Chi?" chiese la donna, dalla voce tremante. L'aveva ammanettata in una delle gabbie vuote - una delle gemelle non ce l'aveva fatta a superare la punizione della sera precedente, così c'era una stanza libera. La donna era bloccata con le mani ammanettate a una trave sopra la testa e le caviglie incatenate a catene che sporgevano da entrambi i lati del muro.

Non l'aveva ancora spogliata...Lo teneva in serbo per dopo. Gli piaceva vedere aumentare il terrore dei suoi animali domestici, più a lungo stavano con lui.

"Allyson la Mistica". Nightingale parlò come se lei fosse un idiota.

"Non lo so. Se n'è andata, si è presa un congedo e non è più tornata".

Nightingale si avvicinò pericolosamente a Robin, mettendole una mano intorno al collo e sollevandole il mento per fissarla da vicino.

"La voglio", le disse in modo uniforme. "E se non la prendo, tu ne pagherai il prezzo. Quindi, più mi parli di lei, più trascorrerà piacevolmente il tuo tempo qui. Capito?"

Amava guardare le pupille dilatarsi per la paura. Non vedeva l'ora di vedere gli occhi della Mistica, nel fare la stessa cosa. Un occhio blu e uno marrone, le iridi quasi scompaiono quando le pupille si dilatano. Non gli interessava far apparire questa donna come la sua Mistica, era troppo vecchia per passare per lei, anche al buio. Ma poteva comunque divertirsi. Anche lei era una ballerina, forse avrebbe visto quanto era flessibile. Decise di cominciare con le spaccate. Ogni ballerina degna di lei poteva fare la spaccata, no?

Nightingale lasciò la presa al collo e si portò fino alla caviglia destra della donna, attaccata ad una catena al muro. Aveva una manovella a portata di mano, e sorrise a sé stesso mentre la girava lentamente.

Cancellando il sorriso dal suo volto, Nightingale si voltò verso il suo nuovo animale domestico. "Sai fare le spaccate?"

"C-Che cosa?" chiese lei, gli occhi enormi nel suo viso rugoso.

"Le spaccate. Quanto sei flessibile?" Girò la manovella, il piede della donna scivolò di altri tre centimetri. Nightingale vide il momento in cui Robin si rese conto di quello che stava per succedere. Il sangue sembrava esserle sparito dal viso, lasciandole una bella tonalità di bianco.

"Per favore, non farlo! Farò tutto quello che vuoi".

"Voglio la Mistica".

"Non so dove sia", gridò la donna, mentre il tremendo Nightingale faceva fare alla manovella un'altra rotazione completa.

"Allora immagino che oggi farai la spaccata, vero?" Disse lui. "Più mi dici quello che voglio sapere, meglio starai".

La donna iniziò a piangere, allora, cercando di girare i fianchi in modo che fosse rivolta verso la direzione in cui la sua gamba veniva tirata, ma non importava come si muovesse - nulla fermava l'implacabile allungamento della gamba.

Nightingale adorava questa parte. Amava sentire le urla di dolore delle sue vittime. Amava sapere di essere responsabile di tutto ciò che accadeva loro. Girò di nuovo la manovella, incapace di smettere di sorridere mentre lei urlava. Non era ancora nemmeno vicina a fare la spaccata. Che divertimento!

"Signore?", chiamò una voce dall'altoparlante nell'angolo.

Nightingale assunse un'espressione scocciata. Non gli piaceva essere interrotto. "Cosa?" sbraitò.

"Ha chiesto di essere avvisato in caso di avvistamenti."

Nightingale era ancora furente. "E ne hai avuti?"

"Sì, signore. È appena entrata nel teatro".

Nightingale bloccò la catena, lasciando la donna in piedi con le gambe troppo distanti per essere a suo agio. Bene. Voleva lasciarla pensare a quello che sarebbe successo. Si avvicinò a lei e le diede uno schiaffetto sulla guancia. "Oggi è il tuo giorno fortunato. Sembra che la mia Mistica sia tornata a casa. Presto avrai compagnia".

"Allora mi lascerai andare?", chiese Robin, speranzosa.

Nightingale rise di gusto. "Lasciarti andare? Oh no, mi sei molto più utile qui. So che la mia Mistica ha il cuore d'oro.

Non vorrà vederti soffrire. Ma lo farai, se non obbedirà ad ogni mio comando. Qualsiasi cosa ti succeda, sappi che è colpa della tua preziosa ballerina protagonista".

La donna ricominciò a piagnucolare, supplicando di alzarsi in piedi dritta, supplicando di essere lasciata andare, ma Nightingale l'aveva già messa fuori gioco. Non la voleva. Non gli importava di lei. Aveva cose migliori, più importanti da fare. Aveva bisogno di portare a casa il suo speciale animale domestico. Era una cosa che doveva fare di persona. Era troppo preziosa per potersi fidare di qualcun altro.

Strofinando le mani, Nightingale lasciò l'enorme bunker sotterraneo e salì le scale.

Chiuse la porta alle sue spalle, sapendo che nessuno avrebbe mai immaginato che sotto il *Rifugio per Animali Esotici di San Rafael* ci fossero i suoi più grandi tesori.

CAPITOLO QUATTORDICI

ALLYE SAPEVA che stava respirando in modo troppo veloce, trasudando nervosismo, ma non poteva farci niente. Camminava più veloce del normale sul marciapiede verso il *Dance Theatre di San Francisco*. Arrivava direttamente dall'aeroporto, Ball l'aveva portata il più vicino possibile al teatro. Aveva dovuto lasciarla a un isolato di distanza a causa del traffico, però, e ogni volta che Allye incrociava un uomo, si chiedeva se fosse Nightingale.

I suoi capelli erano raccolti in una coda di cavallo, indossava un paio di jeans e una camicetta aderente. Portava la borsa e armeggiava con la cinghia, mentre camminava.

Sapeva che i ragazzi erano là fuori, a guardarla. Meat era nell'appartamento accanto al suo, la stava monitorando sul suo computer. Il contatto di Rex si era rivelato essere un veterinario; l'ironia della sorte sembrava non abbandonarla mai. L'uomo era salito a bordo e le aveva inserito il localizzatore nella parte posteriore della coscia.

Non le aveva fatto tanto male, non più di un normale colpo. Ma aveva visto di persona il piccolo punto sulla mappa che indicava che stava funzionando. Le prudeva la coscia, ma cercava di ignorarla.

Allye stava andando a teatro per vedere gli altri ballerini per la prima volta, dall'inizio dei rapimenti. Non sapeva quale sarebbe stata la sua accoglienza. Chissà se sapevano che i rapimenti erano collegati a lei, se l'avrebbero incolpata e odiata per questo, o se sarebbero stati contenti di vederla.

Fece un respiro profondo e aprì la porta. Attraversò l'atrio e la porta sul lato che diceva "Solo per i dipendenti". Continuò oltre le porte del camerino e andò dritta nella sala comune. Si prese un momento per calmarsi, prima di entrare.

Immediatamente, fu inghiottita da abbracci e da persone parlavano allo stesso tempo.

"Oh mio Dio, ragazza, bentornata!"

"Siamo così felici che tu sia qui".

"Hai sentito di Jessie e delle altre?"

"Non posso credere che sia scomparsa anche Robin, adesso".

Allye abbracciò tutti, rispose a tutte le loro domande sulla sua assenza, come meglio poteva, tralasciando il fatto che le loro amiche erano state rapite e uccise perché qualcuno era ossessionato da *lei*.

Ore dopo, era giunto il momento di andare. Avevano passato il pomeriggio a parlare di quello che stava succedendo. Era una specie di gigantesca seduta di consulenza, ma alla fine della giornata Allye non si sentì meglio. Tutti avevano formato una sorta di protocollo di difesa tra amici, gratificante da vedere. Nessuno andava da nessuna parte da solo. Tutti venivano a lavorare in coppia.

Allye sapeva che Ball, Arrow e gli altri la tenevano d'occhio, ma si sentì ancora più sicura nell'uscire con un giovane ballerino di nome Boyd, quando fu l'ora di andarsene. Lui viveva a un paio di isolati da lei ed era felice di condividere un taxi.

Allye non era ancora tornata nel suo appartamento, ma in realtà non vedeva l'ora. Non era molto, ma era il suo spazio. Si era abituata alla casa enorme di Gray e pensava che il suo monolocale sarebbe stato un po' claustrofobico, ma supponeva di doversi abituare.

Non aveva ancora deciso se poteva perdonare Gray. Pensava di aver conosciuto il tipo di uomo che era, ma ora non ne era più così sicura. Le aveva fatto del male. Ma anche se era ancora arrabbiata con lui, desiderava che lui stesse con lei. I sentimenti contrastanti non facevano che confonderla; si impose di non pensarci, in quel momento. Avrebbe preso una decisione dopo la morte di Nightingale. Sapeva senza dubbio che lui avrebbe fatto quella fine. Si sentì contenta, a quell'idea.

"È davvero bello riaverti con noi", le disse Boyd mentre uscivano dal teatro e salutavano gli altri ballerini. Alcuni erano diretti al BART, altri stavano tornando a casa a piedi. Lei e Boyd si diressero verso un taxi solitario, dopo averlo atteso sul marciapiede.

"Grazie", gli disse Allye.

Boyd si chinò quando l'autista abbassò il finestrino e gli chiese: "La strada tra Franklin e Washington a Nob Hill?".

"Certo", disse l'autista. "Nessun problema".

Allye non si preoccupò di studiare l'uomo, notò solo che era più vecchio di lei di un paio di decenni. Aveva dei capelli neri insignificanti e sembrava avere una leggera pancetta. Pensò che probabilmente fosse dovuto al fatto di stare seduto tutto il giorno a guidare un taxi. Difficile fare esercizio, quando si lavora in macchina.

Allye salì in macchina, seguita subito da Boyd.

"Giornata lunga?", chiese l'autista.

"Sì", disse Boyd. "Ma piacevole. La mia amica qui se n'era andata, oggi è il suo primo giorno di ritorno".

"Bentornata a casa", disse l'autista, guardandola attraverso lo specchietto retrovisore.

Il taxi aveva un divisorio di plastica tra il sedile posteriore e quello anteriore, probabilmente per proteggere il conducente da eventuali pazzi che trasportava. C'era una finestrella dalla porticina scorrevole attualmente aperta, che permetteva loro di parlare senza problemi.

"Grazie", disse Allye.

"Dove sei stata?"

"Era in Colorado", rispose Boyd al posto suo. Era sempre stato molto cordiale, ed era molto popolare tra gli avventori del teatro perché era sempre ottimista e allegro. "Ha incontrato *un tizio*", scherzò, sorridendo ad Allye.

Allye alzò gli occhi al cielo. "Stai zitto, Boyd".

L'autista si mise a ridere.

"Un uomo, eh? Le cose non hanno funzionato?" chiese poi.

Allye si mosse nel sedile, sentendosi a disagio. Non era mai stata una che parlava di sé con gli sconosciuti, e il dolore del suo litigio con Gray era ancora troppo forte. Scrollò le spalle.

"Sì, sradicare tutta la tua vita per qualcuno non è mai una buona idea. Raramente funziona".

Allye serrò le labbra, non voleva parlarne.

"Ma tu sei una cosina carina, quindi sono sicuro che troverai un altro fidanzato senza troppi problemi. Forse voi due uscite insieme" chiese il tassista, con gli occhi che sfrecciavano dalla strada fino allo specchio.

"Noi? No, diciamo di no", scherzò Boyd. "Mi piacciono i partner un po' più virili".

Allye sorrise a Boyd e cercò di ignorare l'autista. Riusciva a sentire i suoi occhi su di lei, attraverso lo specchio, mentre lei e Boyd non parlavano di nulla in particolare. Troppo presto, si fermarono davanti al complesso di appartamenti di Boyd.

"Passerò domani mattina, potremo andare al lavoro insieme", le disse Boyd. "Alle otto?"

Allye annuì. È fantastico. Grazie, Boyd. Lo apprezzo molto."

"Nessun problema", le disse. Tirò fuori un po' di soldi e glieli consegnò per pagare la sua parte di taxi. Poi si è chinò e le diede un bacio volante. "Ci vediamo domani, cara".

Chiuse la porta del taxi dietro di lui, Allye lo guardò mentre metteva il codice della porta dell'edificio ed entrava nel suo complesso.

"Dove andiamo?"

Allye sobbalzò, sorpresa, poi rise di sé stessa per essere così nervosa. "Sono solo a un paio di isolati di distanza, dall'altra parte del parco Lafayette. All'angolo tra Webster e la California".

"Siediti e rilassati, bella Mistica. Ti riporterò a casa in men che non si dica".

Lei annuì e si lasciò andare sul sedile, appoggiando la testa e chiudendo gli occhi. Era esausta. Sembrava che fosse passata un'eternità da quando aveva litigato con Gray, invece di quella mattina.

Sentiva che la macchina cominciava a muoversi e sospirò. Non aveva idea di cosa avesse da mangiare nel suo appartamento dopo tutte queste settimane, ma si sarebbe accontentata.

Allye stava pensando a cosa volesse per cena quando sentì uno strano suono. Aprì gli occhi e alzò la testa per vedere che l'autista aveva chiuso il divisorio di plastica tra i sedili.

La guardava di nuovo dallo specchio... Ma questa volta c'era qualcosa nei suoi occhi che non le piaceva.

Improvvisamente, si rese conto che lui l'aveva chiamata *Mistica*.

Come faceva a sapere il suo nome d'arte? Lei non gliel'aveva detto, e neanche Boyd.

Proprio allora, un rivolo di fumo si alzò dall'asse del pavimento.

Allye tossì e afferrò la maniglia della porta, tirandola: non accadde nulla, l'uomo continuò a guidare come se nulla fosse.

Allye picchiò sul divisorio di plastica, cercando di aprirlo, ma la maniglia della porticina era dall'altra parte. Il fumo stava riempiendo il sedile posteriore, si alzò la camicia per metterla sul naso e sulla bocca, ma non servì a nulla. Cominciò a sentirsi stordita e nauseata.

Riconoscendo gli edifici che stavano passando, sapeva che non erano più diretti verso il suo complesso di appartamenti. Andavano nella direzione sbagliata.

Ecco. Sapeva che era inevitabile che Nightingale la facesse catturare di nuovo, ma stupidamente non si aspettava che lo facesse così presto.

Provò ad abbassare il finestrino, ma anche questo era bloccato. Riusciva a malapena a vedere attraverso il fumo denso che avvolgeva il sedile posteriore, ma guardò verso l'alto nello specchio e vide l'uomo che la guardava ancora una volta. Era decisamente compiaciuto.

"Lascia che succeda, cara. Non opporti a me. Mi hai condotto ad un'allegra caccia, ma ora sei mia. Tutta mia", disse, mentre i suoi occhi sfrecciavano tra la strada davanti a lui e lo specchietto retrovisore.

Inorridita, Allye si rese conto che il tassista non era solo uno scagnozzo.

Era *lui*. Nightingale. Era andato a prenderla personalmente.

Il fumo cominciò ad insinuarsi ai lati degli occhi, Allye cadde sui cuscini del sedile, tossendo ancora e cercando di combattere qualsiasi droga avesse usato su di lei. Ma fu inutile.

Il suo ultimo pensiero prima di svenire fu quello di sperare che gli uomini di Rex la stessero davvero osservando, era in grossi guai.

CAPITOLO QUINDICI

GRAY CAMMINAVA AVANTI e indietro davanti all'aeroporto internazionale di San Francisco. Aveva dovuto volare con un aereo normale, dato che il jet privato e il pilota di Rex erano già partiti con il resto della squadra e Allye. Arrow doveva andare a prenderlo, ma aveva aspettato un'ora e non l'aveva ancora visto.

Ansioso di vedere Allye e di scusarsi con lei, soffrì quell'attesa. Peggio ancora, nessuno rispondeva ai suoi messaggi o alle sue telefonate – e questo lo preoccupava. Un bel po'. Soprattutto perché Meat rispondeva *sempre*. Era sempre incollato al cellulare, come se fosse un'altra appendice del suo corpo. Il fatto che non rispondeva significava che era successo qualcosa di grave.

Gray ebbe la spiacevole sensazione che avesse a che fare con Allye.

Dopo altri quindici minuti di attesa, il suo telefono finalmente squillò. Era Ro.

"Ro, grazie, cazzo. Dove siete, ragazzi?"

"L'ha presa", disse Ro, senza menare il can per l'aia. "La stavamo seguendo, ma poi non ci abbiamo capito più niente".

"Cosa?" Gray disse, indignato. "Come cazzo avete potuto permettergli di metterle le mani addosso? Pensavo che la steste vigilando!"

"Lo stavamo facendo!" Insistette Ro. "Arrow era in un taxi dietro a quello che ha preso con un altro ballerino. Ma a quanto pare il suo autista era pignolo nel seguire ogni singolo maledetto semaforo, e Arrow è rimasto troppo indietro rispetto al taxi di Allye. Black era fuori dal suo appartamento, fingendosi un senzatetto, ma ovviamente il taxi non si è mai fermato lì. Ball li seguiva con una macchina a noleggio, ma qualcuno è passato col rosso e l'ha colpito di lato".

"E tu, Ro? Dove cazzo eri?"

"Stavo aspettando fuori dal teatro. Dovevo riaccompagnarla al suo appartamento, ma all'ultimo minuto mi ha mandato un messaggio dicendomi che sarebbe andata con uno dei suoi colleghi, per cercare di nascondere il fatto che avesse una guardia del corpo".

"Dannazione!" Imprecò Gray, passandosi una mano tra i capelli in preda all'agitazione. "Stava facendo di tutto per *cercare di* farsi rapire?"

"Onestamente? No", rispose Ro, come se la domanda di Gray non fosse retorica. "Ci siamo guardati negli occhi prima di salire sul taxi, come per assicurarmi che tutto andasse bene. Non volevo fare una scenata fuori dal teatro...Ma ovviamente avrei dovuto trascinare il suo culo fuori da quel taxi e portarla a casa io stesso".

"Rex mi ha detto che ha un localizzatore, giusto?" Chiese Gray. "Perché non siete lì a prendervi cura di quello stronzo e a riprenderla?".

"Il maledetto segnale è scomparso", disse Ro. "Un attimo prima era lì, l'attimo dopo è sparito".

"Cazzo!" Sbraitò Gray, prendendo a calci l'edificio a cui stava accanto in preda alla frustrazione. Rex lo aveva informato sul

localizzatore che Allye aveva inserito nella parte posteriore della gamba. Non era contento che stessero facendo esperimenti su di lei, ma d'altra parte era contento che la squadra avesse trovato un modo per seguire ogni sua mossa. Sapeva bene, come tutti loro, che una semplice sorveglianza non sarebbe stata sufficiente. Soprattutto non con uno come Nightingale, che era diventato molto bravo a volare sotto il radar. "Comincia dall'inizio. Cos'è successo esattamente? Come ha fatto Nightingale a metterle le mani addosso, se era in un taxi?".

"È andata a teatro come previsto e se n'è andata con uno degli altri ballerini, come ti ho detto. Hanno preso il taxi, e dopo che l'altro ballerino è uscito a un paio di isolati dall'appartamento di Allye, il taxi non si è fermato a casa sua. Meat ha detto che all'inizio pensava che forse stesse andando a prendere qualcosa da mangiare, ma quando il veicolo ha attraversato il Golden Gate Bridge verso Sausalito, si è reso conto che qualcosa non andava".

"Dove sei?" Abbaiò Gray, tornando dentro al banco dell'autonoleggio. Aveva finito di aspettare che qualcuno venisse a prenderlo. Inoltre, erano tutti troppo occupati. Preferiva che continuassero la caccia di Allye, non che si distraessero per andare a prenderlo.

"Meat è ancora nel complesso residenziale di Allye, cercando di far funzionare il segnale. Il resto di noi è sparpagliato dove il segnale ha mandato l'ultima posizione".

"Mandami le coordinate. Sarò in viaggio il prima possibile".

"Dieci-quattro."

"Ro?" Gray disse velocemente, prima che il suo amico potesse riagganciare.

"Sì?"

"Grazie di essere qui, per lei".

"Sapevamo tutti che prima o poi ti saresti fatto vivo",

disse Ro, senza ombra di dubbio nel suo tono. "Tu la ami, e lei ama te. Nulla può fermarvi".

"Ci conto", disse Gray. "Invia le coordinate. Arriverò il prima possibile".

"Guida con prudenza. Non puoi aiutarla, se fai un incidente".

"Lo farò". Gray cliccò sul telefono e salutò l'impiegata dietro il bancone. Mentre era impegnata a preparare il suo contratto di noleggio, Gray le toccò il piede con impazienza, non riuscendo a stare fermo. Non riusciva a pensare a quello che stava succedendo ad Allye. Non in quel momento. Doveva mantenere la calma. Sarebbe stata bene. Doveva andare tutto bene. Qualsiasi altro risultato sarebbe stato inaccettabile.

————

Allye si svegliò lentamente. Per un attimo si sentì confusa, scosse la testa. Cominciò a sgranchirsi, sentendo i crampi, e rimase sorpresa quando non riuscì a raddrizzare completamente le gambe.

La memoria tornò a galla e i suoi occhi si spalancarono e si guardarono intorno in allarme.

Era in una grande gabbia, proprio come l'uomo sulla barca le aveva promesso quando sarebbe stata consegnata al suo nuovo "padrone". Sembrava una vita fa.

Indossava le mutandine e il reggiseno, ma il resto dei vestiti era scomparso. Aveva i capelli sciolti, senza la coda di cavallo. La gabbia era in una piccola stanza senza finestre. C'era un pavimento di cemento, anche le pareti sembravano fatte di cemento. Faceva freddo, le vennero i brividi.

Mettendosi in ginocchio, Allye testò le sbarre che la circondano. Erano solide. C'era un lucchetto sulla porta della gabbia, quindi non poteva uscire da quella parte. Si sedette e si abbracciò le ginocchia. Allye cercò di non farsi prendere dal panico.

"Stanno arrivando", si disse tranquillamente. "Sanno dove sono, stanno arrivando".

Quelle parole aiutarono a calmarla, se non altro perché sperava ardentemente che fossero vere.

Per quanto tempo fosse rimasta sola, non ne aveva idea, ma quando la porta della stanza si aprì improvvisamente, si spaventò.

Entrarono due uomini. Indossavano tute intere, verde oliva, e cappellini da baseball.

"Vi prego, aiutatemi!", supplicò mentre andavano verso di lei. "Mi trattengono senza il mio consenso".

Gli uomini la ignorarono e si accovacciavano ai lati della gabbia. Si guardarono, poi uno disse: "Al tre. Uno, due, *tre*".

Allye gridò di sorpresa quando sollevarono la gabbia in cui si trovava e cominciarono a portarla fuori dalla stanza.

"Ehi, mi avete sentito? Sono stata rapita! Aprite questa roba e fatemi uscire!"

Anche in questo caso, gli uomini si comportarono come se lei non avesse parlato. Allye si aggrappò alle sbarre della gabbia e si guardò freneticamente intorno, cercando di capire dove si trovava e cosa stesse succedendo.

Gli uomini la portarono in un'altra stanza, con un'enorme finestra in una parete, e misero giù la gabbia. I denti di Allye sbatterono quando la gabbia vibrò con la forza della caduta. Gli uomini si voltarono per andarsene.

"Ehi, seriamente, non potete lasciarmi qui! *Aiutatemi.* Per l'amor di Dio, aiutatemi!".

Un uomo uscì senza dire nulla, ma il secondo si girò prima di uscire. La guardò e le disse: "Scusa, tesoro. Non possiamo aiutarti. Tu appartieni a I.B., ora. Se fossi in te, farei esattamente quello che ti dice". Dopodiché, uscì dalla porta.

Allye urlò in preda alla frustrazione, il suono riecheggiò

nella stanza. Tirò freneticamente le sbarre, ancora una volta, ma non accadde nulla.

In quel momento, avrebbe voluto aver ascoltato Gray. Voleva tornare a casa sua. Svegliarlo con i suoi baci, sapendo che si sarebbe infastidito e l'avrebbe presa esattamente come voleva...Ed esattamente come lei amava.

Voleva le sue braccia intorno a lei. Voleva essere al caldo e al sicuro. Ma no. Doveva fare la coraggiosa, ed eccola lì. Aveva voluto la bicicletta, ora doveva pedalare.

La porta si aprì ancora una volta e Allye si ritrasse. Entrò il tassista, anche se non aveva più l'aspetto di prima. Indossava un abito grigio immacolato con una cravatta rossa. I suoi capelli erano pettinati e aveva un aspetto impeccabile. Ma l'espressione sul suo viso era un'espressione che Allye ricordava fin troppo bene. Uno sguardo gelido e duro.

Nightingale si avvicinò alla gabbia in cui si trovava Allye e si accovacciò accanto ad essa. "Sei sveglia", disse.

Allye alzò gli occhi al cielo. Non poteva farne a meno. "E tu sei il maestro degli eufemismi", disse.

Lui strinse gli occhi in due fessure. "È questo il modo di parlare al tuo padrone, Mistica?"

"Tu non sei il mio niente", protestò lei.

L'uomo scosse la testa. "Speravo tanto che tu fossi più collaborativa".

"Lasciami andare", disse lei, sapendo che lui non l'avrebbe mai fatto, ma doveva dirlo comunque.

"No, tanto vale che ti abitui, perché questa è la tua nuova casa per il prossimo futuro".

"Non puoi farlo! Ho una vita, degli amici. Non puoi rapirmi, rinchiudermi e dirmi che questa è la mia nuova casa".

"L'ho appena fatto", disse lui categoricamente.

"Non capisco", disse Allye, alla disperata ricerca di risposte. "Se in qualsiasi momento avresti potuto rapirmi in un *taxi*, perché mettermi su quella stupida barca? Perché darsi tanto da fare?"

Nightingale sorrise. "Ho una reputazione da mantenere. Sono Il Boss. L'uomo dietro le quinte. Permetto solo al personale chiave - ai più fedeli - di sapere quali sono i miei animali domestici, dove li tengo e come funziona la mia operazione. Purtroppo, per quanto riguarda te, ho imparato che se voglio che una cosa sia fatta bene, devo farla da solo. Ho fatto un'*eccezione* per te, Mistica. Dovresti sentirti onorata che io sia venuto a cercarti, e che non abbia mandato i miei tirapiedi".

"Cosa vuoi?" Chiese Allye, dalla voce tremante.

"*Te*, Mistica. Ora ti possiedo. Sei mia, puoi scordarti di chi ti fotteva in Colorado. Non lo rivedrai mai più - e dovrò punirti per aver *osato* pensare di poter stare con qualcuno che non fossi io".

Nightingale si alzò in piedi e si diresse verso la porta.

"Ehi", gridò lei, "Non puoi lasciarmi qui! Devo andare in bagno. Ho sete".

Lui si voltò verso di lei e scrollò le spalle. "Cibo e acqua sono solo per gli animali domestici che si comportano bene. Tu, Mistica, non te li sei ancora guadagnati. Per quanto riguarda l'uso del bagno? Quando te lo sarai guadagnato, ti tirerò fuori dalla tua gabbia. Fino ad allora, puoi farla nell'angolo come gli altri animali intelligenti".

Allye guardò dove lui aveva indicato con la testa e vide alcuni giornali sparsi sul pavimento. Li fissò con orrore.

L'uomo ridacchiò. "Dio, adoro vedere quello sguardo nei tuoi begli occhi. Qualcuno ti ha mai detto quanto sei unica? È per questo che ti dovevo avere, sai. Con i tuoi occhi speciali, uno marrone e uno blu, i tuoi capelli... Sei un oggetto da collezione. E ora *mi* appartieni. Mi chiedo...Il colore dei tuoi occhi è genetico?"

Lei lo fissò, non riuscendo a dire una parola oltre il nodulo che aveva in gola.

"Scommetto che è così. Ho fatto delle ricerche. Immagino che lo scopriremo con il nostro primo figlio, vero? Ora fai la brava. Tornerò più tardi con una sorpresa speciale".

Detto questo, l'uomo che Allye sapeva dover essere Nightingale chiuse la porta alle sue spalle mentre se ne andava, il suono di una serratura scattò forte nella stanza spoglia.

"*Nooooo!*" Allye si mise a gridare, seduta a terra, prese a calci le sbarre più forte che poté. Tutto quello che riuscì a fare fu farsi del male alla pianta dei piedi.

Le lacrime che aveva versato così facilmente in precedenza si erano asciugate. Era più spaventata di quanto non lo fosse mai stata in vita sua, ma le lacrime non arrivavano. Aveva l'oscuro pensiero che solo Gray potesse farla piangere. Fortunato lui.

Si rannicchiò in un angolo della sua gabbia, dondolandosi avanti e indietro. "Dove siete, ragazzi? Sono qui. Venite a prendermi".

———

"Il segnale si è interrotto qui", disse Black, guardando attraverso un binocolo all'ingresso del *Rifugio per Animali Esotici di San Rafael*. C'era ancora qualche persona che vagava in giro, anche se si stava facendo buio e il rifugio stava per chiudere.

Il parco conteneva almeno un centinaio di animali selvatici diversi. Leoni, tigri, ippopotami, iene, giraffe, ippopotami, leopardi... L'elenco andava avanti all'infinito.

Ball, Black, Ro, Gray e Arrow studiavano il rifugio da un crinale, a circa mezzo miglio di distanza. Erano tutti sdraiati sulla pancia, mimetizzati tra gli alberi che li circondavano, cercavano l'ultimo posto in cui il trasmettitore nel corpo di Allye aveva emesso un segnale.

"Questo posto non è un tantino pubblico, per trattenere le donne rapite?" Chiese Ball. "Voglio dire, ci sono persone con telecamere ovunque".

"Guardate", disse Gray, indicando un camion mentre entrava in un'entrata posteriore, riservata ai soli dipendenti del rifugio. "Guardate il cartellino appeso allo specchio".

"Fanculo", disse Arrow a bassa voce. " È un'impronta di zampa, vero? Proprio come quella che il testimone ha detto di aver visto sull'auto, la notte in cui Melany è stata trovata".

"È qui", disse Gray con convinzione. "Lo sento".

"Ma perché il localizzatore non trasmette?" Chiese Ro. "Meat ha detto che era piuttosto potente, non c'erano molte cose che potessero interferire".

Gray posò il binocolo e si rivolse a Ro. "Non molte, ma alcune cose potrebbero. Tipo?"

Anche gli altri posarono il binocolo, concentrandosi sulla conversazione.

"Onde elettromagnetiche, montagne, oggetti di grandi dimensioni: cose di questo tipo. Ma questo dovrebbe essere solo per un breve periodo di tempo. Non togliere completamente il segnale, come ora", disse Black.

"E se fosse sottoterra?" Chiese Gray a bassa voce, raccogliendo il binocolo e scansionando la proprietà sottostante.

"Sì, esatto. Soprattutto se è qualcosa come un bunker", aggiunse Ro.

"Nightingale avrebbe potuto far costruire qualcosa di simile sotto questo posto. Nessuno degli ospiti che camminano sopra avrebbe la minima idea di cosa ci fosse, là sotto", disse Ball.

"Sono già stato in uno di questi posti", disse Arrow. "In realtà c'erano tunnel sotterranei e roba del genere, così i guardiacaccia potevano andare da un posto all'altro, da una gabbia all'altra, senza mettere in pericolo se stessi o disturbare gli animali".

"Lì", disse Gray, e tutti gli altri uomini riportarono il binocolo agli occhi per vedere il punto indicato. "Vedete quel cancello lì in fondo? Dobbiamo entrare lì. Dopo la chiusura dello zoo. Sembra che ci sia una rampa che va sottoterra. Vedete? Guardate quel furgone."

Tutti seguirono con lo sguardo il furgone con il logo del *Rifugio per Animali Esotici di San Rafael*, passò attraverso un cancello elettrico e sparì giù per una rampa.

Gray si inclinò all'indietro, fino a quando non si trovò dall'altra parte del boschetto, in piedi. "Chiamate Meat. Faglielo sapere".

"Potremmo dover aspettare fino a quando..."

Gray non lasciò che Ball finisse la sua frase. "No. Quello psicopatico ha Allye. Non sono disposto ad aspettare un secondo di più del necessario. Non si può dire cosa le abbia già fatto, o cosa farà se aspettiamo".

Ball alzò le mani, in segno di resa.

"Calma, Gray ", disse Black. "Non sei incazzato con Ball, ricordatelo".

Gray fece un respiro profondo e annuì. "Lo so. Ma ho già giocato a questo gioco in passato. Nightingale userà il suo potere per far fare ad Allye quello che vuole".

"Allye è intelligente. Sa che stiamo venendo a prenderla. Non farà niente di stupido".

Gray sperava che fosse vero. Sapeva quanto fosse tenera la sua donna. Si sarebbe messa in pericolo, se avesse significato aiutare qualcun altro. Diavolo, l'aveva già fatto. Solo che non era sicuro di quanto Nightingale fosse disposto a spingerla.

Gli uomini salirono sulle due auto che avevano guidato fino al belvedere. Gray ascoltò a malapena, mentre gli altri pianificavano il raid. Non poteva dimenticare l'ultima volta che aveva visto Allye, con le lacrime che le scorrevano sulle guance. Lacrime che diceva di non aver mai versato. Lacrime che aveva versato a causa sua.

CAPITOLO SEDICI

ALLYE RIMASE IN SILENZIO, quando Nightingale rientrò nella stanza dopo alcune ore. Si sentiva rigida, per essere rimasta seduta sempre nella stessa posizione per tanto tempo, aveva freddo e doveva assolutamente fare pipì. Con calma, Nightingale aprì la porta della sua gabbia e Allye non fece alcun movimento improvviso. Aspettò per vedere cosa volesse da lei.

"Fuori", ordinò questi, schioccando le dita.

Odiandolo più di quanto avesse mai odiato chiunque in tutta la sua vita, compresa sua madre, Allye strisciò lentamente fuori dalla gabbia. Nel momento in cui gli passò abbastanza vicino, Nightingale le allacciò un ampio collare di pelle intorno alla gola. La tirò in piedi e strinse il collare. Troppo stretto.

Dimenticandosi di dover fare pipì, più preoccupata di respirare, Allye si sentì soffocare e si portò le mani sulla striscia di cuoio.

Provò a liberarsi. "Abbassa le mani".

"Troppo stretto", gracidò lei.

Lui strinse ulteriormente, fissandola passivamente mentre

lei annaspava per respirare. Proprio quando era sul punto di svenire, lui aumentò la larghezza del collare.

"Da qui in poi non hai voce in capitolo. Nessuna. Se voglio che il tuo collare sia più stretto, allora sarà più stretto. Se ti dico di mangiare, mangerai. Se ti dico di fare pipì, la farai. Ti *possiedo*, Mistica. Sei mia e posso farti quello che voglio".

Lei non rispose, limitandosi a fissarlo, sperando che lui potesse leggere l'odio nel suo sguardo.

Allye non era sicura di cosa le avrebbe fatto per la sua impertinenza, ma di certo non si aspettava che ridesse.

"Dio, potrei guardare in questi bellissimi occhi tutto il giorno, cazzo. E sono miei... tutti miei". Dopo averle sistemato di nuovo il collare, Nightingale estrasse un piccolo lucchetto e glielo agganciò, facendo in modo che lei non fosse in grado di rimuovere o allentare la fascia di pelle di sua spontanea volontà. Poi attaccò un guinzaglio all'anello sul davanti del collare e si alzò, prendendo tra le mani la ciocca di capelli bianchi sul lato della testa di Allye.

"Così bella e unica", disse, continuando ad accarezzarla. "Dopo averti visto ballare quella prima volta, mi sono chiesto se volessi averti per me. Ma poi ti ho vista al club BDSM dove vado sempre. Eri come una boccata d'aria fresca. Hai rifiutato ogni avance, e allora ho capito che dovevo averti".

Allye sussultò. Non ricordava di aver visto Nightingale al club la sera in cui era finita lì con una delle altre ballerine. Quel karma fastidioso ce l'aveva proprio con lei. Se non fosse andata a quel club, quella sera, sarebbe successo qualcosa di tutto questo?

La mano di Nightingale passò nuovamente tra i suoi capelli e Allye voleva solo allontanarsi da lui, ma finché lui avrebbe tenuto in mano il guinzaglio, sapeva che non sarebbe potuta andare da nessuna parte. Decidendo che probabilmente era meglio far finta di essere docile, non fece nulla.

"Questo è tutto, cara. Le cose andranno molto più lisce se

farai quello che ti dico, te lo garantisco." Diede una stretta così forte e improvvisa al guinzaglio che lei cadde a terra, sbattendo mani e ginocchia sul duro pavimento di cemento.

Il dolore alle ginocchia le fece venire le lacrime agli occhi, ma Allye non ebbe il tempo di riprendersi perché Nightingale stava uscendo dalla stanza, tenendo ancora il guinzaglio. Non aveva altra scelta che seguirlo strisciando, come se fosse un animale. O quello, o essere trascinata. E non aveva dubbi che lui l'*avrebbe* trascinata, se non avesse collaborato.

Giurando vendetta con ogni centimetro di corpo che aveva a disposizione per strisciare, Allye cercò di guardarsi intorno mentre lasciavano la stanza. Scesero in un corridoio largo quanto alto, con una serie di finestre molto ampie, disposte in modo uniforme sul suo lato destro. Vide gli orrori lì nascosti.

Dietro ogni finestra c'era una stanza identica alla sua. In una c'era una piccola donna rannicchiata in un angolo, che li fissava con occhi spenti, come quelli di un cadavere. Un'altra stanza ospitava quella che Allye pensava essere una donna, ma aveva tatuaggi su ogni centimetro del suo corpo. Quando Nightingale passò, la donna saltò da dove era sdraiata e attaccò la finestra, artigliando come se fosse davvero una creatura selvaggia. Il bianco dei suoi occhi sembrava particolarmente luminoso in contrasto con l'inchiostro nero che le copriva tutto il viso, palpebre comprese.

Nightingale rise e continuò a trascinare Allye.

Dietro la finestra successiva c'era una bella donna bionda che piangeva istericamente.

Lo stronzo passò davanti a lei e ringhiò, vedendo le sue lacrime. Si voltò e spiegò brevemente: "È arrabbiata perché ho dovuto sopprimere la sua gemella". Scrollò le spalle. "Non andava bene averle entrambe. Inoltre, questa è molto più docile. Mi piace di più. Ma se non la smette di piagnucolare, le darò un motivo per piangere".

Allye chiuse brevemente gli occhi mentre strisciava dietro al folle che la teneva al guinzaglio. Non voleva vedere nient'altro. Non poteva né voleva immaginare gli orrori che quelle donne avevano passato, e sicuramente non voleva pensare a quello che lui avrebbe potuto avere in serbo per *lei*.

L'uomo si fermò alla finestra successiva e Allye vide un'altra donna nuda. Era incredibilmente pallida, i suoi capelli erano di un bel bianco. Indossava un collare molto simile a quello di Allye, ed era dentro una gabbia. "Questa è la mia albina", disse Nightingale. "Tu e lei siete due dei miei beni più preziosi. Così rari e interessanti. È incinta", informò Allye. "Non vedo l'ora di vedere se la sua bambina sarà un'albina come lei. Sarà divertente addestrare un animale domestico dal momento della nascita".

"E se è un maschio?" Chiese Allye, mantenendo la calma.

Nightingale scrollò le spalle. "Lo darò alle tigri per uno spuntino. Non mi servono i maschi".

Allye si sentì sempre peggio. Aveva visto solo quattro donne, ma sapeva che Nightingale aveva probabilmente organizzato la vendita di molte altre. Forse a persone come lui, che tenevano le povere donne in gabbia. Abusando di loro. Trattandole come animali.

Lei non riusciva a rispondere, così lui continuò a parlare. "Anche se non credo che dovresti preoccuparti di loro, Mistica. Dovresti preoccuparti di te stessa. Se farai esattamente quello che ti dico, allora andrà tutto bene. Altrimenti..." Scrollò di nuovo le spalle e lasciò la sua minaccia vaga.

Proseguirono fino a raggiungere una stanza in fondo al corridoio. "Sei pronta, cucciolotta?" Non aspettando risposta, Nightingale aprì la porta ed entrò nella grande sala, simile ad un auditorium.

Allye si sentì meglio quando entrò in contatto con il pavimento di quella stanza: era morbido e rosso. C'erano sedie su entrambi i lati di un corridoio, e quello che sembrava un palco di legno davanti a loro. Allye continuò a strisciare dietro al suo rapitore fino a quando lui si fermò davanti al palco. Non era molto alto.

"Su", ordinò, e Allye si mise attentamente in piedi davanti a lui. Le sue ginocchia erano rosse e graffiate, faceva fatica a respirare con il collare troppo stretto, ma non disse una parola. Stava aspettando il momento giusto. Sperando contro ogni evidenza che ogni minuto che passava, qualunque cosa avesse pianificato quel pazzo, fosse un altro minuto in cui era più vicina ad essere salvata.

"Ho fatto fare questo palco solo per te. La prima volta che ti ho visto ballare, sono rimasto incantato. Dopo averti visto respingere tutti quegli uomini nel club BDSM, ho capito che dovevo averti per me. Volevo che tu ballassi solo per me. Ricordo ancora il primo pezzo che ti ho visto fare. Il numero si chiamava 'La sorella della sposa'. Te lo ricordi?"

Allye annuì. Non era uno dei suoi spettacoli preferiti perché prevedeva molti cambi di costume e numeri di ballo veloci, ma se lo ricordava.

"Brava, cucciolotta." Le tolse il guinzaglio dal collare e le mise le mani intorno alla vita.

Allye provò a sottrarsi al suo tocco appiccicoso. Non voleva che Nightingale si avvicinasse a lei, figuriamoci toccarla.

La sollevò come se non pesasse più di un bimbo. Era grosso e sovrappeso, ma questo non sembrava affatto rallentarlo. Era incredibilmente forte. La mise sul bordo del palco. La superficie era abrasiva, non liscia come dovrebbe essere un palcoscenico. Allye guardò in basso e vide che era legno non trattato.

"Mi ferirò con le schegge", disse lei tranquillamente. "Il legno è grezzo".

"Lo so. Ti darà la spinta a ballare splendidamente, la prima volta", disse Nightingale mentre si chinò su di lei.

"Perché se non è perfetto, questo pezzo, continuerai a ballare. Non m'importa se i tuoi piedi si riducono a due mozziconi insanguinati. Lo farai finché non sarò soddisfatto. Capito?"

Allye distolse lo sguardo, ma lui la prese per i capelli e la costrinse a guardarlo. Tutto questo era scomodo, oltre che doloroso, e la faceva sentire estremamente vulnerabile. Le leccò il collo da sopra il collare, fino all'orecchio, poi le sussurrò: "Balla, tesoro. Ti conviene farlo bene".

Nightingale lasciò la presa e fece un passo indietro. Poi annuì a qualcuno alla sua destra.

Allye rimase senza fiato quando uno degli uomini che avevano spostato la sua gabbia entrò nella luce, tenendosi stretta Robin. Era nuda e aveva uno sguardo di tale dolore negli occhi che Allye rimase paralizzata.

"Mistica, credo che tu conosca la nostra ospite", disse Nightingale. "Mi ha tenuto compagnia fino al tuo arrivo. Sa ballare, ma non è te".

Allye si allontanò lentamente dal mostro che l'aveva rapita. Guardò il palco a destra e non vide altro che un muro di cemento. Guardò dall'altra parte e vide lo stesso. Non c'era nessun backstage e nessun posto dove andare. L'unica via d'uscita era la porta in fondo alla sala.

Nightingale si avvicinò a Robin e la afferrò per i capelli, trascinandola al centro della stanza, proprio di fronte al palco. L'uomo che la teneva in braccio si ritirò lungo la navata ed uscì dalla porta, lasciando i tre da soli nell'auditorium di fortuna.

"Ogni volta che fai una cazzata, lei ne pagherà il prezzo", le disse Nightingale con una voce così piatta da mettere i brividi.

"Non farle del male!" Implorò Allye.

"Allora non disobbedirmi, cucciolotta", rispose il sadico, tirando fuori un coltello e puntandolo alla gola di Robin.

Il cuore di Allye quasi smise di battere. Fissò Robin, la

disperazione e la paura che le leggeva in volto le avevano tolto quasi ogni forza.

Ma poi accadde una cosa divertente. Più a lungo fissava la donna più anziana, più Allye vedeva la determinazione negli occhi di Robin. Era come se, tra loro due, stessero condividendo la stessa forza.

Robin era ancora viva. Nightingale non l'aveva ancora uccisa. Forse Allye poteva ancora salvarla.

Per la prima volta, Allye capì veramente cosa avesse potuto provare Gray, quando era stato catturato. Non poteva fare nulla, se non esattamente quello che voleva Nightingale.

Sapeva che non importava se avesse ballato perfettamente o se avesse fatto un casino, lui le avrebbe comunque ferite entrambe. Ma se avesse resistito ancora un minuto. Poi un altro. E poi un altro...Black, Ro, Arrow e gli altri sarebbero arrivati. Lei doveva crederci.

Cercando di fare un respiro profondo, e fallendo per quanto era stretto il collare, Allye fece come le era stato ordinato. Iniziò a ballare.

———

Gray lasciò che Arrow prendesse il comando. Non voleva guidare lui perché ciò significava che la sua attenzione doveva rivolgersi a far fuori chiunque si mettesse sulla sua strada, e l'unica cosa di cui si voleva preoccupare era Allye.

Arrow e gli altri avrebbero sottomesso chiunque cercasse di fermarli, lui si sarebbe occupato di Allye. Le cose stavano così dal momento in cui lei gli aveva chiesto di tornare in California, ma lui era stato un testardo e un idiota.

Fino a quel momento, non avevano incontrato nessuna resistenza. Meat si era in qualche modo introdotto nel sistema di sicurezza intorno al rifugio e aveva disattivato gli allarmi. Tutto quello che dovevano fare era rompere il lucchetto del recinto sul retro, ed erano dentro.

C'erano rumori di animali dappertutto, ma Gray li sentiva a malapena. Nessuno sapeva cosa aspettarsi, dopo aver sfondato le porte, ma erano pronti a tutto. Avevano fatto abbastanza missioni di salvataggio per sapere che quello che avrebbero trovato poteva essere ottimo o assolutamente orribile.

Gray scommetteva su quest'ultimo.

I cinque uomini scivolarono in un corridoio buio come se non fossero altro che ombre. La voce di Meat, nelle loro orecchie, li teneva aggiornati su tutto ciò che accadeva nel rifugio intorno a loro attraverso i monitor di sicurezza del complesso, tenendo d'occhio chiunque potesse entrare da dietro.

Non si sentiva nemmeno un passo mentre i Mercenari si facevano strada lungo il corridoio, verso la musica che sentivano provenire da una porta in fondo ad esso.

Passando davanti a una finestra, Arrow si fermò a guardare. C'era una piccola luce accesa, la squadra vide una piccola donna dall'altra parte del vetro. Gray pensò che fosse morta fino a quando lei non sbatté le palpebre. La sua bocca si aprì e disse qualcosa, ma il vetro era così spesso che nessuno poteva sentirla. O così, oppure non emetteva alcun suono.

La donna alzò il suo ditino e indicò la direzione in cui stavano già andando. Ball si mise un dito sulle labbra e le annuì.

Gray temeva di vedere cosa c'era nella stanza accanto, mentre si avvicinavano alla finestra. Era un'altra donna. Camminava avanti e indietro, furente. Appena li vide, colpì il vetro e la sua bocca si spalancò, come se stesse urlando.

"Porca miseria", imprecò Ro sottovoce, facendo involontariamente un passo indietro. Tutti videro che non solo ogni centimetro della pelle della donna era tatuato, ma anche la lingua e l'interno delle labbra.

Il gruppo continuò a camminare, guardando a malapena le ultime due stanze. Avevano visto abbastanza. Nightingale stava per crollare, queste donne sarebbero state liberate, anche se fosse stata l'ultima cosa che avrebbero fatto.

Man mano che si avvicinavano alla porta in fondo alla sala, la musica diventava sempre più forte.

Black mise una mano sulla spalla di Gray. "Hai tutto sotto controllo?", gli chiese. "Sei pronto ad affrontare qualsiasi cosa ci sia dietro quella porta?".

"Allye è dietro quella porta", disse Gray, quasi senza tono. "Affronterei il diavolo in persona per arrivare a lei".

"Potresti doverlo fare," si intromise Ball, prima di fare un cenno con la testa a Ro.

Invece di sfondare la porta come se stessero entrando i segugi dell'inferno, Ro allungò la mano e girò silenziosamente la manopola, poi spinse contro la porta. Questa si mosse verso l'interno, era aperta. Gray sorrise.

Avevano imparato, durante una delle loro primissime missioni insieme, che a volte era più efficace intrufolarsi dove si voleva andare e controllare sempre che la porta fosse aperta, prima di buttarla giù.

Guardando Ro spingere la porta lentamente, sperando vivamente che non cigolasse, Gray e gli altri Mercenari di Montagna entrarono nella stanza e si prepararono ad abbattere il più famoso mercante di sesso che avessero mai incontrato.

"Più in alto!" Abbaiò Nightingale quando la piroetta che Allye aveva appena eseguito non soddisfece le sue aspettative.

"Sto facendo del mio meglio", protestò lei, respirando

forte e sussultando mentre un'altra scheggia le si conficcava nella pianta del piede.

Senza dire una parola, Nightingale mise la punta del coltello che teneva contro il braccio di Robin e lo spinse verso il basso, una linea rossa seguì la sua scia.

"Non discutere con me, cucciolotta", ringhiò Nightingale. "La stai uccidendo".

Allye voleva urlargli che non era *lei che stava* uccidendo Robin, ormai pallida e debole in ginocchio davanti a lui...Ma *lui*. Però, Allye rimase in silenzio e tornò alla sua posizione sul palco, per riprendere da dove si era fermata.

Ballava da un po' di tempo, chissà per quanto tempo. Non riusciva a fare niente di buono. Probabilmente perché le sanguinavano i piedi sul pavimento ruvido e ogni volta che inciampava, Nightingale faceva del male a Robin.

Allye era nel bel mezzo di una giravolta quando pensò di aver visto qualcosa in fondo alla stanza buia. C'era un riflettore su di lei, il resto della stanza era buio. Trattenne il respiro e continuò a ballare, pregando che quello che aveva visto fosse un aiuto per lei e Robin.

Allye si era concentrata così tanto sul retro della stanza che si era dimenticata di mantenere il controllo, mentre girava. Di conseguenza, quando si fermò, era così stordita da barcollare e cadere in ginocchio.

Nightingale era furioso. "No, cucciolotta, no! La mia Mistica non cade! Stupida! Troppo *stupida*!"

Allye lo vide cercare di nuovo Robin, e ne ebbe abbastanza. Aveva finito di fare i suoi giochetti. Aveva finito di essere la ragione per cui lui feriva la sua amica. Non poteva più sopportarlo.

"Ho finito", disse con fermezza. "Basta".

Nightingale la guardò con così tanta cattiveria e piacere per il suo rifiuto, che lei rabbrividì. "No? Quindi ti sta bene che la uccida, proprio qui davanti a te?".

Allye aprì la bocca per rispondere, ma Robin la precedette.

"Fallo, stronzo", ringhiò lei. "Mi ucciderai comunque. Fallo e basta".

"L'unico a morire qui stasera *sei tu*, Nightingale."

La voce profonda, con accento britannico veniva dall'oscurità; Allye non aveva mai sentito niente di così bello in tutta la sua vita.

Senza pensare, corse verso il suono della voce.

Prima di fare più di tre passi, però, Nightingale saltò sul palco e la prese per il braccio. Lei urlò e cercò di liberarsi dalla sua presa, senza successo. Nightingale la tirò verso di lui e le avvolse un braccio intorno al petto. Premette il coltello contro la sua mascella, sopra il collare di cuoio, tirando entrambi al centro del palco.

Tre forme nere si avvicinarono e lo circondarono, mentre una quarta aiutava Robin ad alzarsi in piedi e la faceva indietreggiare verso la porta.

"Chi siete? Come siete entrati qui?" urlò Nightingale, strisciando all'indietro, praticamente portando Allye con sé.

"Chi siamo non ha importanza. Ciò che importa è che tu la lasci andare".

Allye non sapeva chi parlasse, ma non faceva differenza. Erano lì. L'avevano trovata.

Di lato, qualcuno saltò sul palco con le mani in alto, indicando che era disarmato.

"Lasciala andare".

Allye smise quasi di respirare.

Gray! Quello era Gray. Era *lì*!

Cercò freneticamente di vederlo, ma la sua schiena era rivolta verso i riflettori, e tutto ciò che vide fu la sua silhouette.

"Avvicinati e la ammazzo!" Disse Nightingale, voltandosi per affrontare pienamente la nuova minaccia, facendo pressione sul coltello insanguinato che le teneva al collo.

Allye provò a non reagire, ma non riuscì a trattenersi, emettendo un piccolo lamento quando la punta le premette contro la pelle. Era atrocemente doloroso. *Questo* era esattamente ciò che Gray aveva cercato di dirle che sarebbe successo. Che non sarebbe stato in grado di sopportarlo, se lei fosse stata usata per fargli fare qualcosa. Proprio come quando era in Afghanistan.

Ma no. Questo non era il Medio Oriente, lei non era una vittima indifesa. Gray non era legato, aveva i suoi amici tosti alle spalle. Tra tutti loro potevano sicuramente superare in astuzia l'uomo che la teneva in ostaggio. Vero?

Allye non riusciva a vedere il volto di Gray. Non riusciva a capire se lui le stava mandando dei segnali o meno, quindi doveva essere lei a mandargli un qualche tipo di segnale. Ma cosa? Nightingale la teneva troppo stretta perché potesse zoppicare e sperare che la lasciasse cadere. Il coltello che le teneva al collo era estremamente affilato, e avrebbe potuto facilmente ferirla gravemente se Gray gli fosse saltato addosso.

Cosa altro avrebbe potuto fare?

"Padrone?", disse lei dolcemente, la parola le suonava così oscena.

"Cos'hai detto?", chiese Nightingale, stringendo il braccio intorno al petto di lei più forte.

"Padrone", ripeté Allye, "Mi fai male. Non posso ballare, se mi fai male".

La presa si allentò per un istante. "Sei mia", disse Nightingale. "Ti ho comprata...Sei *mia.*"

"Tua", disse Allye, fissando Gray. "Io sono tua, puoi fare di me quello che vuoi".

"Sono stati i tuoi occhi ad attirarmi. Sapevo che dovevo averti", divagò Nightingale. "E i tuoi capelli, così belli, quella ciocca bianca...Voglio avere dei bambini con gli occhi come i tuoi e con quella ciocca bianca tra i capelli".

"Lo voglio anch'io", rispose Allye, mentre guardava ancora nella direzione di Gray.

"Ballerai per me, Mistica? Tutto ciò che ho sempre voluto è raccogliere la bellezza. E tu sei la più bella aggiunta alla mia collezione".

"Sì, Padrone", gli disse Allye doverosamente. "Ballerò per te. Resterò qui e farò tutto quello che vuoi".

"Stai mentendo!" ringhiò Nightingale stringendo la presa su di lei e puntandole il coltello sulla faccia. Le fece scorrere il bordo piatto della lama sulla guancia e si fermò con la punta appena sotto un occhio. "Forse ti caverò gli occhi e li metterò in un barattolo. In questo modo potrò guardarli quando voglio, senza dover fare i conti con le tue insulse chiacchiere e il tuo tradimento. Le donne mentono *sempre*. Promettono sempre una cosa e poi te la portano via".

"Non sto mentendo", disse Allye, sapendo di aver seriamente sottovalutato quest'uomo.

"E invece sì...Ma va bene così", disse Nightingale. "Perché ti scoperò, ti terrò in vita abbastanza a lungo da avere il mio cucciolo, poi imbalsamerò il tuo corpo così potrò guardarti negli occhi quando voglio".

Allye aprì la bocca per rispondere, ma non ne ebbe la possibilità.

Il secondo in cui Nightingale si voltò ad affrontare Gray - probabilmente per tormentarlo ancora un po' - spostando il coltello lontano dalla faccia di Allye, Nightingale fu strappato via da lei. Era a terra con Black e Arrow sopra di lui, prima che lei potesse dire una parola. Si erano mossi da dietro, mentre l'attenzione del mostro era concentrata sul minacciarla e sull'evitare l'avanzata di Gray.

Poi c'era Gray. La prese tra le braccia, raccogliendola in modo che i suoi piedi non toccassero più le assi di legno grezzo, e saltò giù dal palco. Tornò indietro, lungo il corridoio, fino a raggiungere Robin. Senza dire una parola, Gray mise Allye a terra. Guardò il lucchetto del collare attorno alla sua gola, e digrignò i denti. Passò il pollice sul piccolo graffio sulla mandibola di lei, causata dal coltello del mostro, poi annuì a Ro, che lo aveva seguito lungo il corridoio.

Gray ripercorse la navata, verso i compagni di squadra - e Nightingale che protestava e gridava a gran voce.

"Guardate da un'altra parte, se non volete vederlo morire", disse Ro ad Allye e Robin, con un tono di voce che avrebbe potuto usare quando parlava del meteo.

Allye non poteva. Voleva vederlo morire. Ne aveva bisogno.

Non riusciva a sentire quello che dicevano gli uomini, ma era ovvio che Black, Arrow e Gray stavano ottenendo informazioni da lui in ogni modo possibile. Lo girarono sulla schiena e, gli puntarono al collo lo stesso coltello che aveva usato per ferire Robin e Allye.

Allye distolse lo sguardo quando Nightingale urlò e i suoi piedi iniziarono a martellare sul legno grezzo del palco.

Sperava che l'uomo terribile che aveva ferito così tante donne soffrisse il più possibile.

Come a conferma, l'urlo successivo di Nightingale fu acuto e angosciato.

Stava per guardare indietro quando Ro le disse tranquillamente: "Non ancora, tesoro".

Così Allye si rivolse a Robin. Si avvicinò alla sua amica e le prese la mano, stringendola forte, felice che la donna fosse ancora viva dopo tutto quello che aveva passato. Fu sollevata quando Robin ebbe la forza di restituire la sua stretta.

Nightingale urlò ancora una volta, in modo più gorgogliante, ma Allye non guardò verso il palco. Lo sentì protestare ancora una volta, implorando per la sua vita, poi un grugnito.

Fu tutto.

"È finita?"

"È finita", confermò Ro.

"Vi metterete nei guai?"

Il gigante britannico la guardò dall'alto in basso e sorrise. "Guai? Difficile. Penso che la città potrebbe darci una medaglia".

Gray tornò da loro. Aveva le labbra strette, non parlò mentre si chinò e prese Allye in braccio, di nuovo. Ro prese in braccio Robin e lasciarono la grande e inquietante stanza.

Allye guardò oltre la spalla di Gray, mentre se ne andavano. I riflettori erano ancora puntati sul palco. Il cadavere di Nightingale giaceva in mezzo alle assi di legno, il suo sangue macchiava le tavole sotto di lui. Le sue gambe erano aperte, le braccia ai lati, fissava nel nulla.

Allye chiuse gli occhi e provò un enorme sollievo. Era finita. Sì, c'erano altri uomini da rintracciare, c'erano ancora centinaia di donne scomparse delle quali Nightingale aveva orchestrato la vendita, ma la sua vita poteva tornare alla normalità.

Però Allye non si sentiva felice per qualcosa, non sapeva cosa.

O forse sì. Gray. Allye non aveva idea di dove si trovassero, nella loro storia, e di cosa lui volesse.

Appoggiò la testa sulla spalla di Gray e sospirò. Ci avrebbe pensato più tardi. Molto più tardi.

CAPITOLO DICIASSETTE

ALLYE GIACEVA nel letto d'ospedale, ansiosa e pronta a partire. Erano usciti dal bunker sotto il Rifugio per Animali Esotici di San Rafael ben oltre la mezzanotte della sera precedente, in un mare di luci di emergenza. Rex aveva contattato la polizia locale, erano intervenuti in tanti.

Gli uomini che Allye aveva visto aiutare Nightingale nella sua tortura erano in custodia, le donne che aveva tenuto in ostaggio erano state portate in ospedale.

Ball, Black e Arrow erano riusciti a sgattaiolare via senza essere interrogati dalla polizia, ma dal momento che Ro e Gray avevano portato Robin e Allye, erano stati fermati.

Gray l'aveva effettivamente baciata sulla fronte prima di fare un cenno con la testa ai paramedici dell'ambulanza, perché chiudessero le porte. Allye voleva protestare. Voleva dirgli che non andava da nessuna parte, senza di lui, ma non sapeva ancora come si sentiva. Lui era lì, sì, ma non le aveva detto più di due parole da quando l'aveva salvata.

Era così arrabbiato con lei in Colorado. Lei era uscita di nascosto da casa sua, come se fosse nel torto. Forse aveva solo sentito un senso di responsabilità nei suoi confronti. E ora che l'aveva salvata - di nuovo - era finita.

Il pensiero le fece riaffiorare le fastidiose lacrime, ma Allye le trattenne con la sola forza di volontà.

Era stata punzecchiata e osservata da diversi medici. Le avevano tolto le schegge dai piedi, le avevano fatto una flebo perché era disidratata e l'avevano tenuta in osservazione per la notte. Ora era metà mattina e non l'avevano ancora dimessa. Non sapeva cosa stessero aspettando, e stava pensando di alzarsi e di uscire semplicemente quando sentì un baccano provenire dal corridoio fuori dalla sua stanza.

Una donna stava discutendo con qualcuno, dicendo che stava andando a trovare la fidanzata di suo figlio, niente e nessuno sarebbe riuscito a fermarla.

Allye sorrise. Riusciva a immaginare una vecchietta che agitava il dito in faccia a un dottore, mentre gli faceva passare l'inferno.

Stava ancora sorridendo quando la porta della sua stanza si aprì, e una donna che non aveva mai visto prima stava lì in piedi. Dietro di lei c'era un'infermiera.

"Mi dispiace tanto, signorina Martin. Questa donna dice di essere imparentata con il suo fidanzato e non accetta un no come risposta. Dica solo una parola e chiamerò la sicurezza per farla allontanare".

Allye fissò la donna sulla porta. Era alta, doveva essere alta quasi un metro e ottanta. Era snella e indossava una gonna al ginocchio, una camicetta griffata e scarpe Jimmy Choo, otto centimetri di tacco. Aveva una borsa Louis Vuitton così grande da contenere abbastanza vestiti per far avere ad Allye ricambi per almeno una settimana.

"Ciao, Allye", disse la donna, entrando nella stanza con un ampio sorriso.

"Signora Martin, devo chiamare la sicurezza?" chiese nervosamente l'infermiera.

Gli occhi di Allye passarono dalla donna all'infermiera, e lei scosse la testa. "No, va tutto bene."

"Usi il pulsante di chiamata, se ha bisogno di me", disse l'infermiera.

Prima che se ne andasse, Allye le chiese: "Stava andando a controllare il mio congedo. . .Ha già trovato il dottore?"

"Oh, giusto. Vedrò cosa posso fare", borbottò l'infermiera mentre lasciava la stanza, lasciando Allye con la sconosciuta.

La donna mise la borsa sul pavimento e si avvicinò al letto. I suoi capelli d'argento erano raccolti in un elaborato chignon, i suoi occhi castani scintillarono mentre le sorrideva. Il suo trucco era impeccabile e, onestamente, Allye pensò che fosse una modella. Ma probabilmente aveva circa sessant'anni, quindi era improbabile che fosse davvero una modella.

Si posizionò al lato del letto, ma non troppo vicina ad Allye per farla sentire minacciata in qualche modo.

"Mi chiamo Pene Rogers, cara", disse la donna. "Mio figlio non ha detto altro che cose belle su di te. Sono così felice di conoscerti finalmente, mi dispiace solo che sia in queste circostanze".

Allye fissò la donna. *Era questa* la madre di Gray? Si era immaginata una persona completamente diversa. Non questa...Dea, bella e alla moda. Allye si sentì ancora più a disagio nel conoscerla.

"Uh...Salve. Sa dov'è suo figlio?"

Pene agitò una mano nell'aria. "Oh, si sta occupando di qualcosa. Non preoccuparti. Sarà qui prima che tu te ne accorga".

Ecco perché Allye si sentiva inquieta. "Cosa ci fa qui?"

"Gray mi ha chiamato ieri sera presto, ha detto che aveva bisogno di me. Mi ha lasciato un messaggio dicendomi che saresti stata qui, così sono venuta direttamente all'ospedale dall'aeroporto".

Allye era confusa. La sera prima lei era ancora tra le

grinfie di Nightingale. Come faceva Gray a sapere che l'avrebbe trovata? O che sarebbe stata bene?

Pene le diede un colpetto su una mano. "Non pensarci troppo. Grayson sembra aver sempre saputo le cose, prima che accadessero. Ti ha raccontato di quella volta che ho avuto un incidente d'auto e sono rimasta gravemente ferita? Era all'estero e ha chiamato la Croce Rossa prima che potessero mettersi in contatto con lui. Stavo bene, ma in qualche modo sapeva che ero ferita".

Allye fissò la madre di Gray, senza sapere esattamente cosa dire.

Ma Pene non sembrò accorgersene o preoccuparsene. Avvicinò una sedia al letto, si sedette e iniziò una conversazione per lo più a senso unico, come se fosse la cosa più naturale del mondo.

"Mi sembra di conoscerti già. Ti ho cercato online, sai. Balli splendidamente. Ho letto anche tutte le tue interviste. Penso che ti aspetti un lavoraccio, se vuoi che Grayson si trasformi in un vegetariano, ma gli farebbe bene mangiare più sano. Mangia già troppa carne rossa. Onestamente, non c'è da meravigliarsi che mio figlio ti ami così tanto. Sei gentile, bella e di talento".

"Ehm...Credo che lei si sia fatta un'idea sbagliata", le disse Allye. "Abbiamo litigato. Non sono sicura che stiamo ancora insieme".

Pene la fissò a lungo, poi sorrise. "C'è una cosa che devi imparare su Grayson. È una specie di testa calda. Anche suo padre, pace all'anima sua, era così. Grayson si agita per qualcosa, poi quando ha avuto il tempo di pensare, torna in sé. Bisogna solo dargli quel tempo e quello spazio per pensare. Gli ho detto più volte che se non si controlla, ne subirà le conseguenze. Odio dovergli dire 'Te l'avevo detto', ma...A volte se lo merita".

Allye non poté fare a meno di sorridere.

Pene si appoggiò, mise i gomiti sul materasso e abbassò la voce come se stesse raccontando un segreto. "Probabilmente non dovrei parlartene, visto che sono sua madre e tutto il resto, ma Signore, dopo che io e suo padre litigavamo, e lui tornava per una conversazione più che civile...Santo cielo! Il sesso riparatore era fuori da questo mondo!"

Allye arrossì violentemente. Poi chiese timidamente: "Suo marito è morto?" Pensava di ricordare che Gray avesse detto qualcosa a riguardo mentre erano stati nell'oceano, ma non poteva esserne sicura.

"Purtroppo, sì. Mi manca ogni minuto di ogni giorno, mi ha dato i migliori vent'anni della mia vita. Non li scambierei con niente al mondo. Diceva: 'Pene, amore mio, hai una sola vita, e devi vivere ogni giorno come se fosse l'ultimo'. Ed è quello che abbiamo fatto insieme. Era un macchinista, è stato un incidente pazzesco. Una macchina era bloccata sui binari, e invece di uscire dalla locomotrice come era stato addestrato a fare, lontano dall'impatto, mio marito ha fatto tutto il possibile per rallentare il treno prima che colpisse la macchina".

"Che cosa è successo?" chiese Allye, inorridita per la storia della bella donna seduta davanti a lei.

"All'impatto, l'auto ha preso fuoco e l'incendio si è diffuso nella locomotrice, non è riuscito a uscire".

Allye non poté farci nulla. Allungò la mano e la mise su quella di Pene, stringendola leggermente. "Mi dispiace tanto".

Pene le fece un cenno con la testa. "Grazie, tesoro. Francamente, fu tremendo. Ma Grayson e suo fratello erano lì per me. Quello che ho imparato da tutto questo è amare fino in fondo, finché ne hai la possibilità. Ama con tutto il tuo cuore, e dai tutta te stessa. Fai tutti i sacrifici che devi fare per far funzionare il tuo rapporto. Perché, come ho detto, si vive una volta sola. Fa' che sia importante".

Gli occhi di Allye si inumidirono. Sembrava che, una volta

rotta la diga, non ci fosse più modo di trattenere le sue lacrime!

"Oh Signore, non piangere cara! Grayson mi ammazza se entra qui e ti vede in lacrime, soprattutto perché non piangi mai".

"Gliel'ha detto lui?" chiese Allye, cambiando argomento per trattenere le lacrime.

"Oh, sì. Mi ha detto tante cose su di te".

"Non sapevo che voi due parlaste così spesso".

"È mio figlio. Gli parlerei ogni giorno, se me lo permettesse. Ma cerco di controllarmi". Pene le fece l'occhiolino.

Allye non riusciva a capire. Sua madre non le aveva mai parlato, a meno che non fosse stato strettamente necessario. Neanche i suoi genitori adottivi erano così, con i loro figli. Era come se, una volta compiuti i diciotto anni, i genitori fossero contenti di vederli dirigersi verso il mondo per riavere indietro le loro vite.

"Vedrai quando avrai dei figli tuoi", disse Pene, accarezzando con complicità la mano di Allye.

La madre di Gray rimase con lei a chiacchierare su come fosse Gray da bambino, di cosa facesse ora con i suoi gruppi di volontari e anche un po' del fratello minore di Gray, Jackson.

Allye perse la cognizione del tempo, affascinata da Pene e soprattutto da quanto fosse aperta e amichevole. Ma presto annuì a qualsiasi cosa Pene stesse dicendo, perché si sentiva estremamente stanca e non le prestava più attenzione.

"Spero che quando verrete a trovarmi in Florida, verrete a una delle mie lezioni di danza. Non siamo bravi come te, ma ho parlato di te a tutti i miei amici e muoiono dalla voglia di conoscerti. Forse potresti parlare con quel tuo gruppo di ballo e dire loro che un viaggio in Florida per uno spettacolo è una buona idea. No, ecco! Verrò lassù a Denver. Un viaggio per sole ragazze! Sarà un sacco divertente e..."

"Mamma, non vedi che è esausta? Lascia perdere."

Con quelle parole, Allye si risvegliò di nuovo.

Gray era in piedi sulla porta, appoggiato ad essa con le braccia incrociate sul petto. Quando vide che lei lo guardava, si rimise in posizione eretta e attraversò la stanza. Baciò sua madre sulla guancia, poi si voltò verso Allye.

"Come ti senti, gattina?"

Sentirlo pronunciare il suo soprannome per lei, con quella voce bassa e sexy, le fece scattare di nuovo le lacrime agli occhi.

"Non piangere. Dio, non piangere", disse lui con tono tormentato.

Si sedette sul bordo del suo letto e la abbracciò forte, affondando il suo viso tra i capelli di lei.

Allye si accorse a malapena di quando la madre di Gray scivolò silenziosamente fuori dalla stanza, lasciandoli da soli.

"Mi dispiace tanto", disse Gray, senza alzare la testa. "Sono stato un coglione. Avrei dovuto ascoltarti. Avevo già deciso che avevi ragione e non c'era modo di nasconderti mentre altre persone venivano ferite e uccise, e stavo tornando a casa. E per la cronaca, non avrei potuto farlo neanche io."

"Non sarei dovuta scappare senza parlarti di nuovo", rispose Allye. "Ero ferita e non pensavo lucidamente".

Gray si tirò indietro. "Immagino che entrambi abbiamo ancora qualcosa da imparare l'uno dall'altra, eh?" Le passò delicatamente i pollici sotto gli occhi, asciugandole le lacrime che le inumidivano le guance. "Odio averti fatto piangere, dato che non piangi mai".

Lei gli fece un piccolo sorriso e gli tenne i polsi. "Credo che mi faccia bene".

Lui alzò gli occhi al cielo, il che fece sorridere Allye ancora di più.

"Mi porti a casa?" sussurrò poi lei.

"Al tuo appartamento?", chiese Gray.

Allye scosse la testa. "No, a casa. In Colorado. Mi manca casa tua."

"*Casa nostra.* Niente mi farebbe più piacere di portarti a casa". Ma a quel punto Gray si fermò, come se stesse pensando se chiederle qualcosa. Lei percepì il momento in cui lui si decise. "Ti mancherà qui? Il teatro? I tuoi amici?"

Allye scosse immediatamente la testa. "Posso ballare in Colorado. E i miei amici saranno sempre i miei amici. Spero di farne anche di nuovi".

"Certo", disse lui, contento. "Come potresti non fare nuove amicizie? Sei incredibile".

Lei gli sorrise. "Come sta Robin? Posso vederla, prima di andare?"

"L'ultima volta che l'ho vista, stava bene. Ha dei muscoli stirati - prima che tu me lo chieda, no, non c'è bisogno che tu sappia com'è successo - e le hanno dovuto mettere un bel po' di punti, ma suo marito è qui, mi ha detto prima che può tornare a casa tra qualche giorno".

"Sono contenta."

"Sei stata fantastica, laggiù", le disse Gray. "Odiavo il fatto che fossi in pericolo, ma sei stata furba e hai fatto quello che potevi per tenerlo sbilanciato e distratto mentre gli altri lo prendevano di sorpresa".

Allye annuì tristemente, poi disse: "Sono contenta che sia morto. Hai visto le altre donne, nelle altre stanze?".

"Sì. Anche loro sono qui in ospedale, anche se ho sentito che hanno dovuto portare quella con tutti i tatuaggi nel reparto psichiatrico. Nightingale l'ha davvero incasinata".

"Ha sofferto quel mostro, vero?" chiese Allye dopo aver dato un'occhiata alla porta per assicurarsi che fosse ancora chiusa.

"Sì, gattina. Abbiamo fatto in modo che fosse così."

"Bene".

"Ti amo", disse Gray dopo un attimo. "Così tanto che non saprei neanche quantificare. Quando ti ho incontrato la prima volta, ho pensato che fossi un po' fastidiosa per i miei gusti. Ma quando Black ci ha ripescati dall'oceano, credo di aver capito che fossi quella giusta per me. Con la testa a posto, calma sotto pressione, qualcuno che mi piaceva avere al mio fianco in caso di emergenza".

"Davvero?"

"Davvero. Sono rimasto scioccato quando sei apparsa al *The Pit*, ma anche sollevato. Sapevo che mi era stata data una seconda possibilità. Mio padre mi diceva sempre di vivere la vita che ti viene data, senza rimpianti. Beh, mi sono pentito di averti lasciato andare e di non averti dato il mio numero non appena ho lasciato quella spiaggia. Ma poi, eccoti là, in Colorado. Era un segno, di certo non ti avrei lasciato andare di nuovo".

"Sono contenta che tu non l'abbia fatto. Non posso promettere di essere la fidanzata perfetta, perché non sono mai stata veramente amata da nessuno prima d'ora. Ma prometto di cercare di essere ricettiva a quello che dici e di fare del mio meglio per non scappare senza parlarti di nuovo".

Gray scosse la testa. "No, gattina. Farò del *mio* meglio per ascoltare e non perdere la testa".

"Tua madre dice che hai ereditato questa cosa da tuo padre".

"Suppongo di sì", le disse, con tono malizioso.

"Ti darò spazio quando ne avrai bisogno", promise Allye. "Ti è permesso di elaborare, Gray. Cercherò di non spingerti a prendere una decisione quando si tratta di qualcosa di grande e importante".

"Parlando di qualcosa di grande e importante", disse Gray, passando la mano sui capelli di lei ancora una volta, prima di alzarsi in piedi.

Allye rimase senza fiato quando Gray si inginocchiò sul

pavimento della camera d'ospedale. Lo fissò con la bocca aperta e gli occhi spalancati.

"Allye Martin, ti amo. Tanto che non riesco a immaginare di passare il resto della mia vita senza di te. Mi vuoi sposare? Vuoi dormire al mio fianco per il resto della nostra vita? Vuoi avere dei figli con me che ci ameranno incondizionatamente e ci infastidiranno così tanto che saremo felici quando se ne andranno dopo il diploma, ma poi ci mancheranno così tanto che la sera dopo si presenteranno per una cena casalinga? Sopporterai i miei sbalzi d'umore e il mio lavoro con orari strani? Mi prometti, qualunque cosa io dica o faccia, che non mi lascerai mai e che mi amerai per sempre? Non posso vivere senza di te, gattina. Ti ho abbandonato una volta e ti ho deluso nel peggiore dei modi. Non lo farò più".

Questa volta le lacrime di Allye erano di pura gioia. "Sì, Gray. Certo che ti sposerò. Ti amo così tanto".

Poi lei si tuffò tra le sue braccia e lui la strinse forte, come se non volesse mai lasciarla andare.

Allye alzò lo sguardo e vide la madre di Gray che guardava fuori dalla piccola stanza d'ospedale, tramite la finestra che dava sul corridoio. Anche lei stava piangendo, e quando vide che Allye l'aveva notata, le fece un pollice in su e un sorriso.

Allye chiuse gli occhi e lasciò che Gray la stringesse di nuovo. Non sapeva come fosse passata dall'essere quasi annegata in una barca in mezzo all'oceano all'essere più felice di quanto lo fosse mai stata in tutta la sua vita. Ma come aveva detto Pene Rogers, "vivi la vita come se ogni giorno fosse l'ultimo". Ed era proprio quello che Allye aveva intenzione di fare.

EPILOGO

"Allye!" La chiamò Gray. "Andiamo! Faremo tardi!"

"Tieniti i pantaloni addosso!" urlò lei, giù per le scale. "Sto arrivando".

Gray sorrise e continuò a camminare. Era il pomeriggio del saggio al *Barbara Ellis Studio of Dance* di Colorado Springs, dove Allye insegnava da quando erano tornati dalla California. Aveva deciso che non voleva più ballare da sola, almeno non con un teatro di danza professionale. Parte di questa decisione fu presa perché doveva guidare fino a Denver almeno due volte alla settimana, dato che non c'era un teatro professionale a Colorado Springs. Secondo, ad Allye era piaciuto così tanto insegnare alla classe con la piccola Rory, la ragazza con la sindrome di Down, che voleva farne il suo lavoro.

Barbara aveva introdotto volentieri Allye nello staff. Quel pomeriggio c'era il primo saggio da quando Allye aveva iniziato a insegnare a tempo pieno, e la classe per bambini con disabilità stava facendo il suo debutto. Nella terza classe c'erano otto ragazzi e ragazze con la sindrome di Down, due su sedia a rotelle, uno che usava un deambulatore e una coppia di sorelle con disturbi convulsivi.

Gray pensava di essere più nervoso di Allye. La sentì sulle scale, si girò e si bloccò.

Non poteva credere che una persona così bella come Allye fosse con *lui*.

Lei aveva un vestito piuttosto modesto. Era nero, con collo alto e maniche lunghe, ma i tagli le lasciavano le spalle nude. Era aderente e slanciato, e luccicava di qualsiasi cosa ci fosse nel tessuto. Con i tacchi, era leggermente più alta del solito.

Fece una piccola piroetta in fondo alle scale e chiese a Gray: "Come sto?".

"Stai bene?" Le chiese Gray, mentre camminava lentamente verso di lei.

"Sì. Il vestito è nuovo, una delle ragazze al lavoro mi ha aiutato a sceglierlo, ma ho pensato che forse sia troppo. Voglio dire, è solo un saggio di danza pomeridiana e..."

Gray non la lasciò finire. Le mise una mano dietro il collo e la tirò così forte a sé che lei emise un piccolo "umph", colpendogli il petto. Poi la baciò intensamente, come se non ne avesse mai avuto abbastanza.

Lei non lo respinse. Infatti, Gray sentì la mano di lei avvolgergli la nuca, sentì le sue unghie conficcarsi nel suo braccio durante il loro bacio. Le loro teste si inclinavano da una parte e poi dall'altra, mentre il loro respiro accelerava.

Gray la lasciò andare quando sentì che gli mancava un secondo per farla girare, alzarle la gonna e scoparla proprio lì sulle scale.

Lei sapeva quanto lui fosse eccitato. Gli occhi di Gray brillavano di lussuria e lei aveva le guance rosse. Allye si leccò le labbra, lentamente, così Gray valutò di riprendere da dove avesse interrotto.

"Credo di avere un bell'aspetto", scherzò lei.

"Hai un bell'aspetto, sei da mangiare", le rispose Gray. "E sto morendo di fame, cazzo".

Lei alzò gli occhi al cielo e Gray sentì il suo uccello farsi ancora più duro. Dio, non ne aveva mai abbastanza della sua insolenza. Il pensiero di averla quasi persa lo colpiva nei momenti più strani, come in quel momento.

"Non farlo", disse lei, chinandosi in avanti e baciandolo dolcemente. "Sono qui e sto bene".

"Ti amo", le disse.

"Ti amo anch'io", rispose lei immediatamente. "Ma abbiamo davvero bisogno di procedere. I bambini si arrabbieranno se faccio tardi".

"No, non è vero", le disse Gray. "Ti saluteranno come fanno sempre, con grandi abbracci".

"Vero", ammise Allye. Gli avvicinò una mano al viso e gli accarezzò una guancia. "Come ho fatto ad essere così fortunata?"

"Ehi, questa è la mia battuta", le disse Gray.

Si sorrisero l'un l'altra, lui la lasciò andare, girandola e dandole una piccola spinta verso il garage, seguita da una pacca sul sedere. "Muoviti, donna, i tuoi tirapiedi ti aspettano".

Ridacchiando, Allye andò verso il garage.

———

Ore dopo, dopo che i ragazzi speciali di Allye avevano debuttato diventando il gruppo di ragazzi più entusiasti per aver ballato, anche senza essere i più coordinati; dopo che Barbara Ellis aveva annunciato che il nome della scuola era stato cambiato in *Barbara Ellis & Allyson La Mistica Studio of Dance*; dopo che la madre di Gray li sorprese, presentandosi al recital con due delle sue amiche; dopo che Ro, Ball, Black, Meat e Arrow li avevano sorpresi non solo *presentandosi, ma portandosi anche* abbastanza fiori per ogni bambina e bambino, facendo piangere Allye nel frattempo; dopo che Allye aveva salutato ogni genitore che si era presentato a vedere le esibizioni, Gray finalmente si fermò nel garage di casa loro.

Premette il pulsante per chiudere la porta del garage e spense il motore.

"Resta lì", le ordinò mentre usciva.

Allye rimase seduta, un piccolo sorriso sul viso mentre lo assecondava.

Gray scese dall'auto e fece il giro per aprirle la portiera. La prima cosa che vide fu la luce che brillava sull'anello di fidanzamento al dito di Allye. Voleva regalarle qualcosa di grande e vistoso, ma aveva sfidato la tradizione e le aveva lasciato scegliere quello che le piaceva. L'ultima cosa che voleva fare era comprarle qualcosa che non le piacesse. Ma aveva fatto in modo che, una volta in gioielleria, l'uomo non le dicesse nulla dei prezzi. Gray aveva voluto che Allye progettasse esattamente quello che voleva, al diavolo il prezzo.

Così alla fine l'anello era uno che Gray non avrebbe mai scelto per lei, ma almeno sapeva che era perfetto. Gli occhi di Allye si erano illuminati la prima volta che l'aveva visto, lui sapeva che avrebbe mosso cielo e terra per vedere quel tipo di stupore e di gioia nei suoi occhi ogni giorno per il resto della loro vita.

Era di platino, con due piccoli diamanti quadrati su entrambi i lati di uno smeraldo dal taglio più grande. I carati totali erano solo due. Avrebbe scelto un anello di quattro o cinque carati che nessuno avrebbe potuto scambiare per qualcosa di diverso da quello che era, ovvero un anello semplice, ma amava quello che lei aveva creato per sé stessa semplicemente perché *le piaceva tanto*.

Gray aiutò Allye ad uscire dall'auto, poi chiuse la portiera dietro di lei. La spinse di nuovo verso il veicolo, le mise le mani sui fianchi e iniziò a stropicciarle il vestito. "Oggi non riuscivo a pensare ad altro, per tutto il tempo".

Lei gli sorrise e giocò con i bottoni della sua camicia bianca, mentre lui le fece scivolare lentamente il vestito sui fianchi. "Sì?"

"Sì", le disse, poi la fece spostare di circa un metro e mezzo e la fece girare bruscamente, in modo che lei si trovasse di fronte al cofano dell'auto ancora calda. Lui le mise una mano sulla schiena, per farla chinare; lei obbedì avidamente, allargando le gambe senza che lui dovesse dirglielo.

La mano di Gray le finì tra le gambe, scoprendo che Allye che era bagnata fradicia. "Sei terribilmente bagnata, gattina".

"Ho fantasticato durante tutto il viaggio di ritorno a casa. Di te che mi prendevi con questo vestito, senza preoccuparti di togliermelo prima".

"Ah sì, eh?" Le chiese Gray mentre iniziava a farle un ditalino, assicurandosi che lei fosse pronta a riceverlo senza alcun dolore.

"Eh, già..."

"A cos'altro hai pensato?" continuò Gray, mentre con la mano libera andava al bottone e alla cerniera dei pantaloni.

"Noi, sotto la doccia. Nel..." Le sue parole si interruppero quando Gray le spostò le mutandine di lato, iniziando a scoparla senza preavviso.

"Questo?", le chiese. "Pensavi a questo?".

"Sì...Oh Dio, sì". Allye si chinò ancora di più, offrendosi totalmente a lui, i tacchi la mettevano all'altezza giusta affinché lui potesse scoparla senza doversi inginocchiare.

Gray sapeva che stava agendo in modo avventato, ma vedere quanto fosse stata meravigliosa con tutti i ragazzi al saggio gliela aveva fatta amare ancora di più. Gli aveva fatto venire voglia di mostrarle esattamente quanto lei significasse per lui. Si era controllato per tutto il pomeriggio. Non l'aveva portata via di nascosto per una sveltina in una delle sale di insegnamento vuote. Ma ne aveva bisogno in quel momento. Aveva bisogno di *lei*.

La loro pelle produceva suoni umidi mentre lui entrava e usciva, il vestito di Allye totalmente rovesciato sulla schiena, lui la teneva saldamente per i fianchi. I pantaloni e gli slip di Gray erano sotto l'uccello, per lasciargli la giusta libertà di movimento.

Gray guardò verso il basso, e sentì spruzzare delle premature gocce di liquido seminale quando vide quanto l'uccello fosse lucido, impregnato dei succhi di lei. Non indossava il preservativo e non se ne preoccupava nemmeno. Se l'avesse messa incinta, bene. L'avrebbe sposata non appena fosse stata pronta e con o senza bambino, era *sua*.

"Per favore", gemette Allye, spalmata sul cofano.

"Vuoi venire, gattina?", chiese Gray, senza rallentare con le sue spinte.

"Sì."

"Allora fatti venire", le ordinò.

Una delle mani di Allye sparì immediatamente sotto di lei, e Gray poté sentire le sue dita, così restò fuori. Lei non disse nulla sulla sua mancanza di preservativo, ma utilizzò i loro fluidi per bagnarsi le dita, prima di portarle al clitoride. Lui ritornò a spingere, mentre Allye si masturbò portando sé stessa all'orgasmo in pochi secondi.

"Gray, io..."

"Sì, gattina. Lasciati andare. Ti tengo."

Così fu. Le gambe di Allye tremavano, il suo corpo si contraeva di piacere sull'uccello di Gray mentre lui lo faceva entrare e uscire un po' più lentamente. Proprio mentre lei finiva, Gray sentì che stava arrivando anche il suo momento.

La sensazione di venire dentro di lei fu totalmente diversa. Non aveva pensato che fare l'amore senza preservativo sarebbe stato così diverso, ma si sbagliava. Si sbagliava di grosso. Il calore intorno al suo uccello si decuplicava, poteva già immaginare le migliaia, milioni di spermatozoi che stavano nuotando lungo il suo canale, fino al grembo di Allye.

Lui sorrise e si strinse ulteriormente alla sua donna, non voleva che scappasse neanche una goccia prima che avesse la possibilità di fare il suo dovere.

Allye sospirò sotto di lui, provando a spostarsi. Gray sapeva di doversi spostare, ma non voleva proprio. Prese un appunto mentale: scoparla di nuovo, il più presto possibile, a letto magari, in modo da potersi addormentare con il suo uccello ancora dentro di lei. Gray uscì lentamente.

Guardò affascinato come il suo sperma cominciava immediatamente a trapelare da dentro di lei.

"Gray?" chiese lei, girando la testa per guardarlo. "Devo entrare e ripulirmi".

Sapendo che aveva ragione, Gray si tirò su slip e pantaloni, senza abbottonarli. Poi si girò verso Allye, senza preoccuparsi di tirarle giù il vestito e la prese in braccio. La portò in casa e su per le scale.

La mise in piedi, in bagno, e si inginocchiò per slacciarle i tacchi alti. Sentiva le dita di Allye tra i capelli, mentre si concentrava sulle complicate chiusure. Qualcuno avrebbe potuto pensare che fare questo per lei non fosse virile, ma per quel che riguardava lui, prendersi cura di lei in questo modo era una delle tante cose virili che faceva per lei ogni giorno. E soprattutto voleva farlo. Voleva renderla felice. Confortevole. Voleva assicurarsi che fosse nutrita e che non avesse mai sete. Era un onore per lui, e avrebbe passato felicemente il resto della sua vita a toglierle le scarpe alla fine di ogni giornata.

"Doccia?" le chiese mentre lei stava in piedi e andò dietro di lei per aprirle il vestito.

"Bagno, credo", rispose lei.

Facendo scorrere la mano lungo la colonna vertebrale di lei, le spinse il vestito sui fianchi, che cadde come una pozzanghera di stoffa ai loro piedi. Guardando in basso, Gray vide la piccola cicatrice sul retro della gamba dove il medico le aveva tolto il dispositivo GPS. Gray avrebbe voluto che lei lo tenesse, ma Allye si era rifiutata, dicendo che non si sarebbe mai messa in una situazione come quella in cui si era trovata in California, e quindi il localizzatore non era necessario.

Gray voleva protestare perché con il suo lavoro come Mercenario di Montagna poteva sempre essere a rischio per qualcuno che voleva vendicarsi su di lui o su Rex, ma alla fine non voleva farla arrabbiare. Meat stava comunque lavorando per migliorare il design, quindi non sarebbe stato così doloroso da rimuovere e sarebbe stato più efficace, non importava dove fosse finito questo nuovo localizzatore, avrebbe sempre funzionato: anche sottoterra, in un bunker di cemento.

Le baciò la spalla e si chinò per avviare l'acqua nella vasca. "Prenditi il tuo tempo, gattina. Inizio a preparare la cena. Le lasagne vegetariane vanno bene?"

Allye si girò allora e gli cinse le braccia intorno al collo. "Perfetto. Ti amo, Gray. Grazie per essere venuto oggi. Per me è stato molto importante".

"Certo. Tutto ciò che è importante per te, è importante per me".

"Domani andiamo a trovare tua madre?"

Gray arricciò il naso. "Sì. Ha detto che verrà verso le undici. E che avrebbe portato delle amiche. Va bene?"

"Assolutamente. Voglio bene a tua madre".

Gray non poté fare a meno di stamparsi il solito, stupido sorriso sul volto. Per una donna che una volta aveva detto di non essere mai piaciuta alle mamme, in quel momento si stava proprio sbagliando. Si ricordò di questo. "Vogliamo parlare di nuovo del karma?" le chiese.

Allye alzò gli occhi al cielo. "No."

"Sicura? Voglio dire, sono disposto a darti ogni sorta di esempio di come il karma ha funzionato per te".

"Vai", ordinò lei, girandolo verso la porta e dandogli una piccola spinta.

Gray se ne andò, ma si girò prima di andarsene. "Ti amo, gattina".

Il viso di Allye si ammorbidì. "Ti amo anch'io. Ora vai, sguattero!".

Gray scese.

———

Ronan Cross, conosciuto come Ro dai suoi amici, si stava concentrando sulla sospensione del pickup Ford ultimo modello su cui stava lavorando quando sentì l'odore della cosa più deliziosa che avesse mai sentito in vita sua.

Era abituato all'odore di olio, all'odore del corpo o alla benzina quando era al lavoro nel suo piccolo garage. Ma l'odore dei lillà era fuori luogo, proprio come un piatto di pancetta in un rifugio vegetariano.

Si arrampicò da sotto il camion e fissò la donna in piedi di fianco alla saracinesca, nervosa e insicura. Era alta per essere una donna, forse mezzo metro più bassa di lui. Ma aveva il tipo di curve per cui Ro aveva un debole. Le curve di Marilyn Monroe, le chiamava volentieri così. Fianchi larghi, tette grandi, una vita a cui poteva aggrapparsi, gambe che probabilmente lo avrebbero soffocato se si fosse messo in mezzo.

Indossava una gonna corta, con la quale si sentiva a disagio, il modo in cui continuava a tirare l'orlo verso il basso era indicativo. La sua camicetta aveva un taglio basso e non era affatto lo stile adatto al suo tipo di corpo. Era una taglia troppo piccola, i bottoni si sforzavano di rimanere chiusi, lasciando piccoli spazi vuoti nella parte anteriore del corpo.

I suoi capelli erano neri e le cadevano sulle spalle. Erano assolutamente lisci, come se li avesse passato con un ferro da stiro. Le ciocche sembravano quasi avere dei riflessi blu quando si spostava alla luce del sole, e i suoi occhi erano di una strana tonalità di viola. Doveva indossare delle lenti a contatto per renderli di quel colore, ma a Ro non importava. Il suo trucco era pesante, il rossetto era scuro.

Era passato così tanto tempo da quando aveva avuto il desiderio di portare a casa una donna, così Ro si sorprese al pensiero immediato di come sarebbero state quelle labbra truccate intorno al suo uccello.

La stava fissando in modo aperto e maleducato, ma Ro non riusciva a liberarsi dalla strana trance in cui era entrato nell'attimo in cui aveva sentito l'odore della lozione o del profumo che lei indossava.

Infine, lei ruppe il silenzio teso chiedendogli: "Hai un telefono che posso usare?"

Ro sbatté le palpebre. Non ricordava l'ultima volta che qualcuno gli aveva chiesto di usare il telefono. Quasi tutti avevano il cellulare.

Più ci pensava, più si sentiva a disagio. Guardò oltre la donna, verso la zona davanti al suo negozio, non vide alcuna auto.

Camminando lentamente per non spaventarla, Ro passò davanti alla donna e si guardò intorno. Il suo negozio si trovava fuori mano, c'era solo un piccolo cartello alla fine del suo vialetto che indicava che c'era anche un'attività commerciale. Non c'era traccia di un veicolo, e non aveva idea di come la donna l'avesse trovato, tanto meno di come fosse arrivata lì senza macchina.

"Dov'è la tua macchina, tesoro?", le chiese.

Lei cambiò espressione, sembrava sorpresa, poi disse: "Sei inglese".

"Lo ero, sì", replicò lui. "Ora sono americano. La tua macchina?"

"Oh. Uh . . . Non ce l'ho", balbettò lei.

"Come sei arrivata qui, allora?" le chiese Ro, facendo un passo verso di lei, notando come lei fece a sua volta un passo, ma all'indietro. Lei non lo guardò negli occhi, sapeva che stava per mentire.

"Un'amica mi ha accompagnato, ma è l'indirizzo sbagliato. Ho lasciato per sbaglio la mia borsa nella sua macchina e devo chiamarla per venirmi a prendere".

Ro la guardò a lungo. Era vero che non aveva una borsa e le scarpe ai piedi non erano adatte a camminare per lunghe distanze. Ma lei gli stava mentendo sull'amica. Ne era sicuro.

Se l'avesse vista per strada nel centro di Colorado Springs, avrebbe subito pensato che fosse una prostituta, ma non era in centro. Era in piedi in mezzo al suo garage fuori mano, si spostava scomodamente e non lo guardava negli occhi. Non era una puttana. Ci avrebbe scommesso la vita.

"Ho un telefono che puoi usare", le disse con dolcezza, non volendo spaventarla.

"Grazie", disse lei, tirando un sospiro di sollievo. Sembrava quasi che stesse per piangere, per un momento, ma si voltò e si guardò intorno, nel suo negozio.

Ro prese uno straccio da uno scaffale e cercò di togliersi un po' di grasso dalle mani. Allungò la mano nella tasca posteriore e tirò fuori il cellulare. Era caldo, a causa del calore del suo corpo. Lo sbloccò e lo porse alla donna davanti a lui.

"Ecco a te".

"Grazie". Lei prese il telefono e lo tenne in mano, come se non sapesse cosa fare dopo.

"Vai avanti, tesoro. L'ho sbloccato per te. Basta premere l'icona del telefono e chiamare chi vuoi".

Lei annuì e guardò il telefono in mano per un attimo,

prima di prendere una decisione. Poi compose un numero e guardò a terra, aspettando la risposta di qualcuno.

Ro sapeva che sarebbe stato educato spostarsi. Ma era troppo curioso, non poteva andarsene senza sapere di più sulla sua situazione, perché non suonava giusta. La gente non si presentava *mai* a casa sua per caso.

"Ciao, Abbie? Sono io, Chloe. Ho bisogno di un passaggio." Ci fu una pausa mentre ascoltava chi era all'altro capo della linea. "Lo so." Un'altra pausa. "Non volevo. Vieni a prendermi o no?" Una pausa più lunga, come se la misteriosa Abbie le stesse rinfacciando qualcosa. "*Lo so*", ripeté la donna misteriosa, con un po' di risentimento. "Vieni a prendermi o no?"

Allora alzò lo sguardo verso Ro e gli disse: "Ho bisogno dell'indirizzo".

Ro glielo diede volentieri e la guardò mentre Chloe lo ripeteva a chiunque fosse Abbie, ringraziandola prima di riagganciare.

Lei gli fece un sorriso debole e gli porse il suo telefono. Lui lo prese e si assicurò di sfiorarle le dita. Il fard sul suo viso era molto bello e faceva sembrare il suo vestito ancora più fuori posto.

"Vuoi qualcosa da bere, mentre aspetti?", le chiese.

"Oh no, grazie. Non voglio darti fastidio. Vado ad aspettare fuori", gli disse, gesticolando verso la porta della saracinesca aperta con il pollice.

"Non c'è problema", insistette Ro.

"Torna a lavorare facendo...Quello che stavi facendo. Va tutto bene. Grazie per l'uso del telefono". Così, lei se ne andò.

Ro avrebbe potuto lasciarla andare, se fosse stato per questo. Avrebbe potuto essere incuriosito e avrebbe potuto chiedersi cosa fosse successo alla bella donna che era entrata di punto in bianco nella sua carrozzeria, così all'improvviso.

Ma nel momento in cui lei si girò e lui vide l'enorme livido sulla sua schiena, il destino di entrambi fu segnato.

La camicetta della donna era bianca e trasparente. Si vedeva facilmente il contorno del reggiseno nero che indossava sotto, e il segno nero e blu sulla schiena era altrettanto evidente.

Ro si mosse ancora prima che il suo cervello avesse registrato completamente ciò che vedeva. La fermò con una mano attorno al bicipite. "Sei ferita", le disse con tono basso e incazzato.

Lei lo guardò sorpresa. Quando vide dov'era il suo sguardo, cercò di strappare il braccio dalla presa. "Sto bene".

"Fammi vedere".

"Cosa?"

"Fammi vedere!", ripeté Ro.

"Io non penso..."

"Non ti farò del male", le disse con tono calmo. "Voglio solo assicurarmi che tu non abbia bisogno di cure mediche".

"No", disse lei. Aveva smesso di cercare di allontanarsi da lui, si era fermata.

"Per favore. Non ti toccherò, voglio solo vedere quanto sei ferita".

La donna apparve confusa. "Non lascerai perdere, vero?"

"No."

"Perché?"

"Perché ho la sensazione che tu non ti sia ferita cadendo. Fammi vedere, poi ti lascio stare."

Ro non pensò che lei lo avrebbe fatto, ma dopo un breve sguardo verso il basso, lei si alzò provocatoriamente la camicia dietro, giusto il necessario per fargli vedere il segno sul fianco destro.

Era sopra a dove si trovavano i reni. Doveva farle dannatamente male, doveva farle *ancora* male, Ro sapeva che c'era solo una cosa che faceva un segno di quella dimensione e forma. Un pugno.

Lei lasciò cadere la camicetta, ma lui non le lasciò il braccio. "Come ti chiami?" le chiese, questa volta con voce dura.

"Perché?" chiese lei, cercando di convincerlo a lasciarla andare ancora una volta. L'altra mano si alzò e cercò di strappargli le dita dal braccio. "Mi fai male. Lasciami andare".

"Non ti faccio del male", rispose Ro, sapendo che la sua presa era stretta, ma non in modo violento. Se avesse voluto aiutare questa donna, avrebbe dovuto sapere il suo nome. "Come ti chiami?"

"Tu?", rispose lei con improvvisa insolenza.

"Ronan Cross. Puoi chiamarmi Ro. Tocca a te".

Lei lo fissò per un attimo, poi disse dolcemente: "Chloe Harris".

Il nome gli suonava familiare per qualche motivo, ma gli ci volle un secondo per fare due più due. "Cazzo. Dimmi che non sei sposata con Leon Harris".

Leon Harris era uno dei capi della sezione locale di Cosa Nostra, la mafia, con sede a Denver. Rex conosceva il gruppo, naturalmente, ma non si era fatto coinvolgere perché il clan mafioso si occupava principalmente di contraffazione, insider trading, estorsione e altre pratiche di corruzione, non di crimini contro le donne. Il gruppo era composto da diverse grandi famiglie della zona di Denver e da alcune famiglie di livello inferiore. Lavoravano tutte insieme e si coprivano le spalle a vicenda.

Non erano mafiosi come quelli dei film gangster di vecchia scuola, romanticizzati, ma erano altrettanto pericolosi. Di recente, si erano ramificati e avevano invitato alcune famiglie anziane e legate a Colorado Springs a unirsi alle loro fila. La famiglia Harris era una di loro.

Ro si ricordò di aver visto una volta il padrino, Leon

Harris, in televisione. Aveva i capelli neri ed era alto. Chloe gli ricordava molto quello stronzo.

"Non sono sposata con Leon Harris", disse Chloe con rispetto.

"Grazie, cazzo", Sospirò Ro.

"È mio fratello", aggiunse lei tranquillamente.

Ro la fissò. "Ti ha fatto questo?", chiese, indicando il livido sulla schiena.

"Guarda, non sono affari tuoi", replicò lei, lottando ancora una volta contro la sua presa.

Ro la lasciò andare. Non che potesse andarsene da qualche parte. La misteriosa Abbie non era ancora arrivata, e non poteva proprio andarsene dato che non c'era nessun posto dove andare.

"Dimmi tutto", ringhiò Ro.

Chloe incrociò le braccia, facendo chiudere leggermente gli spazi vuoti della camicetta. Scosse la testa. "Non ti conosco. Volevo solo usare il tuo telefono".

"E tutto quello che voglio, tesoro, è assicurarmi che tu sia al sicuro, felice e in salute. Dall'aspetto di quel livido e dal fatto che sei nel mio negozio senza macchina da nessuna parte, non sei nessuna delle tre".

Si fissarono brevemente, entrambi a braccia incrociate. Lei si leccò le labbra e finalmente distolse lo sguardo, avvertendo un disagio.

"Non ti farò del male", le disse Ro. "Mia madre mi prenderebbe a calci in culo se mai facessi qualcosa per ferire una donna".

"Sto bene. Me ne andrò presto."

"Cristo", disse Ro. "Vivi nella sua stessa casa?"

"È mio fratello", disse Chloe. "Quindi sì."

Ro allungò la mano nella tasca posteriore. La catena attaccata al passante della cintura tintinnò quando tirò fuori il portafoglio. Estrasse un biglietto da visita. C'erano il logo e la scritta *RO'S AUTO BODY*, in alto. Glielo porse.

Lei fissò il bigliettino come se fosse un serpente che l'avrebbe morsa, se l'avesse preso.

Avanzando verso di lei, Ro le prese una mano e le mise il biglietto nel palmo, avvolgendolo con le dita. "Qui c'è il mio numero. Se hai bisogno di qualcosa, e intendo *qualsiasi cosa*, chiamami. Ti aiuterò, non importa che ora sia. Hai capito?"

"Perché?" sussurrò lei, senza guardare il biglietto.

"Perché ne hai bisogno. E hai il profumo migliore di quello di chiunque altro abbia mai sentito in vita mia".

Lei sbatté le palpebre e poi sorrise. "Ti stai offrendo di aiutarmi per il mio profumo?"

"Guardati intorno, amore. Pensi che ci sia un buon profumo, in questo posto? Ovvio che no. Quindi sì, quando una boccata d'aria fresca entra nel mio negozio, col tuo buon odore e col tuo bell'aspetto, ma con un livido pulsante sulla schiena provocato da un uomo...Ti conviene credere che mi sto offrendo di aiutarti".

"Oh, beh...Grazie".

"Non ringraziarmi, se non hai intenzione di usarlo", disse Ro, facendo un cenno al biglietto.

"Non credo che ne avrò bisogno, ma ti chiamo se succede qualcosa".

Ro sapeva che era il massimo che potesse ottenere in quel momento.

Arrivò un'auto che accostò nel suo vialetto, verso di loro. Era una Mercedes. Ultimo modello, secondo Ro. La donna al volante guardò con aria interrogativa Ro e Chloe, mentre si fermava. Non scese.

"Questa è Abbie. Devo andare", disse Chloe, facendo un passo indietro.

La vide infilare il suo biglietto da visita in una piccola

tasca sul davanti della camicia, mentre la sua schiena era ancora rivolta verso la donna che era arrivata a prenderla.

"Grazie", gli disse dolcemente, poi si voltò e si incamminò verso la Mercedes.

Ro fissò la donna al volante, che ricambiò il suo sguardo. Non appena Chloe entrò in macchina, la donna chiamata Abbie iniziò a rimproverarla. Ro capì che stava urlando contro Chloe dal modo in cui le faceva dei gesti con la mano e dal modo in cui le sue sopracciglia erano abbassate con rabbia o costernazione.

La donna scosse la testa come disgustata, poi si guardò alle spalle per uscire lentamente dal vialetto dell'officina, invece di prendersi il tempo di fare manovra. Ro memorizzò il numero di targa della Mercedes, poi portò il suo sguardo su Chloe. Lei non lo stava guardando. La sua testa era chinata, guardava in basso mentre Abbie si allontanava dalla casa e dal negozio.

Non sapeva ancora come Chloe fosse finita nel suo negozio, ma l'avrebbe scoperto. Prendendo un appunto mentale per chiamare Rex il prima possibile, Ro fece qualche passo fino a quando non si trovò al margine esterno del negozio.

Rimase lì in piedi per molto tempo, dopo che l'auto era sparita dalla vista.

Chloe era un mistero. Sembrava avere circa la sua età, intorno ai trentacinque anni. Sapeva che Leon Harris aveva appena compiuto trent'anni perché aveva fatto una grande festa in centro e aveva invitato un gruppo di ragazzi del posto in affidamento. Era stato tutto per spettacolo, ma aveva attirato l'attenzione dei media, che avevano fatto un breve servizio per il notiziario locale.

Perché Chloe viveva con suo fratello minore? Perché lasciava che qualcuno la picchiasse? Perché indossava vestiti fatti per una donna più giovane, più magra, più... *Mondana*?

Erano tutte domande alle quali Ro non avrebbe avuto risposta...Per il momento.

Ricordò il modo in cui lei aveva infilato il suo biglietto in tasca. Lontano da occhi indiscreti? Forse sì. Ad ogni modo, lei avrebbe sentito di nuovo parlare di lui.

Tornando indietro verso il camion, Ro inspirò profondamente, ancora in grado di sentire il leggero odore di lilla nell'aria. Oh sì, Chloe Harris avrebbe ancora sentito parlare di lui.

———

Libro 2, *Difendere Chloe*, in arrivo!

NOTE

CAPITOLO 1

1. Con Navy SEAL si indicano le forze speciali della marina militare degli Stati Uniti d'America. Vengono impiegati soprattutto in conflitti e guerre non convenzionali, difesa interna, azione diretta e azioni antiterrorismo nonché in missioni speciali di ricognizione in ambienti operativi prevalentemente marittimi e costieri.

CAPITOLO 2

1. Intraducibile battuta in italiano: la ragazza si riferisce alla paronomasia tra il suo nome e "alley", che in inglese significa vialetto.

RINGRAZIAMENTI

Qui l'autrice ringrazia tutte le persone che l'hanno aiutata in questa storia.

Non potrei mai, letteralmente, ringraziare tutti quelli che mi hanno aiutato. Dai miei fantastici redattori a mio marito, che sopporta il mio *click-click-click-click* sul portatile tutto il tempo. Dai miei amici che mi aiutano a fare brainstorming, ai miei cani, che non si preoccupano di *quello* che faccio, basta che possano dormire sul divano accanto a me.

Ma sarei negligente se non *vi* ringraziassi, cari lettori, per aver preso questo libro e per aver letto le mie parole. Ci sono libri migliori, ne sono sicura. Ma spero che la lettura di questa storia, che arriva direttamente dalla mia immaginazione, vi dia qualche ora di svago. E poi, leggere qualsiasi cosa è sempre meglio che fare cose come portare fuori la spazzatura o pulire la casa, no?

Also by Susan Stoker

Mercenari di Montagna
Difendere Allye
Difendere Chloe
Difendere Morgan (Prossimamente)

Ace Security
Il riscatto di Grace
Il riscatto di Alexis (Prossimamente)

Delta Force Heroes
Salvare Rayne
Salvare Emily
Salvare Harley
Il Matrimonio di Emily
Salvare Kassie
Salvare Bryn
Salvare Casey
Salvare Sadie
Salvare Wendy (Prossimamente)

Armi e Amori
Proteggere Caroline
Proteggere Alabama
Proteggere Fiona
Il Matrimonio di Caroline
Proteggere Summer
Proteggere Cheyenne
Proteggere Jessyka (Prossimamente)

In inglese:
Delta Force Heroes Series

Rescuing Rayne
Rescuing Aimee (novella)
Rescuing Emily
Rescuing Harley
Marrying Emily (novella)
Rescuing Kassie
Rescuing Bryn
Rescuing Casey
Rescuing Sadie (novella)
Rescuing Wendy
Rescuing Mary
Rescuing Macie (novella)

Delta Team Two Series

Shielding Gillian
Shielding Kinley
Shielding Aspen (Oct 2020)
Shielding Riley (Jan 2021)
Shielding Devyn (May 2021)
Shielding Ember (Sep 2021)
Shielding Sierra (TBA)

Badge of Honor: Texas Heroes Series

Justice for Mackenzie
Justice for Mickie
Justice for Corrie
Justice for Laine (novella)
Shelter for Elizabeth
Justice for Boone
Shelter for Adeline
Shelter for Sophie
Justice for Erin
Justice for Milena
Shelter for Blythe

Justice for Hope
Shelter for Quinn
Shelter for Koren
Shelter for Penelope

SEAL of Protection: Legacy Series

Securing Caite
Securing Brenae (novella)
Securing Sidney
Securing Piper
Securing Zoey
Securing Avery
Securing Kalee
Securing Jane (Feb 2021)

SEAL Team Hawaii Series

Finding Elodie (Apr 2021)
Finding Lexie (Aug 2021)
Finding Kenna (Oct 2021)
Finding Monica (TBA)
Finding Carly (TBA)
Finding Ashlyn (TBA)
Finding Jodelle (TBA)

Ace Security Series

Claiming Grace
Claiming Alexis
Claiming Bailey
Claiming Felicity
Claiming Sarah

Mountain Mercenaries Series

Defending Allye
Defending Chloe

Defending Morgan
Defending Harlow
Defending Everly
Defending Zara
Defending Raven

Silverstone Series
Trusting Skylar (Dec 2020)
Trusting Taylor (Mar 2021)
Trusting Molly (July 2021)
Trusting Cassidy (Dec 2021)

SEAL of Protection Series
Protecting Caroline
Protecting Alabama
Protecting Fiona
Marrying Caroline (novella)
Protecting Summer
Protecting Cheyenne
Protecting Jessyka
Protecting Julie (novella)
Protecting Melody
Protecting the Future
Protecting Kiera (novella)
Protecting Alabama's Kids (novella)
Protecting Dakota

BIOGRAFIA

L'autrice best seller del *New York Times*, *USA Today*, e *Wall Street Journal*, Susan Stoker ha un cuore grande come lo stato del Texas, dove vive, ma questa tipica ragazza americana ha trascorso gli ultimi quattordici anni vivendo nel Missouri, in California, in Colorado, e nell'Indiana. È sposata con un ex militare dell'esercito, che ora la segue in tutto il Paese.

Ha debuttato con la sua prima serie nel 2014, seguita dalla serie SEAL of Protection, che ha consolidato il suo amore per la scrittura, e la creazione di storie in cui i lettori possono perdersi.

Se ti è piaciuto questo libro, o qualsiasi libro, per favore considera di lasciare una recensione. Gli autori lo apprezzano più di quanto tu possa immaginare.

www.stokeraces.com
susan@stokeraces.com